これまでの物語

婚約破棄され前世の記憶が甦り、乙女ゲーム世界へ転生したと自覚した令嬢アイリーン。悪役令嬢な自分が破滅ルート回避するため、ラスボス・クロードを恋愛的に攻略することに！　紆余曲折のすえ、クロードはエルメイア皇国の皇帝に、アイリーンは皇妃になる。――これは悪役令嬢がゲームのストーリーにはないハッピーエンドを摑むべく、立ちはだかるラスボスたちを攻略しつつ、奮闘する物語である。

クロードの従者

キース・エイグリッド

「隠居先の主の世話」

ベルゼビュート

「王が隠居したら大魔王？」

アーモンド

「魔王様ノ嫁、何故皆オカシイ？」

レイチェル・ロンバール

「息子の初恋の行く末」

セレナ・ジルベール

「娘の初恋を知ったときの夫の反応」

アイリーンの下僕

ジャスパー・バリエ

「若い女の子からの交際の申し込み」

アイザック・ロンバール

「自分そっくりに
育っていく息子」

ドニ

「子どもに何から教えるか」

リュック

「診療所の跡取り問題」

クォーツ

「妻と娘の体調」

ゼームス・ミルチェッタ

「親友の娘に本気で
求婚された件」

オーギュスト・ジルベール

「娘が自分より親友に
なついていること」

ウォルト・リザニス

「娘の交際に反対したら
無視されている」

カイル・エルフォード

「子猫のもらい先と
最近挙動不審な息子」

エレファス・レヴィ

「家にも勤め先にもない大公の威厳」

クロードとアイリーンの義弟妹

リリア・レインワーズ

「万事が計画通り」

セドリック・ジャンヌ・エルメイア

「娘の『お父様の最推しは伯父様？』という異次元質問」

アシュメイル王国

バアル・シャー・アシュメイル

「娘の婚約者を確実に始末する方法」

ロクサネ・シャー・アシュメイル

「夫の娘離れと息子が狙われている件」

アレス・アミール

「娘が後宮に入りたがっている」

サーラ・アミール

「悩みがないこと」

ハウゼル女王国

アメリア・ダルク

「自分の知らない未来はくるか」

魔界

ルシェル

「きちんと眠れるか」

グレイス・ダルク

「きちんと起きられるか」

本文イラスト／紫　真依

✦序幕✦　乙女ゲームの続編フラグ

優《やさ》しい日差しが差しこむテラスで、優秀《ゆうしゅう》な侍女《じじょ》が淹《い》れてくれた紅茶を飲む。

エルメイア皇国の皇后となったアイリーン・ジャンヌ・エルメイアの、貴重な休憩《きゅうけい》時間だ。

ほんのひとときでも、こうして息をつくことは大切だ。でなければ、寒さが和《やわ》らいできた風や、鮮《あざ》やかな緑の芽吹《めぶ》きを感じさせる木陰《こかげ》だとか、そういう日々の変化に気づけない。情緒《じょうちょ》は大切だ。優雅《ゆうが》な手つきでソーサーにカップを置き、ひとりごちる。

「もうそろそろ春ね」

「春といえばやっぱり新しい乙女ゲームの始まりだと思うの、アイリーン様！」

情緒をぶち壊《こわ》す返答に、こめかみに青筋が浮《う》きそうになった。だがあくまで笑顔《えがお》で、アイリーンは正面の席でぱくぱくクッキーを食べている夫の義妹《いもうと》を見る。

「リリア様。どうして皇后のわたくしが週に一度、あなたとお茶の時間をとるようにしているのか、まだおわかりではないのかしら？」

きょとんとした眼差《まなざ》しが返ってきた。まろやかな栗色《くりいろ》の髪《かみ》をした可憐《かれん》な面立《おもだ》ちは、小動物のように愛らしく親しみやすい。きらびやかな金髪《きんぱつ》にサファイヤの瞳《ひとみ》で人を圧するアイリーンの豪華《ごうか》な美貌《びぼう》とは、まったく正反対の雰囲気《ふんいき》を持つ相手だ。

「やだあ、わかってるわよ。次のゲームの対策について考えるためよね！」

実際、立場も考え方も何もかもが対照的である。アイリーンのこめかみに青筋が増えた。

「そういう話はやめなさいと何度言わせるの！　わたくしはあなたに皇弟《こうてい》の妃《きさき》としての最低限の礼儀《れいぎ》作法を叩《たた》きこもうと、こうして時間をさいて」

「でね、アイリーン様。乙女ゲームはやっぱり春に始まるのが定番だと思うのよ」

「ひとの話を聞きなさい！　あなた、プレイヤーは卒業したんでしょう!?」

人目もはばからず前世の話を持ち出したリリアに、アイリーンは叫《さけ》ぶ。

この世界は、アイリーンとリリアが前世でプレイした『聖と魔《ま》と乙女のレガリア』という乙女ゲームの舞台《ぶたい》とそっくり同じである。ゲームどおりの国が存在し、キャラクターがいて、ゲームどおりに事件も起きたのだから、どんなに滑稽《こっけい》な話でも疑いようがない。

だが世界はゲームではなく現実で、キャラクターは生きた人間だ。だからこそ、ゲームの筋書きでは雑に死ぬ運命の悪役令嬢《れいじょう》アイリーンでも、違《ちが》う人生を積み上げられた。ラスボスの魔王を攻略《こうりゃく》、結婚《けっこん》し、ついにエルメイア皇国の皇帝夫婦《こうていふうふ》になったのだ。

一方でリリアはゲームのヒロインであり、アイリーンと同じ前世の記憶《きおく》を持つ人物だ。自らをプレイヤーだと称《しょう》し、アイリーンを含《ふく》む人間をキャラクターだと駒扱《こまあつか》いし、アイリーンを最推《さいお》しだとふざけたことを言いながら、起こる出来事も悲劇もすべてゲーム、遊びだと片づけてきた。だが、最近はやっと自分の人生を考えるようになったはず——なのだが。

「でもアイリーン様、私、最近はっきり思い出したの。5はやっぱり発売されてるわ」

5というのは『聖と魔と乙女のレガリア』シリーズの連番のことだ。確かにアイリーンは今まで1、2、3、4、ＦＤ《ファンディスク》などで起こった様々な出来事を経験してきた。そのたび、何かと夫に襲《おそ》いかかる破滅《はめつ》フラグや死亡フラグを叩き折ってきたのである。

つまり5があるということは、また面倒《めんどう》事に巻きこまれるということだ。

「私、多分だけど5の発売日に死んでるっぽいのよね。早売りでクリア済みだったけど」

現実味を帯びてきたリリアの情報に、アイリーンは頬《ほお》を引きつらせる。

「やめなさい、5なんて発売されてないわ。それはそう、きっと夢よ」

「しかも6の製作も始まってたっぽいわ。5のキャラが6でも登場するってプロデューサーが公言してたもの」

「さらに面倒なことを言い出さないで。そもそもそんなに人気があったの、あのシリーズ？」

「あったんじゃないの？　アイリーン様、本当に5にも6にも覚えがない？」

リリアに小首をかしげられて、アイリーンは目を泳がせた。

4までの記憶はある。アイリーンはリリアと違うライトユーザーなのでゲームの情報は多くないが、お目当てのキャラは攻略した。ただ予約して買うほど熱心でもなく、情報も積極的にチェックしていない。しかも4でエルメイア皇国に伝わる聖剣《せいけん》の乙女の伝説については決着がついた感じだったので、5の発売に気づいていたかどうか――いや。

「……5ってひょっとして、マフィアものっぽい……地下組織の話だった？」

ぱっとリリアが顔を輝《かがや》かせた。

「そう、アシュメイルが舞台でね！　ヒーローは魔竜《まりゅう》の封印《ふういん》を管理してる地下組織の若きボスで、初代神の娘《むすめ》を信仰《しんこう》する神女学院を経営する学院長！　だから学園物なのに裏社会に生きる者たちの話になってるのよ。初代神の娘の遺体を納めた聖櫃《せいひつ》がある地下遺跡《いせき》の上に神女学院は建ってるんだけど、男子禁制の女学校！　背徳感あっていいわよね～！」

「女学校って、攻略キャラが年上の教師ばっかりになるんじゃ……」

「その辺はご都合主義で同世代がいるわ。女装して学院を調べてる王子様は同い年で、正ヒーローの学院長は二十歳《はたち》前後だったはず。あ、担任の先生は実はヒーローと対立してる組織のボスなの！　で、毎度お馴染《なじ》みラスボスも二十代半ばの大人キャラ」

「毎度お馴染みって……」

　言い方に頬を引きつらせるアイリーンに、リリアが身を乗り出す。

「正体は邪神《じゃしん》なんだけど保健の先生でお色気担当なの！　なかなかいい設定でしょ？　でも今回のラスボス、攻略ルートがないの。6への伏線《ふくせん》なのかもだけど攻略できないなんて……」

　リリアが頬に手を当てて、残念そうに嘆息《たんそく》した。

「ヒロインはアシュメイルに逃《に》げたレヴィ一族の生き残りで、迫害《はくがい》をさけるために魔力が強いことを隠《かく》してるの。でも、アシュメイルでは魔力持ちのヒロインは貴重な存在だから、知らぬまに裏社会の抗争《こうそう》に巻きこまれちゃうわけ。パッケージの真ん中にいた赤髪の子よ」

「あ、ああ……あれね。赤髪は魔力を持つ証《あかし》だから……」

　思わず応じてしまってからはっとする。だが、リリアの勢いは止まらない。

「神女学院では世界統一教っていうあやしい宗教がはやってて、生徒の悪役令嬢は神女だって担《かつ》がれちゃうの。悪役令嬢なのに聖なる力が強くて、自分こそ正統なアシュメイルの聖王、神王アレスは簒奪《さんだつ》王だって政変を目論《もくろ》むんだけど、実は世界統一教の教祖が保健の先生《ラスボス》で利用されてるってオチ。ラスボスは邪神の力を取り戻《もど》すために魔竜を食べたいだけなのよね」

「ものすごい勢いでネタバレしないの！　ついパッケージを思い出しそうに……それに魔竜なんてもういないわ、聖竜妃《せいりゅうひ》になったもの！　ラスボスは力を取り戻せずに終了《しゅうりょう》よ！」

「そうそう、ラスボスがなぜか関西弁なのよ。地下遺跡にある初代神の娘の遺体を操《あやつ》って魔竜の封印を解こうとするんだけど、昔に自分を封印したハウゼル女王国の巫女姫《みこひめ》にそっくりだからって初代神の娘の遺体に執着《しゅうちゃく》してる変態。でも眼鏡のイケメン邪神！」

「そんな世界観を崩壊《ほうかい》させる邪神なんていらないわ、ルシェル様だけで十分よ！」

　4の悪役令嬢だった妻を取り戻し魔界にいる魔を司《つかさど》る神、4のヒーロー兼《けん》ラスボスだった義父を思い出し、アイリーンは頭を抱《かか》える。そうするとなぜか余計にパッケージらしきものが鮮《せん》明《めい》に浮かんできたので、ぶんぶんと頭を横に振《ふ》った。

「でもさっきも言ったけど5のラスボス、ガチで攻略できないのよね。初代神の娘の生まれ変わりがお相手ってオチなのかな。あのラスボス、絶対にハウゼル女王国の王子――むぐ」

「もうやめて、聞かないから」

　アイリーンは両手でリリアの口をふさぐ。

　今までの経験からして、思い出したその瞬間《しゅんかん》、ゲームが始まっていると気づくのだ。

（そう、わたくしがこの手のことを思い出すときはいつも間が悪いのよ！）

　だから思い出したパッケージも忘れておこう。そうすればこの平和が続く。なのにアイリーンの両手を振りほどいてリリアが叫んだ。

「えー聞いてよアイリーン様、何かの参考になるかもしれないじゃない！」

「参考にしたくないのよ、どうしてそれがわからないの⁉」

「そんなこと言うなら、何かあっても協力しないから！　敵にまわるから！」

「何もないから協力なんていらないし、今まであなたが味方だったことがあって⁉」

『やあ、アイリーン。ちょっといいかな』

　ちょうどいいところに空から声がかかった。

　視線をあげたアイリーンの目に、幽霊《ゆうれい》のような男装の麗人《れいじん》が映りこむ。４の悪役令嬢にして、歴史上では魔剣《まけん》の乙女という汚名《おめい》をかぶったまま退場した女性。今はクロードの母を名乗り、アイリーンを義娘《むすめ》と呼ぶグレイス・ダルクだ。

　グレイスは重さを感じさせない動きで、アイリーンの座る椅子《いす》の横におりた。

「お義母《かあ》さま。ルシェル様——お義父《とう》様はどうなさったの？」

『ああ、古城に置いてきたよ』

　魂《たましい》だけで存在を維持《いじ》しているグレイスと神に近いルシェルは、もはや人間という枠《わく》でおさまる存在ではなく、現在は魔界で暮らしている。が、魔物と人間の共存を目指してエルメイアを建国したこのふたりは、大胆《だいたん》なことに魔界と地上の入り口の真上に古城を建てており、古城にひょっこり顔を出すのだ。

『実は、今後のわたしについて君に相談があるんだ。時間をもらえるかな』

思いがけない言葉に目を丸くしながら、アイリーンは頷《うなず》く。

「もちろんですわ。場所を移動したほうが宜《よろ》しいかしら」

『そうしてほしい。古城で待っているから、できれば君とふたりきりがいいな』

少し近いんじゃないかと思う距離《きょり》で、グレイスが涼《すず》しげに笑い、そのままふわっと飛んでいった。クロードに雰囲気《ふんいき》が似ているうえ騎士《きし》として洗練されたグレイスの仕草に思わず見蕩《みと》れていたアイリーンは、咳払《せきばら》いをして気を取り直す。

「じゃあレイチェル、リリア様をきっちりお部屋まで送り届けて頂戴《ちょうだい》」

「わかりました。ですがアイリーン様、おひとりでは」

「大丈夫《だいじょうぶ》よ。わたくしの影《かげ》には魔王軍がひかえているし」

アイリーンの足下にある影には魔王である夫の魔法がかかっており、魔物たちの出入り口になっている。アイリーンが何か言えばすぐさまここから魔物が飛び出してくるだろう。

「それに、クロード様の魔力がこもった結婚指輪もあるもの。クロード様が常にそばにいてくれるようなものよ。大丈夫」

レイチェルは心得た顔で頷き返す。ばたばた行儀悪《ぎょうぎわる》く足を動かしてリリアが唇《くちびる》を尖《とが》らせた。

「えー4の悪役令嬢からの相談！　私も一緒《いっしょ》に聞きたーい」

「だめに決まっているでしょう。あなた本当に自分の立場をわかろうとしないわね」

「ひょっとしてゲームが始まったかもしれないのに⁉」

「なんでもかんでもゲームと結びつけない！」

「つまんなぁい。セレナは官吏《かんり》になって忙《いそが》しいって顔も出さないし、サーラはアシュメイルに帰っちゃって」

ふくれっ面《つら》を隠さないリリアがあげた名前は、それぞれ2と3のヒロインである。ついでに付け加えると、アイリーンとリリアの奇《き》っ怪《かい》な会話を聞き流している侍女《じじょ》のレイチェルは、2の悪役令嬢《れいじょう》だ。

「2のヒーローとラスボスも今はミルチェッタ公国でしょ。1のFDラスボスは、レヴィ大公になって故郷を行ったりきたり。3のキャラはアシュメイル在住。4のラスボス兼ヒーローは魔界で悪役令嬢と幸せに暮らしてる。ふふ、4は結局、ヒロインだけが負け犬で退場ね」

指折りゲームのキャラクターたちの今を語ったリリアの最後の皮肉っぽい笑《え》みに、アイリーンは少し表情を改める。負け犬と称《しょう》された4のヒロイン・アメリアは、リリアの実母だ。

「それぞれ人生を歩んでるだけよ。アメリア様も、ただの負け犬で終わったわけではないわ」

「そうね。あーあの女なら、5と6の展開もきっと知ってたんだろうなぁ」

その視点はなかった。

ふうっと大袈裟《おおげさ》な溜《た》め息をついて、リリアは行儀悪く、椅子の背にもたれかかる。

「私は心配してるのよ、アイリーン様。さっきの、4の悪役令嬢」

「グレイス様。ちゃんと名前を呼びなさい」

「……グレイス様の相談だって、ゲームどおりに進まなかった弊害《へいがい》からくるものじゃないかしら。今後の自分について、なんて。そもそも魔界とはいえ、ずっと魂だけで留《とど》まるなんて、魂を削《けず》ってるようなものよ。いずれ限界がきて消滅《しょうめつ》しちゃうわ、アメリアみたいに」

眉《まゆ》をひそめたアイリーンに、リリアは両肩《りょうかた》を落とす。

「なのにアイリーン様ってば、もう聖剣《せいけん》がないし」

「聖剣がいらない世界でいいのよ、そうでしょう」

リリアはぱちりとまばたきを返したあと、目をうるませた。

「さすがアイリーン様！　私の一番の推《お》し……！」

「だからあなたもいい加減、そういうのは卒業なさいと言ってるでしょう！」

「やっぱりないなら作るわ、続編！　まかせてアイリーン様！」

「……もういいわ、わたくしは行くから」

永遠に平行線をたどる会話に疲《つか》れて、アイリーンはさっさと席をはずす。

仕事は山積みだ。クロードは今後、自分がいなくなっても魔物と人間が争うことなく暮らせる国の基盤《きばん》を作ろうとしている。彼が目指すのはただの皇帝《こうてい》ではないのだ。

そのための未来を作る。ゲームでもなんでもない、アイリーンたちの未来だ。

目下、皇后であるアイリーンの一番の仕事は、世継《よつ》ぎを作ることだ。考えると、ぼっと顔に火が灯《とも》った。いけないと濃密《のうみつ》な夜を振り払《はら》う前に、いきなり声をかけられる。

「アイリーン」

「ひゃい!?」

噛《か》んだ応答に、背後から近づいてきた人物が首をかしげた。さらりと漆黒《しっこく》の髪《かみ》が横に流れ、紅玉のような瞳《ひとみ》がまばたきを繰《く》り返す。

クロード・ジャンヌ・エルメイア――エルメイア皇帝にして魔王《まおう》。

世界で一番素敵《すてき》なアイリーンの夫だ。

「ど、どうかなさいましたのクロード様。護衛もつけず、おひとりで」

「転移でまいてきた」

「まあ。またそんなことをなさって」

眉をひそめたアイリーンに、悪戯《いたずら》好きの夫は小首をかしげる。

「ところで、さっきの君の過剰《かじょう》反応はなんだろうか。気になるな」

「なんでもありません！　クロード様が急に声をおかけになるから、驚《おどろ》いただけです！」

断じて真っ昼間から卑猥《ひわい》なことを考えていたわけではない。卑猥なのはクロードの顔で、自分の頭の中ではないのだ。

だが、麗《うるわ》しい夫の眼差《まなざ》しは、アイリーンの火照《ほて》った頰《ほお》を見逃《みのが》さない。

「本当にそれだけか？」

「それだけですわ、他《ほか》に何があるとおっしゃいますの！」

虚勢《きょせい》をはるアイリーンをじいっとクロードは見つめたあと、ふっと笑った。思わずアイリーンは頰を両手で押さえる。なんだか見透《みす》かされた気がした。

「まあいい。少し時間ができた。お茶でもしないか」

「でしたら、古城にお義母さまとお義父さまがいらしてるそうですから、ご一緒しましょう」

クロードは体を斜《なな》めにかしげ、甘えるようにアイリーンを覗《のぞ》きこんだ。

「君とふたりきりはだめか？」

うっと一瞬《いっしゅん》つまった。どうにか熱がおさまったはずの頬が、再熱する。

「だ、だめです。その、お義母さまとお話しする約束をしていて」

「母上と？　また何か、面倒《めんどう》事じゃないだろうな」

「否定はできませんが、そちらが先約なので、今日は……」

ぼそぼそと言い訳するように答えると、クロードがすっと身を引いた。

「そうか。ならしかたないな」

「あって、でも、また別の機会に――その、ふたりきりで……」

あっさり諦《あきら》められると引き止めたくなる。ただでさえ皇帝のクロードは多忙《たぼう》なのだ。ついその少ない時間を欲しがるように顔をあげたアイリーンに、クロードが優《やさ》しく目を細めた。

一段、低くなった艶《つや》のある声色《こわいろ》が耳朶《じだ》をかすめる。

「ではまた夜に、ふたりきりで」

「そっそういう機会のことではありません！」

一気に顔を赤らめて否定したアイリーンに、クロードが喉《のど》を鳴らして笑った。

「そういう機会？」

「――ッか、からかってますわねクロード様！」

「まさか。だが、僕の可愛《かわい》い妻が何を考えていたか、夜になったらじっくり聞かねばならないな。さっきのぶんまで」

「ですから！　わたくしは何もやましいことなど考えてな――」

「クロード様、アイリーン様」

静かな呼びかけに、クロードが首をかしげてアイリーンに背を向けた。文句を言いそびれたアイリーンも、視線を動かす。

「迎《むか》えが早いなと思ったらお前か、キース。ウォルトとカイルはどうした？」

「各関係者を呼びに走らせました。アイリーン様もご一緒だろうと思って、私めがこちらに参りました」

「……何か面倒事か？」

　クロードの問いかけに、キースがゆっくりと頷き返す。

「聖王様――バアル・シャー・アシュメイル国王陛下より先ほど連絡《れんらく》がございました。ハウゼル女王国の空中宮殿《きゅうでん》が消えたそうです」

✦第一幕✦悪役令嬢、再始動

半年ほど前エルメイア皇国は皇太子が魔王《まおう》であることを理由として、世界の中枢《ちゅうすう》を担《にな》う神聖ハウゼル女王国から宣戦布告を受けた。後世には戦争として歴史に刻まれるだろう。

だが、中身はあまりに個人的で、孤独《こどく》な戦いだった。ハウゼル女王国という偉大《いだい》な国を、アメリア・ダルクというたったひとりの女性が動かしていたと知ると、余計にそう感じる。

いずれにせよ、エルメイア皇国はその戦いに勝利した。その最中でハウゼル女王国の空中宮殿は真っ二つにわれ、片方は海に沈《しず》み、片方はエルメイア皇国とアシュメイル王国の国境付近である運河と砂漠《さばく》が入り交じった地に墜落《ついらく》した。

島国であるハウゼル女王国は国の中枢である宮殿部分だけでなく、過去と未来を視《み》る能力を持つ女王を失い、混乱状態にある。どこぞの巫女《みこ》が女王に名乗りをあげただとか、小競《こぜ》り合いが始まっているとは聞いている。だが、もとよりエルメイア皇国は防戦しただけであり、クロードはハウゼル女王国の面倒をみる気もない。あとは世界の水準をはるかに上回るハウゼル女王国の聖石と魔石を組み合わせた神石の技術、その叡智《えいち》が詰《つ》めこまれた空中宮殿を、隣国《りんごく》アシュメイル王国と共同で解体・解明すればすべて終わるはずだった。

なのに、突然《とつぜん》、空中宮殿が起動——そうとしか表現のしようがない——し、調査員たちはすべて空中宮殿から弾《はじ》き出された。

　そして空中宮殿は淡《あわ》い光にくるまれ、跡形《あとかた》もなく消えたというのだ。

「消えたのは今朝か。確認《かくにん》は誰《だれ》が？」

　執務《しつむ》机の席につくなり、クロードが説明を促《うなが》す。

　執務室の出入り口は、護衛のウォルトとカイルが見張っている。報告にきたキースはいつもどおり、お茶を注ぐ役に徹《てっ》していた。アイリーンは横長の応接ソファに腰《こし》かける。その向かいには、実兄《じっけい》のシリル・ローレン・ドートリシュが座っていた。この春から実父のルドルフ・ローレン・ドートリシュと公爵《こうしゃく》領の管理を交替《こうたい》し、宰相《さいしょう》に任命されたばかりである。

「アシュメイル国王陛下自ら出向いて確認ののち、速報を聖石でいれてくださいました」

　アイリーンよりも優しい色の金髪《きんぱつ》と青い目をしたシリルは、口調も物腰《ものごし》も柔《やわ》らかい。

「第一声が『そっちが盗《ぬす》んだわけではあるまいな』だったので、笑って『そちらが隠《かく》したのでは？』と言っておきました」

「……笑いごとではないと思うが？」

「あちらも本当に疑っておられるわけではないでしょう。ですが先に見つけ出されたら、隠されてしまう可能性は否《いな》めません。逆にこちらが先に見つけ出せば、アシュメイルにわざわざ言う必要もありませんね」

　だがその柔らかい雰囲《ふんい》気《き》に流されているととんでもないことになると、アイリーンは幼少から身にしみて知っている。実父のルドルフは搦《から》め手で根回しをする政治家だが、実兄のシリルは誰も気づかない間に全部終わらせている政治家だ。

「理由もなく、隠すことはしない」

幾度《いくど》かシリルのやり方を体験しているだろうクロードが、念押しのように告げる。シリルはわかりましたと頷《うなず》いた。笑顔《えがお》だが内心で面倒だと思っているに違《ちが》いない。

「ですが、こちらも確認作業は必要です。魔法《まほう》がらみの案件ですので、レヴィ一族に捜索《そうさく》隊を派遣《はけん》するよう要請《ようせい》しました。決裁についてお目通しを」

「わかった。エルファスの意見を聞きたいので、呼び出してくれ」

「もちろん。レヴィ大公殿下《でんか》、その奥様も一時期空中宮殿の調査団にいらっしゃったので、協力を要請済みです。あとは新人官吏《かんり》のセレナ・ジルベール嬢《じょう》も空中宮殿を知っていると聞いたので、連絡役に使います。ですがそれ以外の人間には、この一件は伏《ふ》せております。現時点で騒《さわ》ぎ立てても、いいことはございません。詳細《しょうさい》がわかり次第《しだい》、情報公開を判断します」

シリルの判断に、クロードは頷いて了承《りょうしょう》を返す。

「しかしどこにいったのか、バアルでもさぐれなかったとなると、難しいな」

「もうひとつ、聖騎士《せいきし》団から捜索隊を編成する予定です。海に沈んだほうをさがすために。海に沈んだほうは、今回消えたほうの片割れでしょう。何かわかるかもしれません」

一緒《いっしょ》に消えているか、移動したか。いずれにせよ周辺住民からの聞きこみは必要だ。

「わかった。あとは魔物にも聞きこみをさせてみよう」

「ではそのように。アシュメイル国王陛下にも言っておきましたが、あれだけ大きな建造物です。隠しておくことは容易ではない。宮殿自体の仕掛《しか》けか、誰かが動かしたのか、いずれ必ず見つかります。今は不必要に騒がず、普通《ふつう》にお過ごしください」

いたずらに民《たみ》の不安を煽《あお》ることはないとシリルは言いたいのだろう。と思ったら、シリルが突然アイリーンに振《ふ》り向いた。

「くれぐれもだよ。わかったね、アイリーン」

「わ、わたくしまだ何も言ってませんわよ、お兄様!?」

「お前は言ってもわからない子だから、言わないともっとわからないだろう」

失礼なことをとても慈《いつく》しみのこもった目でシリルは諭《さと》し、踵《きびす》を返して退室する。

ぽかんとしたあとで、アイリーンは口元を押さえて笑っている夫に気づいた。周囲を見回せばキースはさっと目をそらすし、ウォルトとカイルもそっぽを向いている。

「……何がそんなにおかしいんですの、クロード様」

「い、いや。君は義兄上《あにうえ》には言われっぱなしだな、と思って」

「言い返しても無駄《むだ》ですわ！　お兄様は天才肌《はだ》すぎるんですもの！」

そしてそれを当然だと思っていて、できないアイリーンを心の底から案じ、応援《おうえん》してくれている。アイリーンにもかつて反抗期《はんこうき》があったが、シリルに「お兄様が言うことに間違《まちが》いが今まであったかな」と本気で不思議がられて強制終了した。愛する者の挫折《ざせつ》を楽しむ実父とはまた別の試練をアイリーンに与《あた》え、強く生きる術《すべ》を教えてくれた人物である。

「わたくし、長いものには巻かれる主義ですの」

「君からそんな殊勝《しゅしょう》な言葉が出るとは思わなかった」

「失礼ですわね。今必要なのは情報だということくらい、わたくしもわかっております」

　ぷいっと横を向いて、アイリーンは立ち上がった。クロードが苦笑い気味に尋《たず》ねる。

「どこへ？」

「お義母《かあ》様を待たせたままです」

「ああ、そういえば約束があると言っていたな。――僕もつきあおう」

「クロード様も？」

　クロードはグレイスはともかく、何かと父親面《づら》をするルシェルをうっとうしがっている。嫌《きら》っているわけではないのだが、自ら顔を出そうとするのは珍《めずら》しい。

「空中宮殿のことなら、あのふたりはよく知っているだろう。生き証人だ」

　そう言われて、アイリーンはふと顔をあげる。

「生き証人といえば、ジャスパーやドニも空中宮殿の中を見てますわ。レイチェルも」

「オベロン商会にも知らせないわけにはいかないだろうな。……ウォルト、カイル。彼らに古城に集まるよう伝令してくれ」

　アイリーンが皇后になったときに、オベロン商会の主はアイザック・ロンバールへと正式に委譲《いじょう》した。古城にまだ『魔物支部』として会議室はあるが、商会の本社は第三層に新たにかまえている。

　魔王の護衛はクロードをひとりにすることにそろって顔をしかめたが、言ってもきかないとわかっているのだろう。それに、オベロン商会の面々も仕事中だ。一カ所にいるとは限らないので、ふたりで手分けして向かったほうが早く召集《しょうしゅう》できる。

「ちゃんと古城に迎えにいきますからね、待っててくださいよ！」

「魔物がいるから大丈夫《だいじょうぶ》だと思いますが、断じてお忍《しの》びに出かけたりしないように。アシュメイルにも行くのは駄目《だめ》ですから」

――と言い残して、ふたりして廊下《ろうか》を駆《か》けていった。クロードがぽつりと呟《つぶや》く。

「どうしてこう、僕を信用しないのか」

「信用ならないからでしょう。私めもここを片づけたらすぐ古城に向かいますよ、我が主《あるじ》」

「……」

「アイリーン様もですよ」

アイリーンまで流れ弾《だま》をくらってしまった。キースににっこりと笑って見送られ、アイリーンはクロードとふたりきりで、古城へ向かうことになった。


転移するのかと思ったら、のんびりとクロードは歩き出した。皇城の住居区画を抜《ぬ》けて古城に向かえば、散歩には丁度いい距離《きょり》だ。多忙《たぼう》なクロードには気分転換《てんかん》も必要だろうと、急がせずにアイリーンはつきあう。

「みんなひどいな」

「ええ。クロード様はともかく、わたくしまで逃走癖《とうそうへき》があるように扱《あつか》うなんて失礼ですわ」

「そうだな、君と僕は違う。君は暴走癖だ」

皮肉ったらさらりと皮肉を返された。むむっとアイリーンは眉根《まゆね》をよせる。

「クロード様、最近ますます意地が悪くなっておられません？」

「それはもう。流されっぱなしでは君の夫はつとまらない」

「……結婚《けっこん》したら態度が変わる男性ってどうかと思います」

「同じ態度の男など飽《あ》きられてしまうじゃないか。日に日に君への愛《いと》おしさだって増すのに」

艶《つや》やかに微笑《ほほえ》まれて分の悪さを感じたときには手遅《ておく》れだった。慣れた手つきでアイリーンの髪《かみ》を取ったクロードが、回廊《かいろう》にさしかかったところで口づけを落とす。

「たとえ子どもができても、君がいちばんだろうな。ためしてみようか」

「ですから！　真っ昼間からそういったことはおやめくださいと……」

怒鳴《どな》りかけて、アイリーンはふと勢いを止めた。ぱちりとクロードがまばたく。

「どうした？」

「……わたくし……聖剣《せいけん》を今、持っておりません」

少し前、ハウゼル女王国から押しかけ花嫁《はなよめ》が大量にやってきたことがある。そのとき、魔王の子は聖なる力の強い女性でないと身ごもれないと聞いた。

「聖剣の乙女《おとめ》であったグレイス様の血を引いてはいますが、それだけです。……それできちんとクロード様の子どもを身ごもれるのかと、最近思うことがあって」

「気にするにはまだ早いだろう」

「そうですけれど、わたくしは皇后になってしまいましたから」

世継《よつ》ぎを産んでいないアイリーンの身分は本来、皇妃《こうひ》だ。その慣例を破り、クロードの即位《そくい》と同時に皇后の冠《かんむり》を戴《いただ》いた。アイリーン以外に妃《きさき》を持たないというクロードの意思表明だ。

クロードのその意思を誤った判断だと後ろ指をさされないために、アイリーンはクロードの子どもを――皇太子を産まねばならない。そして育てねばならないのだ。

魔物と人間が暮らす国を、次代に引き継《つ》ぐために。

「君に負担をかけるつもりだったわけではない。結果は同じだろうと思っただけだ」

「わかっております。わたくしも負担などと思っておりません。どんとこいですわ」

「なら、しばらくふたりきりを楽しんでも」

「つまり、可及的速《かきゅうてきすみ》やかに身ごもる必要があります」

真顔になったアイリーンに、クロードがちょっと目を泳がせた。

「真っ昼間からなんて恥《は》ずかしがっている場合ではないような……いえ、ひょっとしたらむしろ昼間のほうが効果があるかも、と今気づきました」

「……そんな話は聞いたことがないが」

「何事もためしてみなければわかりませんわ！　それに、空中宮殿《きゅうでん》の件でまた面倒《めんどう》なことになったら……！」

自分で言ってぞっとした。一気にクロードとの距離をつめ、胸《むな》ぐらをつかむ。

「ためしてみましょう、クロード様！　昼間なら効率があがるかもしれません！」

「そんな、仕事みたいに言われるとこう、気分が」

「気分で仕事をおろそかにしてはなりませんわ！　これはわたくしの一番大事な仕事――」

かつんと、回廊の奥から足音が大きく響《ひび》いた。

アイリーンもクロードもはっとしたのは、人目を気にしたからではない。

ここは皇族が住まう住居区画へ向かう回廊だ。基本的に人気はなく、皇族の許可なしに足を踏《ふ》み入れることは許されない。人目と呼べるものがあるとすれば、壁《かべ》にずらりと並んだ代々のエルメイア皇帝《こうてい》の肖像画《しょうぞうが》だけである。

なのに今、足音は奥から――住居区画から響いた。

聞き間違いでない証拠《しょうこ》に、アイリーンとクロードの視線の先に、人影《ひとかげ》がひとつ現れる。

少年だ。いずれクロードの肖像画が並ぶ空白地にひとりで立っている。

回廊の窓から差しこんだ日が逆光になっていて、よく顔が見えない。だが、横に伸《の》びる影《かげ》と一体化したかのような黒の装いと、黒髪《くろかみ》。一番奇妙《きみょう》なのは、左目に黒の眼帯をつけていることだった。

何より、ここに入ることを許された人間で、少年はいない。

緊張《きんちょう》したアイリーンに対して、いささかのんびりとクロードが尋ねる。

「誰《だれ》だろうか」

答えはない。

かわりに、こつりともう一度靴《くつ》の踵を鳴らし、眼帯の少年が一歩前に出た。黒のマントを翻《ひるがえ》し、一直線にこちらへ向かってくる。黒の手袋《てぶくろ》をつけた右手が剣《けん》を抜いたとわかったのは、剣身が日光に反射してからだ。

「クロード様！」

そのまま駆け抜けてきた少年の剣と、眉《まゆ》をひそめたクロードの結界がぶつかる。

だがあえなく決着がついた。少年の剣が一瞬《いっしゅん》で魔王《まおう》の結界を叩《たた》き割ったのだ。きらきらと結界の魔力が、硝子《ガラス》の破片《はへん》のように落ちていく。

クロードの、魔王の結界を、たった一撃《いちげき》で、壊《こわ》した。

唖然《あぜん》とするアイリーンの腰《こし》を、舌打ちしたクロードが抱《だ》き寄せようとする。だがそれを少年は嘲笑《あざわら》った。

「逃《に》げる気？　父上」

その言葉に気を取られたクロードを、アイリーンを、誰が責められるだろう。

それは少年にとって十分すぎる隙《すき》だ。

四方八方に魔法陣《まほうじん》が現れた。クロードに突《つ》き飛ばされたアイリーンに一瞬だけ見えたのは、首をつかまれたクロードの姿だ。

それを覆《おお》い隠《かく》すように、幾重《いくえ》にも重なった幾何《きか》学模様の魔法陣が輝《かがや》く。

魔力が爆発《ばくはつ》した。爆風が回廊に吹《ふ》き荒《あ》れ、煙《けむり》が襲《おそ》いかかってきて、アイリーンは思わず目をつむる。

「クロード様!?」

再び目をあけると、魔法陣は消えていたが、煙が回廊に立ちこめていた。

目をこらすと、煙の中に人影が見えた。だが、ひとつだけだ。青ざめたアイリーンが駆け出そうとしたとき、煙の中から黒いマントが飛んできた。アイリーンはそれを視線で追う。クロードがいつも身につけているマントだ。

「まさか……クロード様！」

「ウギュ！」

可愛《かわい》らしい鳴き声と一緒《いっしょ》に、また煙の中から何かが一直線に飛んできた。

黒い鱗《うろこ》に赤い目をした幼竜《ようりゅう》だ。それが翼《つばさ》を広げてアイリーンの胸の前に浮《う》き、煙が立ちこめる場所に向けて炎《ほのお》を吐《は》く。

一気に煙が吹き飛んでいき、視界が晴れた。

眼帯の少年は笑って、回廊の焦《こ》げ跡《あと》の上に立っていた。傷どころか焼《や》け跡ひとつない。

「いいざまだ」

少年の目は幼竜に向いている。アイリーンは少年をにらみ返す幼竜を、うしろから抱きかかえた。一歳児くらいの大きさでしかない幼竜は、意外と軽い。

少年を威嚇《いかく》していた幼竜が、きゅるんとアイリーンに赤い目を向ける。

クロードは人間だが魔王で、魔物の姿は黒竜だ。今までも何度か竜化したことがある。故《ゆえ》に想像できる事態に、できるだけ動揺《どうよう》を悟《さと》られないよう、アイリーンはゆっくり確認《かくにん》した。

「まさか、この竜がクロード様だとおっしゃるの？」

「そうだよ」

少年が答えて無邪気《むじゃき》に微笑んだ。

あらためて日の当たる中で見た少年は、おそろしいほどの美貌《びぼう》の持ち主だった。

成長途中《とちゅう》の若木のようにしなやかな体。無駄《むだ》のない顔の輪郭《りんかく》や眉、すっと通った鼻梁《びりょう》、陶磁《とうじ》器《き》のようにすべらかな肌《はだ》、薄《うす》い唇《くちびる》の形まで、神に配剤《はいざい》されたのかと思うほど端麗《たんれい》だ。

そして、乱雑に切られているのに艶を含《ふく》んだ黒髪と、紅玉のような赤の右目。

わかりやすくいえば――クロードそっくりだ。

まるでクロードをそのまま、幼くしたような。

「……あなた、クロード様を父上と呼んだわね？」

気圧《けお》されないよう声を低くして、アイリーンが尋《たず》ねる。

少年はととのった眉を少しあげて、華奢《きゃしゃ》な肩《かた》をすくめた。

「不本意だけどね」

身長はアイリーンより少し低い。年齢《ねんれい》は十三、四歳くらいだろうか。クロードは今年二十八歳になる――つまり、できない話ではない。

深呼吸して、アイリーンは確認する。

「つまり、クロード様の隠し子？」

ぎょっとした顔で幼竜がアイリーンを見あげ、少年はきょとんとしたあとで、笑い出す。

少年らしい、高めの笑い声だった。それもどこかクロードに似ている響きがある。

「いいね、それ。そうだよ」

「グギャッ!?」

「覚えがなくたって、あんたと血がつながってるのは事実だよ。僕だって迷惑《めいわく》してる」

一転して、クロードに向ける眼差《まなざ》しが冷ややかになる。どうやらこの姿になったクロードとも会話ができるらしい。アイリーンの中で隠し子疑惑《ぎわく》が真実に変わる。

「わかるはずがないから、自己紹介《しょうかい》くらいしておくよ。僕の名前はシャルル」

さらに一歩、少年が足を踏み出した。冷たいというより薄暗《うすぐら》い眼差しで、笑う。

「そこの、クソ忌々《いまいま》しい魔王の息子《むすこ》だ。次の魔王らしいよ」

——なお、いつも間の悪い思い出し方しかしない前世の記《き》憶《おく》に、彼の存在はない。


魔性《ましょう》の美貌を持つ魔王の妻となったアイリーンには、覚悟《かくご》があった。

まずは人間だけでなく魔物も守るという重責を負うクロードに、魔王としてだけではなく人間の幸せもつかませること。

そしてアイリーンがクロードと出会う前、廃嫡《はいちゃく》され古城に追いやられていた頃《ころ》、従者いわく荒れていたというクロードの過去もまるごと全部、引き受けることだ。

「しばらく父上たちには表舞台《おもてぶたい》から引っこんでてもらいたいんだ。……父上のその姿は、悪いけど保険だから。ま、ちょっとした呪《のろ》いだと思って我慢《がまん》して」

静まり返った回廊《かいろう》で、面倒そうにシャルルが言った。

幼竜になってしまったクロードを抱《だ》きながら、アイリーンは深呼吸する。

ついに今まで表面化されなかった覚悟が、ためされるときがきたのだ。

「それとも父上、今はまだ皇帝じゃな――」

「わたくしのことは母上と呼びなさい！」

毅然《きぜん》と宣言したアイリーンに、少年がぽかんとした顔をした。

幼竜姿のクロードも、口をあけて呆《ほう》けたあと、慌《あわ》てたようにばたばたする。

「ウギャ、グギャ！」

「わかっております、クロード様、安心なさって。シャルル様でしたわね。あなたの実母がいらっしゃるなら、そちらもいいようにはからいましょう」

「……グギャウッグ……!?」

「おまかせになって、クロード様。まずはシャルル様とご家族の希望ですわね」

「ウギャウ！」

「そのとおりですわ、クロード様。遠慮《えんりょ》なさらなくて大丈夫《だいじょうぶ》よ。わたくし、こんな日がいつか必ずくると、常日《つねひ》頃《ごろ》から準備しておりましたの！」

「グ……ギャウ……」

「……」

うなだれて静かになったクロードと胸をはるアイリーンを、シャルルは交互《こうご》に見て、胡乱《うろん》な目をした。

「父上の隠し子の存在を疑わないんだ……」

「当然でしょう、むしろ今までいないほうがおかしいと思っていたわ！　そしてクロード様はきちんと自分のなさったことの責任をとる方です」

安心したのか、クロードは何も言わない。

その信頼《しんらい》に応《こた》えるべく、アイリーンは前に進み出た。

「だから、こんなことはおやめなさい。言いたいことが山ほどあるのはわかるわ、でもあなたは場合によってはエルメイア皇太子になるのよ」

「――誰《だれ》が、なるもんか」

低くシャルルがつぶやくと同時に、まっすぐ赤い片眼をアイリーンに向けた。敵意を向けられたアイリーンは一歩さがり、クロードが閉じかけていた翼を広げて威嚇する。

「暴れないで。僕にかなわないのは、わかるでしょ。父上はそのザマだ」

「……クロード様に何をしたの」

「僕の負担を少し引き受けてもらっただけだよ。これからのことを父上たちに邪魔《じゃま》されたくない。大丈夫だよ、死んだりしない。おとなしくしててもらいたいだけだ」

「それはあなたの目的によるわね」

「話す必要はないね」

冷たく言い切ったあとで、ほんの少し、シャルルが口調を和《やわ》らげる。

「抵抗《ていこう》は無駄だ。……聖剣《せいけん》はもう、ないんだろ？」

「だからって戦えないわけじゃないんだよ、なめないでくれるかな！」

「たとえクロード様の御子《みこ》相手でもだ！」

シャルルの背後からウォルトとカイルが襲いかかった。戻《もど》ってきたらしい。

眉《まゆ》をひそめたシャルルは最小限の動きでウォルトの蹴《け》りをよけ、アイリーンとクロードの前にすべりこんだカイルの銃弾《じゅうだん》に一歩さがった。

「ウォルト、カイル……！　クロード様が」

「それだろう、事情はよくわからないが状況《じょうきょう》はわかる。慣れた」

銃口をシャルルに定めたまま、カイルが幼竜のクロードを見て端的《たんてき》に理解を示す。

「アイリちゃん、ここは俺とカイルが引き受ける。逃《に》げるんだ」

カイルの横に立ったウォルトが、小さく耳打ちした。アイリーンは両目を見開く。

「そんなことできるわけがないでしょう！」

「城中の――いや、皇都中の人間が突然《とつぜん》、眠《ねむ》り出した。オベロン商会のみんなもだ」

突然の話に、アイリーンは口を閉《と》ざした。ウォルトの説明にカイルが続く。

「皆《みな》、まるで冬眠《とうみん》してるようだ。生きてはいるが眠ったまま、目をさまさない。キース様も、シリル宰相《さいしょう》も、魔物たちまで」

「ちなみに空はなぜか真っ赤になってたよ。ありゃ、結界だな」

「おそらく、俺たちはクロード様の魔力《まりょく》で守られてるから起きていられる」

聖剣を持たないアイリーンが起きていられるのも、クロードからもらった魔力のこもった結《けっ》婚《こん》指輪と、影《かげ》にかかった魔力のおかげなのだろう。

どうして、なぜ、そんな疑問は頭を巡《めぐ》るが、原因ははっきりしている。

じっと立ったままこちらを見ているあの少年だ。

「でも正直、俺たちもいつまで起きてられるか自信がないんだな、これが」

おどけたウォルトの言葉を、カイルも否定しない。

単なる隠《かく》し子騒動《そうどう》ですませられない異常事態を理解して、アイリーンは唇を引き結ぶ。

「わかったわ」

シャルルの目的がなんであれ、ここまでするのであれば逃げなければならない。

皇都を押さえられたうえ、皇帝《こうてい》であるクロードまで捕《つか》まったら、それはエルメイア皇国がシャルルの手に落ちたことを意味する。

(隠し子が父親に長年の恨《うら》みをぶつける——という可愛《かわい》いレベルの話じゃないみたいね)

これは、国難だ。

「方針は決まった？　たぶん、結果は同じだと思うけど」

シャルルがクロードそっくりの仕草で小首をかしげる。ウォルトが怒鳴《どな》った。

「行け！」

アイリーンは背を向けて走り出す、同時にカイルが、ウォルトがシャルルに飛びかかっていった。

　背後で魔力が爆発《ばくはつ》する音がしたが、振《ふ》り向いてはいけない。クロードも身じろぎしただけで、抵抗しなかった。

　そのアイリーンの前に、灰銀の髪《かみ》をした麗《うるわ》しい神が現れる。

「アイリーン、それにクロードだね!?　こっちだ！」

「お義父《とう》さま！」

　古城にいたはずのルシェルが、アイリーンに手を差し伸《の》べた。手を重ねた瞬間《しゅんかん》に、景色が変わる。目を開くとそこには、石畳《いしだたみ》の大通りがまじわる、噴水《ふんすい》広場があった。

「くそ、皇都から出さない気か」

　ルシェルの独白に皇城の外には出られただけで、転移は失敗であることがわかった。

　だがそれよりも、周囲の異常な光景にアイリーンは息を呑《の》む。

　重なり合うように人々がその場で眠りこけている。人間だけではない。馬車を引く馬も、犬も、鳥も、何もかもだ。

　何よりも、見あげればはっきりとわかる、真っ赤な空。

　血が滴《したた》ってきそうなその空が、この異常な空間を作り上げていた。日の光に透《す》けた魔力の波が、まるで血管のように脈打って見える。

「お義父さま……全部これ、あの子が、魔力で？」

「わからない。何かの魔術だと思うが、ただの魔力にしては妙《みょう》だ。僕の魔力でも壊《こわ》せない。どちらかというと、神の力に近い」

「そんな。なら――」

本物の聖剣なら。口にしかけたが、もうないものについて尋《たず》ねてもしかたがない。

口を閉ざしたアイリーンの頭上から、声がかかる。

『ルシェル！　アイリーン、クロードも無事か⁉』

「グレイス。どうだった」

いつも妻を前にすると情けない醜態《しゅうたい》ばかりをさらすルシェルだが、今回ばかりは毅然と問い返す。グレイスも真顔で首を横に振った。

『わたしでもこの結界をすり抜《ぬ》けるのは不可能だった。まるで皇都中、時間が止まってるみたいだ。しかもどんどん広がってる。エルメイア全土を覆《おお》い尽《つ》くす勢いだ』

「魔界《まかい》に影響《えいきょう》はないみたいだが、完全に外界と空間が切り離《はな》されてる。こんな魔術、作ることも、たとえ作ったとしても必要な魔力が尋常《じんじょう》じゃないだろうに。……何者だ、あの子」

『分析《ぶんせき》はあとだ。ルシェル、ここから出る手段はないのか』

「ああ、ここにいたんだ」

ルシェルがアイリーンの手を引き、真っ赤な空に飛び上がる。アイリーンの腕《うで》から翼《つばさ》を広げて飛び立ったクロードが背後に向かって炎《ほのお》を吐《は》き出した。だが、それも足止め程度にしかなっていない。

長剣《ちょうけん》を一振《ひとふ》りして炎を斬《き》ったシャルルが、面倒《めんどう》そうに地上から空にあがったアイリーンたちを見あげる。

「逃げても無駄《むだ》だって」

とんと軽く石畳の大通りを蹴ったと思ったら、シャルルが一気に距離《きょり》を詰《つ》めてきた。

このまま上昇《じょうしょう》しても、赤い結界に阻《はば》まれるだけだ。アイリーンの横にきたグレイスが言う。

『アイリーン、体を貸してくれ。そうしたら君を通じて聖剣が使えるかもしれない』

「だめだグレイス！　君が今、聖剣になってしまったら、もう元に戻れないかも――」

「そうだよ、お祖母様。おとなしく眠ってくれればいい。その間に終わらせるから」

シャルルの剣先が迫《せま》ってくる。ルシェルが振り向いてそれを受け止めようとしたとき、ばりんと赤い空が突然われた。

そして彗星《すいせい》のように、シャルルとアイリーンたちの間に割りこむ。

「そこまでです、シャルル様」

赤い空から一筋差しこんだ、そのままの日光に、短めの金色の髪が輝《かがや》く。

なめらかな顔の輪郭《りんかく》、きりりとした眉。白い肌《はだ》に、引き結ばれた唇《くちびる》は桃色《ももいろ》。アイリーンとそう離れていないだろうが、まだ少女と呼んでも差し支《つか》えない年齢《ねんれい》の、綺麗《きれい》な女の子だ。

だが決して表情は幼くなく、動作もどこか気品がある。

瞳《ひとみ》の色は紫《むらさき》。聖なる力を持つ証《あかし》だ。

何よりも、その顔と服装を、パッケージで見たことがあった。

（――５の悪役令嬢!?）

「なんでお前がここにいる、エステラ！」

怒気《どき》に近いシャルルの魔力の爆風《ばくふう》をエステラと呼ばれた少女が結界で受け流し、ちらと背後のアイリーンたちを見た。

「アイリーン様ですね。ここはわたくしが引き受けます。早く逃げてください」

「あ、あな、あなた」

いくらなんでも5の悪役令嬢が現れて助けてくれるというのは、どういう展開だ。しかもクロードの隠し子と知り合いなんて、わけがわからない。

（まさかシャルルはゲームの隠しキャラとかそういう設定!?）

さすがに混乱するアイリーンだが、エステラ自身は動じた様子もなく、淡々《たんたん》と告げる。

「結界が破れた箇所《かしょ》から外へ出られるはずです。防御《ぼうぎょ》はおまかせください」

どこかで聞いた台詞《せりふ》だ。凛《りん》とした眼差《まなざ》しをシャルルから動かさず、エステラが告げる。

「シャルル様が本気を出したら、わたくしでも止められません。さあ、結界を修復されてしまう前に早く」

「行くよアイリーン！」

ルシェルがアイリーンの手を引っ張り、グレイスが先行して飛ぶ。

「待て！」

慌《あわ》てて剣《けん》を振りかぶったシャルルの前に、結界が立ちはだかった。エステラが展開したものだろう。

クロードの結界すら破ったシャルルがそれを壊せずに、舌打ちする。

「邪魔《じゃま》するな、エステラ！　怪我《けが》したらどうするんだよ⁉」

「邪魔をするなと言うなら、まずあなたが何をなさっているのか説明してください」

「うるさいな！　大体、どうやってここにきた⁉」

「あなたがわたくしに何も言わないなら、お答えする義理はございません」

うしろの奇妙《きみょう》な言い合いが気になって、アイリーンは視線を背後に向ける。その間に、先をいくルシェルが急に止まった。何かを見つけたような顔で叫《さけ》ぶ。

「――どうして、お前が復活している⁉」

ルシェルの叫びと一緒《いっしょ》に、今度は青い空、雲の向こうから一直線に熱線が降ってきた。左肩《ひだりかた》をつらぬかれたルシェルが、落ちていく。

シャルルはまだ赤い結界の中にいる。別方向、外からの新手だ。グレイスが叫んだ。

『ルシェル！』

「っ……だめだグレイス、くるな……アイリーン！」

右手でルシェルが、クロードを抱《だ》いたアイリーンごと、青空に放《ほう》り出した。

「お義父さま！」

「いいから逃げろ！　僕はあの、シャルルって子だけでも足止めする――君もだ！」

突然《とつぜん》アイリーンの横に、シャルルの前に立ちふさがっていたはずのエステラが現れた。ルシェルが転移させたのだと気づいた瞬間、あいていたはずの赤い結界が塞《ふさ》がる。いや、赤い結界の上に、さらにルシェルの結界がかぶさったといったほうが正しい。

　グレイスが青ざめた顔で怒鳴る。

『あの馬鹿《ばか》、自分を核《かく》にして一緒に閉じこめられる気か！』

　ルシェルの結界に閉じこめられたシャルルも怒鳴り返したようだが、もう聞こえない。二重の結界の赤がさらに濃《こ》くなり、エルメイアの皇都が覆い尽くされて見えなくなる。

「待ってください、お義父さま！」

「あぶない！」

　突然アイリーンはエステラに腕を引っ張られた。同時にクロードが炎を吐いて、飛んできた光線を焼き尽くす。

「あ、ありがとう。あなた――」

　だがお礼を言う前に、再度攻撃《こうげき》がきた。

　エステラが両腕《りょううで》を突《つ》き出して結界を張る。聖なる盾《たて》のようにアイリーンたちを囲んだ場所目がけて、流星のような攻撃が降り注いだ。だが、敵の姿はどこにも見えない。

　神に等しい存在であるルシェルを撃《う》ち抜いたものだ。ふせぎきれないのは当然で、少しずつ結界が貫《つらぬ》かれていく。エステラの手のひらに、腕に、頬《ほお》に朱《しゅ》が走った。それでもしっかり前を見据《みす》えながら、エステラが叫ぶ。

「このままでは押し負けます、転移します！」

「でも、ルシェル様たちが……っ」

『――大丈夫《だいじょうぶ》、行こうアイリーン。ルシェルが作った結界の中なら、ルシェルが守っているのと同じことだ。これ以上、悪いことにはならない。皆《みな》、眠《ねむ》っているだけですむはずだ』

眼下を見ながらグレイスが同意する。赤い結界にも攻撃はぶつかっているが、壊れる気配はなかった。むしろ内側から波打っている気がする――シャルルが、自分を閉じこめるルシェルの結界を壊そうとしているのかもしれない。

シャルルと、見えない敵。はさまれたら対処できないのは目に見えていた。

クロードを抱いたアイリーンは、エステラの肩《かた》を叩《たた》く。敵か味方かはまだわからない、だが彼女に頼《たよ》るしかない。そして、5の悪役令嬢がこうして現れた以上、行き先は5の舞台《ぶたい》であるアシュメイル王国だ。あそこならバアルにも助けてもらえる。

クロードを見ると、アイリーンにまかせると言わんばかりに頷《うなず》き返された。

「転移して、アシュメイルに！」

「はい！」

エステラが頷いた瞬間《しゅんかん》、結界が破られた。だが攻撃が降り注ぐ直前に空間がゆがむ。どこか高い所から叩き落とされたような感覚に、気が遠くなっていく。

けれど、胸に抱いたクロードとだけは決して離れないように、力をこめた。

アシュメイルの聖王バアル・シャー・アシュメイルはのんびりと午睡《ごすい》を楽しんでいるところだった。いつでも太陽が輝くアシュメイルだが、今の季節はまだ、わりあい日差しが柔《やわ》らかく過ごしやすい。

そこへ聖竜妃《せいりゅうひ》マナの水場とくれば、池の涼《すず》しさや木陰《こかげ》もあり、格好の昼寝《ひるね》場所だ。そもそもマナの許しがなければ人も近づかない。気持ちがいいのか、マナもバアルと同じように、芝生《しばふ》の上で横になり、うとうとしている。

「いい天気だな、マナ」

「ウキュウ……」

「仕事に戻《もど》りたくない。ぶっちゃけ空中宮殿のその後とかもう知りたくない。そう思わんか」

「ウキュウ……」

「ロクサネも安定期に入って落ち着いている。このまま平和でありたい」

とつぶやいていたら、いきなり空から池に人影《ひとかげ》が落ちた。

正面から水しぶきをあびたバアルは、ぱちぱちとまばたく。同じく水浸《みずびた》しになったマナが、情けない鳴き声をあげた。

「な、なん……なんだ⁉　何が起こった」

「バアル」

名前を呼ばれたと思ったら、黒いものが池の水面から出てきた。思わずあとずさってから、バアルはほっと息を吐《は》く。

「クロードか。海藻《かいそう》かと思ったではないか」

「誰《だれ》が海藻だ。いいから、彼女たちを」

　クロードが真っ先にアイリーンを、次に見知らぬ少女を岸に引き上げる。外傷はないようだが、嫌《いや》な予感がした。

　それを知ってか知らでか、いきなり池に落っこちて這《は》い出てきた魔王《まおう》が先んじる。

「しばらく世話になる」

「……どういう意味だ」

「そのままの意味だ」

「帰れ」

「帰れない。実は――」

「言うな、聞きたくない。うちを巻きこむな、お前のところで片づけろ」

「僕の息子《むすこ》を名乗る少年に国が占拠《せんきょ》された」

　バアルは一瞬《いっしゅん》息を止め、深呼吸を一度はさんで、大きく息を吸いこんだ。

「自業自得《じごうじとく》ではないかアホが！　国ごと滅《ほろ》ぼされろ！」

「そうはいかない。僕に覚えはないんだ、本当だ。君だけでも信じてくれ、頼《たの》むから」

「その顔で信じる馬鹿はおらんわ、鏡でも説得してこい！」

「あと、服をくれ。さっきまで竜《りゅう》だったんだ」

沈黙《ちんもく》したバアルは、改めてクロードを見る。よくよく見たら、アイリーンたちを引き上げた腕《うで》も、いつも苦しそうなくらい詰《つ》められている首元も、素肌《すはだ》だ。

「お前、今……」

「……不《ふ》可抗力《かこうりょく》だ」

気まずげに目をそらすクロードに、なんだかどっと疲《つか》れたバアルは片手で顔を覆《おお》って長い息を吐き出す。

平和とは、かくももろいものなのだと身にしみた瞬間だった。

目をあけると夫が微笑《ほほえ》んでいたので、今まで悪い夢を見ていただけかもしれないとアイリーンは思った。

（ああよかった、またゲームでも始まったのかと思ったわ……杞憂《きゆう》よね。もう、エルメイアや今のこの時間軸《じく》に関係ありそうな過去は、すべて終わってるはずだもの……）

それにしても寝起《ねお》きの悪いクロードが先に起きるなんて、珍《めずら》しい。そう思って体温の低いクロードの手のひらに、甘えるように頬をすりよせた。温度差が気持ちいい。開扉《かいひ》らしき物音と一緒に手が離《はな》れていってしまうと、さみしくなるくらいに。

「アイリーンは目をさましたか？」

「いや、まだ前後不覚のようだ。そっちは？」

「あの娘《むすめ》ならまだ眠っている。一応アレスに監視《かんし》させているが、何者だ？」

「さあ。エステラという名前しか知らない」

「エステラ……」

「突然《とつぜん》襲《おそ》ってきたシャルルとかいう子どもと知り合いのようだ。敵だとは思わないが、警戒《けいかい》はしたほうがいいかもしれない」

「お前の二人目の隠《かく》し子じゃないのか」

「そもそも一人目の隠し子もいない」

がばっとアイリーンは起き上がった。そして、寝台《しんだい》の脇《わき》に腰《こし》をおろしていたクロードの胸倉《むなぐら》をつかむ。

「そのようなことおっしゃってはいけませんわ、クロード様！　実の父親にそんなふうに言われるなんて、あの子がどんな気持ちになるか」

「起きて早々それか！　いや待て、落ち着いて話を聞いてくれアイリーン」

「いいえ。わたくし、母親として隠し子という呼称《こしょう》にも抗議《こうぎ》致《いた》します」

「母親になるのが早くないか!?」

「だってあの顔！　クロード様そっくりでしたわよ」

　クロードが頬を引きつらせて黙《だま》った。バアルが喉《のど》の奥で笑いながら、顔を出す。

「そうかそうか、それほどそっくりか。言い訳できんなぁ」

「……バアル様？　どうして……ってああそうでしたわね、わたくしアシュメイルに転移するように……って、クロード様!?」

べたべた手のひらで、目の前にいる夫の胸やら腕やらをさわって確かめてみる。人間だ。

だが、シャルルから呪《のろ》いをかけられて幼竜になったのではなかったのか。

「アシュメイルにきた瞬間に戻った。聖王の結界内だと多少、ましらしい」

「余に感謝するんだな」

尊大な態度で仁王立《におうだ》ちしているバアルは、魔王《まおう》の魔力も押さえこむ聖なる力の持ち主だ。聖なる力というのは人間を守るものなので攻撃には不向きだが、魔力を無効にしたり封印《ふういん》や呪いを解除することで、魔を祓《はら》う。

「魔力が不安定になったときと同じだな。耳飾《みみかざ》りをつけておれば、進行は遅《おそ》いだろう」

「進行って……クロード様!?」

いきなり上着を――バアルに借りたのだろうアシュメイル風の黒い衣装だ――脱《ぬ》いだクロードにアイリーンは仰天《ぎょうてん》するが、クロードがさらけ出した肌《はだ》を見て沈黙した。

左胸、おそらく心臓から鎖骨《さこつ》あたりまで、肌が黒ずんでいる。そっと指先でふれてみると、皮膚《ひふ》にしては硬《かた》い。柔らかい鱗《うろこ》のようだ。

「……全身に回ると、また竜になってしまわれる?」

「おそらくは。すまない」

伏《ふ》し目がちに謝るクロードに、アイリーンはわざと強気に微笑み、心臓のあたりを人差し指でさす。

「あら残念。可愛《かわい》らしい幼竜のクロード様を飼って差し上げようと狙《ねら》ってましたのに」

「冗談《じょうだん》じゃない」

しかめっ面《つら》になったあとで、クロードが表情をやわらげアイリーンの肩を抱《だ》き寄せた。

症状《しょうじょう》を抑《おさ》えるためには、魔力の使用も控《ひか》えねばならないはずだ。

だが、このひとがこうしてそばにいてくれるだけで、アイリーンには十分だった。

「逆に言うなら、そんなに強くはない呪いだ、ということだが……なんでまたそんな中途半端《ちゅうとはんぱ》な真似《まね》をしたのだかな」

バアルのつぶやきに、アイリーンは問い返す。

「クロード様は魔王です。呪いをかけきれなかっただけではありませんの？」

「アシュメイルとエルメイアの国境付近に斥候《せっこう》をやった。真っ赤な結界に包まれて何も見えなくなっているそうだ。中にももちろん入れぬ。あのように強力な結界でエルメイア全土を覆う力を持った奴《やつ》が、呪いひとつ満足にかけられなかったというのは、今ひとつしっくりこぬ。あの魔の神でさえ結界を二重にして押さえこむのが精一杯《せいいっぱい》で、破ることはかなわなかったのであろう」

アイリーンの脳裏《のうり》に、自分たちを外に出してくれた義父の姿が浮《う》かぶ。

「ルシェル様……そうですわ、お義母《かあ》さまはどちらに？」

「結界に変化がないか見張ってくれている。父上の結界が破られない限りシャルルという子は動けないし、事態は悪化しないはずだ。それはわかっていると思う」

グレイスは撤退《てったい》の後押しをしてくれた。ルシェルを助け出そうと無茶はしないだろう。今のこの時間こそ、ルシェルが与《あた》えてくれた対策のための時間なのだから。

「アシュメイルとしては、あの赤い結界がこちらにくることを懸念《けねん》している。が、今のところ拡大する気配はないので様子見だ。エルメイア皇国の内争として静観するつもりだが――クロード。お前、本当に身に覚えがないのか」

「何の話だ？」

「隠し子だ」

「まったく覚えはない」

低い声で唸《うな》るように答えたクロードに、アイリーンは眉《まゆ》をひそめた。

「クロード様、よく思い出してみましょう」

「ないと言ってる。なぜ誰《だれ》も信じないんだ。誰か信じてほしい、ひとりくらい」

「クロード様、世の中できることとできないことがございます。さあ思い出しましょう」

「どんなに言われてもないものはない！　そもそもだ、不意をついたとはいえ僕と張り合うだけの魔力の持ち主だぞ。もし彼が本当に僕の子どもだというなら、なぜ今まで魔物も騒《さわ》ぐことなく、探知されなかったというんだ？　理屈《りくつ》に合わない」

なるほど、一理ある。黙ったアイリーンにほっとしたようにクロードが肩《かた》の力を抜《ぬ》いた。

「だから、僕の隠し子説からは離れて考えてくれ」

「クロード様が覚えていないのならしかたありませんわね……キース様がいらっしゃれば母親

候補をあげられたと思うんですが」

あの従者ならば、クロードの行動を知り尽《つ》くしているだろう。真剣《しんけん》に考えこむアイリーンに、クロードがうなだれた。

「あくまで僕を疑う方向なんだな……」

「逆に赤の他人のほうが、この状況《じょうきょう》の説明がつきません。クロード様の隠し子でいらぬ苦労をし、逆恨《さかうら》みにエルメイア皇国を滅ぼしにきたと言われたほうがまだ理解できます」

そこは反論できないらしく、クロードも考えこむ。

「状況だけ見れば、僕を排《はい》しエルメイア皇国を乗っ取ろうとしたと言えるだろうが、それにしては手ぬるいというかなんというか……別の目的があるんだろうな」

「でしょう。だからこそ今のうちにあの子の情報が欲しいんですわ、母親も含《ふく》めてです。でなければ対策はもちろん、交渉《こうしょう》もできません」

「父親の情報もさぐってくれ、頼《たの》む。僕の身の潔白を晴らしたい」

「クロード様がかたくなに知らないと言い張る以上、エステラというあの少女から聞くしかありませんわね。彼女はどこに？」

無視されたクロードに少々憐《あわ》れみの眼差《まなざ》しを向けながらバアルが答える。

「まだ眠《ねむ》っているようだが。そういえばあの娘――」

「バアル様」

こんと叩扉《こうひ》の音と一緒《いっしょ》に、アシュメイル王国将軍であるアレスの声がした。

「例の娘《むすめ》が目をさましたようです。サーラがみておりますが」

今行くと答えたバアルについていくため、アイリーンも寝台からおりた。

「見える？　そう、よかった。起きられそう？　大丈夫《だいじょうぶ》、もう怪我《けが》は治ったからね」

解体予定のアシュメイル王国後宮、手入れこそされているがうらぶれた薄暗《うすぐら》い宮殿《きゅうでん》の中に、優《やさ》しい神の娘の声が響《ひび》く。

神の娘であるサーラは、傷を癒《い》やすことができる『聖と魔と乙女《おとめ》のレガリア3』のヒロインだ。立場こそゲームのままではないが、その力は本物である。おそらくエステラの治療《ちりょう》に当たってくれていたのだろう。

アイリーンたちが足を踏《ふ》み入れたとき、エステラはサーラに支えられて上半身を起こし、水差しから水を飲んでいた。

「ゆっくり飲んでね。話すのはそれからで大丈夫だから」

「……わた、くし……ここは……」

こういうとき男性で取り囲むのはよくないだろうと、クロードとバアルを入り口付近で制止し、アイリーンが寝台に近づいた。サーラが目を向ける。

「まだ、怪我を治しただけです。無理させちゃだめです」

「わかっているわ」

答えたアイリーンに、エステラがぼんやりとした眼差しを向ける。紫《むらさき》の綺麗《きれい》な目と、星のかがやきを思わせる金髪《きんぱつ》。あまり見たことのない形の——そう、前世風にいうならばゴシック調の紺《こん》の制服を着ている。一見すれば修道女のようだ。

落ち着いて見たことで、ますます確信する。

（やっぱり5の悪役令嬢《れいじょう》だわ、この子）

確かパッケージ中央にいる少女は、燃えるような赤髪《あかがみ》だった。あれが主人公だろう。だとしたらパッケージの隅《すみ》で暗黒微笑《びしょう》を浮かべていたこの少女が悪役令嬢だろうという消去法での判断だが、間違《まちが》いないだろう。

そして5の舞台《ぶたい》は、ここ、アシュメイルだった。

嫌《いや》な予感がするが、確かめなければいけない。この少女だけが、エルメイアを突然《とつぜん》襲《おそ》ったシャルルの情報を得る手がかりなのだ。

「ありがとう。あなたのおかげでアシュメイルに逃《に》げられたわ」

「……アシュ、メイル……ここがそう、なんですか？」

かすれた声で、エステラが問い返す。アイリーンは頷《うなず》き返した。ゆっくり周囲を見回したエステラが、しばらく考えこんで、アイリーンを見返す。

「あなたは、どなたでしょうか」

「……え？　あなた、わたくしを知っているんでしょう」

「……質問を間違えました。——わたくしは、誰ですか？」

両目を開くアイリーンを見て、エステラが申し訳なさそうに、眉根《まゆね》をよせる。

「わたくしは、どうしてここにいるのですか？　失礼ですが、あなたはわたくしをご存じなのですか……？」

「あなた、まさか……」

「覚えていないんです。思い出せないんです……何も」

シャルルからアイリーンたちを守ってくれた少女が、長い睫《まつげ》を震《ふる》わせながら言う。

愕然《がくぜん》としたアイリーンの目の前で、サーラが優しくエステラの手を握《にぎ》った。

「大丈夫、少し混乱してるだけだから、落ち着こう。ね？」

「でも、わたくし、何かしなければならないことがあったような……」

「手がかりはあるんだからすぐ見つかるわ。その制服、アシュメイルにある神女学院のものでしょう？　問い合わせれば――」

「神女学院⁉」

反応したアイリーンのこめかみが痛む。同時に、リリアの言っていたことを思い出した。

（そうだ、確か――5はヒーローが経営する神女学院が舞台って……）

情報を整理しきれないでいるアイリーンのうしろに、バアルが近寄る。

「そう、それを言おうと思っておったのだ。この娘、我が国の人間ではないのか？」

「それ、は――」

答えられずまごつくアイリーンから、バアルへとエステラが視線を動かす。

「……あなたは？」

「ん？　まあよい、名乗ってやろう。バアル・シャー・アシュメイルだ」

エステラは答えず、頭痛をこらえるように顔をしかめる。それを見て、バアルは笑った。

「無理はするな。記憶喪失《きおくそうしつ》ならば、王の名がわからずともしかたない。とりあえず体調が整い次第《しだい》、神女学院に顔を出してみたらどうだ。知り合いがおるかもしれんぞ」

「わたくしもついて行きます」

名乗り出たアイリーンに、バアルがまばたく。いつの間にかそばにいたクロードが、たしなめるように口を動かした。

「君が自ら出向くことはないだろう。問い合わせてもらえば――」

「彼女が何者か、これはエルメイアの存続に関《かか》わる事項《じこう》ですわ、クロード様。あなたの隠《かく》し子につながる唯一《ゆいいつ》の情報源なのですから」

「僕に隠し子はいないと何度言わせるんだ」

「失礼致《いた》しました、クロード様の御子《みこ》であらせられるシャルル様につながる情報を持っているとしたら、彼女だけです」

違《ちが》う、とかなんとかクロードが唸っているが、違わない。

「エルメイアがああなった以上、安易にエステラ様をさぐることもアシュメイルにとって危険かもしれません。――どうせ神女学院に秘密があったり色々するんですわ！　もうこれは大体そういう展開です！」

皆《みな》がぽかんと口をあけていたが、半ば開き直ってアイリーンは続ける。

「エステラ様が何も覚えていないことをいいことに、利用する輩《やから》がいるかもしれません。エステラ様自身の身辺は慎重《しんちょう》に、かつ迅速《じんそく》に調査すべきです。そしてエステラ様の周辺には必ずシャルル様の情報があるはずです。それはエルメイアの秘密につながりますわ。安易に他人にまかせられません。安易な問い合わせもするべきではありません」

「それはわかるが、問い合わせるなといってもな……どうするのだ」

「決まっておりますわ」

ゲームが始まっているのかどうかはわからない。だが、エステラが本当に5の悪役令嬢ならば、その先には必ず断罪がある。まさか5作目にして方針転換《てんかん》したなんてないだろう。

エステラが本当にどんな人物か、その正体をアイリーンは知らない。だが、助けてくれたのは確かだし、シャルルに対抗《たいこう》できるだけの聖なる力を持っている。ただ者ではない。

今の状況《じょうきょう》で、決して断罪などさせるわけにはいかないのだ。

「普通《ふつう》の女学生として、わたくしとエステラ様が一緒に神女学院に潜入《せんにゅう》するのです」

結果的にゲームと同じ展開を踏むことになったとしても、それがどうした。

いつだってそうやって切り抜《ぬ》けてきたのだと、アイリーンは不敵に笑った。

頬《ほお》をつねっても押しても夫は起きない。夫についている近衛《このえ》も、ここまで送ってきてくれたアイリーンのご自慢《じまん》の侍女《じじょ》も同じくである。

（どうなってるのかしら？）

外の騒《さわ》ぎこそ気づいているが、状況を先に確かめたい。だが、むにゅーんと夫の頬を伸《の》ばす作業にも飽《あ》きてきた頃合《ころあ》いだった。

侵入《しんにゅう》者の気配に、リリアは慌《あわ》てて周りと同じように眠ったふりをしようとする。

「起きてるんだろ。そう聞いてる」

ぶっきらぼうな声に、片目をあけたら、しっかりこちらを見られていた。だが、リリアにはその少年に見覚えが――

（ある……ような気が、するようなしないような？）

うーんと人差し指をこめかみにあてながら、起き上がる。

「……僕が言うのもなんだけどさ。異常事態だと思うんだけど、何してんの」

「記憶《きおく》をさぐってるのよ」

見覚えがあるようでない少年は、呆《あき》れ顔をした。幼く少々乱雑な印象だが、それを補ってなお完璧《かんぺき》に作りこまれた美貌《びぼう》の持ち主だった。このまま成長すれば、ゲームでいえば正ヒーロー級か、ラスボス級。いずれにせよ攻略《こうりゃく》キャラになれる顔である。

「ねえ、これってあなたの仕業《しわざ》？　私が起きてることに驚《おどろ》かないの？」

「……挨拶《あいさつ》しておくように言われたから、きた」

「あら、誰《だれ》に？」

返事は沈黙《ちんもく》だ。

だが彼にそう忠告した人間は、なかなかわかっているように思えた。前作への敬意が感じられるというべきか、それとも挑発《ちょうはつ》か。

「僕の名前は、シャルル・ジャンヌ・エルメイア」

そう名乗って、少年は踵《きびす》を返す。

「それだけだ。……誰も傷つける気はないから、僕の邪魔《じゃま》はしないで」

急いでいるらしく、少年はそれだけ言って立ち去ってしまった。

ぱちぱちとまばたいたあとで、リリアは考える。

シャルル・ジャンヌ・エルメイア――エルメイア皇族であることを示す名前だ。シャルルというのは、ゼームスが偽名《ぎめい》で名乗った名前、ゲーム的には次代の魔王を意味している。つまり、彼は次期魔王、それでエルメイア皇族で、あの顔と髪《かみ》と瞳《ひとみ》の色ときたら、これはもう決まりだ。

「続編キタ――――――！　そうこなくっちゃ！」

となれば急いで支度《したく》をせねば、アイリーンの活躍《かつやく》を見逃《みのが》してしまう。

舞台はアシュメイル、神の娘《むすめ》の遺体が納められた聖櫃《せいひつ》がある神女学院だろうか。経緯《けいい》はさっぱりわからないが、まずはそこから調べるのが王道だろう。るんるんで旅支度をしようとして気づいた。

空は真っ赤になっている。あれは結界か何かだろう。おそらく、エルメイアは今、空間ごと外界と切り離《はな》されている。それに、周囲のこの体《てい》たらく。

これでどうやってアシュメイルまで行くというのか。

（えっまさかここで留守番？）

そんな馬鹿《ばか》な。

「……」

一瞬《いっしゅん》目から光を失ったリリアは、ふっと唇《くちびる》をゆがめ、八つ当たりもこめて夫の頬を再度指でつまんで伸ばす。

「起きてセドリック」

「……」

「この展開はヒロインとヒーローだけがなぜか起きてて謎《なぞ》に迫《せま》る展開でしょ、普通！　なのになんで寝《ね》てるのよ起きて！　アシュメイルにつれてって！　もーほんっと王子様キャラって役に立たない、起きてったら起ーきーてー、離婚《りこん》するわよ起きて！　よし離婚す――」

「あんた、この非常時に何してるのよ」

両眼を見開いたリリアは、ゆさぶっても何をしてもまったく目をさます気配のない夫と、その人影《ひとかげ》を見比べて尋《たず》ねる。

「セレナってば、ヒロインじゃなくてヒーローだったの？」

「またわけわかんないこと言って。この騒動《そうどう》、あんたの仕業じゃないでしょうね。空中宮殿も消えたとか聞いたんだけど」

仮にも第二皇子の妃《きさき》に向かって礼儀《れいぎ》のれの字もない態度を見せる彼女は、セレナ・ジルベール。この春、女性官吏《かんり》に登用された優秀《ゆうしゅう》な人物――というのはリリアにとってどうでもいい。

大事なのは、彼女がゲームのキャラだということである。

「とりあえず、ちょっときて。魔王の父親が倒《たお》れてる。怪我《けが》してるみたいなんだけど」

4のヒーロー兼《けん》魔王だったルシェルのことだろう。

「治してあげられるでしょ、生きてるなら」

彼女はありとあらゆる力を増幅《ぞうふく》させる特異体質をもつ救済の聖女、『聖と魔と乙女《おとめ》のレガリア2』のヒロインだ。3のヒロインであるサーラのように治癒《ちゆ》能力があるわけではないが、回復力を早めることはできる。当然の前提を口にしたリリアに、セレナが眉《まゆ》をひそめた。

「そもそもこの状況で治していい相手かどうかわかんないじゃないの？」

「セレナってそういうとこ警戒心《けいかいしん》強いわよねー。聖女としての心はないの」

「ないわよ。そもそも聖女なんてなった覚えがない。しかも、なんかうなされて変なこと口走ってるからあやしくてしょうがないのよ。エヴァレとかなんとか」

「エヴァレ!?　5のラスボスの名前じゃない……！　話を聞かなきゃ、助けましょ！」

うきうきで立ち上がろうとして、リリアはふと考えこんだ。

邪神《じゃしん》エヴァレ。5のラスボスの名前だ。――だとしたらあのシャルルと名乗った少年は何者だろうか。

クロードそっくりの顔で、ゲームのキャラではないなんてこと、ありえないだろうに。

(でも５のヒーローはあんな顔じゃなかったし、ラスボスでもないとなると……うーん)

これはなかなか考察しがいがある謎だ。大元からさぐったほうがいいかもしれない。

アイリーンは脱出《だっしゅつ》したようだし、なんとかするだろう。こっちはこっちで調べたほうがいいかもしれない。

シャルルは誰かに、リリアに名前を名乗るように言われた。アイリーンではなくだ。シャルルの正体を考えろ、わかるだろうと、挑戦《ちょうせん》状を叩《たた》きつけるように。

――たとえば、５とつながりがあるという、シリーズ最終編の６のキャラとか？

「ふふ、楽しみね。セレナ」

「この状況で？　あんた相変わらず神経おかしい」

そう言われても、１と２のヒロインがそろっているのだ。

続編に旧作だとなめられる展開など、あってはならないのである。

・5はアシュメイル王国の神女学院が舞台《ぶたい》
・ヒーローは魔竜《まりゅう》の封印《ふういん》を管理する地下組織の若きボスで神女学院の学院長、名前不明
・ヒロインはレヴィ一族の生き残りで魔力持ちの赤髪美少女、名前不明
・悪役令嬢はパッケージから察するにエステラだと思われる
・悪役令嬢は世界統一教に神女と担《かつ》がれ、神王アレスを斃《たお》そうと目論《もくろ》む。おそらく断罪アリ
・ラスボスは保健の先生で眼鏡の関西弁。実は世界統一教の教祖で、魔竜を喰《く》って邪神としての力を取り戻《もど》すために、地下遺跡《いせき》の初代神の娘の遺体を狙《ねら》う（初代神の娘の遺体を操《あやつ》る）
・攻略キャラは学院関係者三人で、ラスボスは攻略できない
・シャルルは5のパッケージには不在、ただし現実ではエステラと知り合い
・6は開発中らしいが詳細《しょうさい》不明。5と同じキャラが出てくる？

「……今、わかっているのはこれくらいかしら」

リリアから漏《も》れ聞いたゲームの設定と現状、自分の記憶をすりあわせて、現時点での情報を紙に書き出したメモだ。アイリーンは羽根ペンにインクを付け直す。

そして、現実と矛盾《むじゅん》している部分をチェックしていった。

「まず、魔竜が聖竜妃《せいりゅうひ》になってしまった。ただ、バアル様いわく、魔竜の封印を管理する地下組織は現存していて、聖竜妃の祭祀《さいし》に役割を振《ふ》り替《か》えて今も神女学院を運営中。つまり神女学院はまだあるし、実際エステラはそこの制服を着ていたのよね……」

アシュメイル王国を舞台にした3の正しいエンディングでは、魔竜が封印される。だが、現実には魔竜は清められ聖竜妃となったために、地下組織の役割が変化し始めているのだ。

「加えて、5のラスボスが復活したくても魔竜がいない。聖竜妃も浄化《じょうか》されてるから、邪神の力を取り戻すための餌《えさ》に不向きよね……。ただ、初代神の娘の遺体を納めた聖櫃は地下遺跡に現存してる。遺体を操らなくても、サーラ様で代用できそうだけど……」

だがリリアは、ラスボスが初代神の娘に執着《しゅうちゃく》しているようなことを言っていた。恋愛《れんあい》的な問題か伏線《ふくせん》か、生きている人間《サーラ》より遺体のほうが操りやすいとかいう事情もあるだろう。

「最大の違《ちが》いはこれね。神王アレスの時代はきていないこと」

魔竜に乗っ取られ3のラスボスになるはずだったバアルは聖王のまま、肝心《かんじん》のアレスは恩赦《おんしゃ》されたものの革命に失敗した反逆者だ。5の悪役令嬢が世界統一教にかつがれたとしても、斃すべき神王アレスが存在しない。

「悪役令嬢いわく、アレスは簒奪《さんだつ》王だっていうのよね？　確かにエステラは聖王になれるくらい聖なる力が強そうだったけど……」

はたとあることに気づいたアイリーンはペンを動かすのを止《や》めた。

3の聖王を斃した神王を簒奪王と呼ぶ、悪役令嬢の血筋についてだ。順当に考えると、ゲームでの前王朝――すなわち聖王の血を引いているということにならないか。

「……まさかクロード様に続き、エステラがバアル様の隠《かく》し子――」

「呼びましたか、アイリーン様」

「なんっ、なんでもなくってよ！」

ちょうど寮《りょう》の自室に戻ってきたエステラが、声を裏返したアイリーンに小首をかしげる。

神女学院の紺色《こんいろ》の制服にかかる金色の髪、涼《すず》やかな目を彩《いろど》る紫《むらさき》。それらの色合いがバアルと同じだと気づいてしまった。

（ま、まさかね。バアル様の即位《そくい》はだいぶ前だし、今は解体中でも後宮はずっとあったし、サーラ様やロクサネ様と出会う前ならチャンスはあったとしてもよ！　ふ、雰囲気《ふんいき》だって全体的に違うし……）

明るく人なつっこい雰囲気のあるバアルと違い、エステラは物静かでどこか近寄りがたい高貴な雰囲気がある。シャルルも眼帯などつけてクロードとはずいぶん違う、退廃《たいはい》的な雰囲気があったが――と考えて、ぶんぶん首を横に振った。

（そもそも年齢《ねんれい》に無茶がないかしら？　年下だとは思うけれど、シャルルと違ってわたくしと年はそう変わらないような……ああ、でも年齢を確認《かくにん》しようにも記憶《きおく》がないのよね……）

結局そこで行き詰《づ》まる。

眉間《みけん》にしわをよせてしまったアイリーンに、エステラが首をかしげた。

「ひょっとして、具合が悪いのではないですか。疲《つか》れが今頃《いまごろ》出たのでは……」

「大丈夫《だいじょうぶ》よ。言ったでしょう。転入初日から寮に閉じこもっていたのは、あなたひとりなら話しかけてくる人物がいるかいないか見極《みきわ》めるためよ。それで、どうだった？」

「残念ながら、誰《だれ》もわたくしを知らないようでした。やはり教師も生徒も、転入生というわたくしのことを疑っていないようです。記憶喪失《きおくそうしつ》を気遣《きづか》ってくださる方達ばかりでした」

転入初日、アイリーンに言われたとおり授業を受けてきたエステラは、淡々《たんたん》と答える。

アイリーンとエステラは今、正妃ロクサネの推薦《すいせん》を受けた転入生として神女学院に潜入《せんにゅう》している。アシュメイルの王都西端《せいたん》に広大な敷地《しきち》を持つ神女学院は全寮制《ぜんりょうせい》なので、エステラと二人部屋になるところまで細工し、定期連絡《れんらく》の日時だけ決めて、まかせてもらう形にしたのだ。

「ただ、世界統一教とかいうあやしげな集会への勧誘《かんゆう》を受けました。最近学生の間ではやっているそうです」

ゲームでも出てくる単語に、アイリーンは眉をひそめる。しかも、５の悪役令嬢は世界統一教の神女としてラスボスの傀儡《かいらい》になるとリリアは言っていた。

「あやしげなものに近づいてはだめよ。……あなたの記憶がどうこう言われてもよ」

「もちろんです。常套手段《じょうとうしゅだん》でしょうから」

興味もなさそうなエステラだが、注意しておかねばならないだろう。ゲームはもう始まっている可能性が高い。

「他《ほか》に変わったことは？　たとえば……その、女装した王子様とかいなかったかしら……」

やや目をそらしつつ尋《たず》ねると、エステラがきょとんとした。

「そんな変態は見当たりませんでしたが、いるんですか？」

「いえいいの、聞かなかったことにして。普通《ふつう》はいないと思うわ……ただ一応、聞いておかねばならなくて」

「では見つけ次第《しだい》、即刻《そっこく》通報致《いた》します」

もし女装した攻略《こうりゃく》キャラが現れたら、悪役令嬢に通報されることになるのだろうか。それはそれで悪役令嬢の死亡フラグな気がする。

「したい気持ちはわかるけれど、目立つからおやめなさい。担任教師はどう？」

「とても親切なお爺《じい》さまでした」

「……そう。そもそも編入先の学年が違う可能性があるのよね……わたくしにあわせて、最高学年にしてしまったけれど、あなたなら新入生でもおかしくないもの」

神女学院は十四歳以上の女性の入学が認められる全寮制の学園で、四年制である。二十歳《はたち》までに卒業する生徒が大半だ。二十代の入学もあるようだが珍《めずら》しい部類になる。目立たないことを優先し、十九歳のアイリーンに合わせて無難な最高学年に転入した。

「それにしては、制服に新品感がない気がします」

エステラが自分の制服の裾《すそ》を見ていう。確かにとアイリーンは頷《うなず》いた。

「あなたが既《すで》に卒業していた可能性もあるかしら……」

「卒業してからも制服って着るものなのでしょうか……やはりこれはただ拝借しただけで、わたくしはここの生徒でもなんでもないのではないでしょうか。生徒名簿《めいぼ》にもエステラという女生徒の名前はなかったのですよね？」

「ええ。でも、そう判断するのは早計だわ。制服が誰かのおさがりなのかもしれないし」

「それなんですが、わたくしの制服、皆様《みなさま》と少し違うようなんです」

書いていたメモを見られないよう裏返して立ち上がったアイリーンは、改めてエステラの制服を見る。

初代神の娘《むすめ》を規範《きはん》とする学院なだけあって、制服は紺《こん》を基調にした修道女のようなデザインになっている。だが何かと派手なアシュメイルの風土を反映していて、ふっくらとした袖《そで》やスカートの形は可愛《かわい》らしく、裾や絞《しぼ》られた袖口《そでぐち》からはレースがのぞいていた。前世風に表現するならば、修道女風のゴスロリというやつだ。

「……同じではなくって？」

ぱっと見、アイリーンが着ているものと同じに見える。記憶している限りの色も形も、５のパッケージで主人公が着ていた制服と同じデザインだ。

だがエステラはゆるく首を横に振って、袖口を見せた。

「レースの形が少し違うんです。スカートの裾のほうも……」

アイリーンは自分の袖口をエステラと並べて、再度見比べてみた。

確かに袖口からのぞくレースの細かい意匠《いしょう》が、少し違う。

アイリーンが今着ているのは、バアルが用意してくれたものだ。今の学生が着ている制服と同じだろう。ということは、エステラが『違う』ということになる。

「スカートの丈《たけ》も少し短い気がします。……わたくし、本当はどこから、何をしにきたのでしょうか……」

少し声を落としたエステラは無表情のままだが、どこか心細そうに見えた。そうすると、余計に年下に見える。

アイリーンはエルメイア皇国の皇后だ。国を救うことを第一に考えなければならない。だが自分が誰かもわからない少女を利用するだけなんて、許されない。

「大丈夫。どこの誰であろうと、あなたはあなたよ」

そっとエステラの肩《かた》を抱《だ》き寄せて、背中を軽くなでる。

「思いつめてはだめ。わたくしもクロード様もあなたの記憶をあてにはしているけれど、いざとなれば自力でなんとかしてみせるわ。自分の国のことだもの」

「……ですが、わたくし、何かしなければならないことがあった気がして」

「だから、思いつめるのはやめなさい。バアル様はあなたを自国民だと思って保護する気でいるし、ロクサネ様だってできるだけの助力をしてくださるわ。ひょっとしたらあなたは留学生なのかもしれないっておっしゃってたし」

ぱちりとエステラはまばたいた。

「アシュメイル王国は長らく鎖国《さこく》状態だったけれど、交換《こうかん》留学だけはずっと続けていたの。ここ最近はものすごく活発になってるわ。バアル様はあれでなかなかの外交好きだから。あなたは案外、これからアシュメイル王国へ留学にくる予定だった他国の人間かも」

「いえ、わたくしはアシュメイル王国の人間だと思います」

しっかりと断言したあとで、エステラが自分でびっくりしたような顔になる。

「……そう、思います。……いえ、ひょっとしたら……違うかもしれませんが……」

「あら、いいじゃない。自信を持ちなさいな。ここに必ず何かあるってことよ」

「そう、ですね……聖王様と正妃《せいひ》様にはご迷惑《めいわく》をおかけしますが……」

「気に病《や》むことはないわ。それこそ国王のつとめでしょう」

頬《ほお》を軽く押すと、エステラがやっと肩の力を抜《ぬ》いた。ずっと気を張っていたのかもしれない。

「今日はもう夜の礼拝と食事だけでしょう？　少しゆっくりなさい」

「有り難《がと》うございま――あ、いえ、アイリーン様。すみません、伝言を忘れていました。クロード先生から」

ぴくりとアイリーンは頬を引きつらせた。だがエステラは至って真面目《まじめ》だ。

「そう、クロード先生、から……」

「はい、クロード先生から。礼拝堂裏で待っているそうです」

額に手を当てたアイリーンは深く深く息を吐《は》き出した。

神女学院はその名のとおり、女生徒のみの学院である。ゆえにクロードは生徒としては入れない――もともとクロードを生徒にすることにも相当無理がある――ので、クロードはアシュメイルの王宮で待機してもらうつもりだった。シャルルにかけられた呪《のろ》いによる体調の心配もある。バアルのそばにいるほうが絶対にいい。

だがしかし、お忍《しの》び好きなクロードがじっとしているわけもなかった。

「何かありましたの、クロード様。わたくしを呼び出すなんて」

「クロード先生、だろう？」

クロードが首を横に傾《かたむ》ける。ひとつにくくった黒髪《くろかみ》が夜風にさらりと流れ、なんの教師だと言いたくなるあやしげな雰囲気《ふんいき》を醸《かも》し出していた。この物憂《ものう》げな色気で、アイリーンとエステラの転入の話題など星の彼方《かなた》へ飛ばしてしまった、絶賛人気上昇中の新任教師である。

エルメイア皇国を襲《おそ》ったシャルルの情報を持つエステラの身元を調べるため、アイリーンがエステラと神女学院へ転入する。それを了承《りょうしょう》する条件としてクロードが出したのが『自分も教師になって一緒《いっしょ》にいく』だ。

ちなみに担当は美術。ご本人が美術品になってしまえばいいとアイリーンは苦々しく思う。

「……楽しそうですわね」

「ちょっと楽しい」

ずいぶんご機嫌《きげん》なようだ。体調が悪いよりずっといいが、なんだか腹立たしい。

「もてまくっておられましたものね」

冷ややかな目で言うと、クロードがぱちぱちとまばたいたあと、喉《のど》を鳴らして笑う。

「訂正《ていせい》する。だいぶ楽しい。――君のそんな顔が見られるなんて」

「それはよかったですわね。それでなんのご用ですかクロード様」

「せんせい、だろう」

「遊ぶのもいい加減になさいませ」

「ならしょうがないな」

言うなり、クロードがアイリーンの腰《こし》を抱き寄せた。慣れた動作でこめかみから耳殻《じかく》を唇《くちびる》でなぞられる。

「ちょっクロード様！　こ、ここを、どこだと」

「神女——俗《ぞく》な言い方をすれば貞淑《ていしゅく》な妻を養成する男子禁制恋愛《れんあい》禁止の女学校。恋人《こいびと》はもちろん、家が決めた婚約《こんやく》者ですら出入りも手紙のやり取りも禁止。既婚《きこん》なんてもってのほか。もし神女らしからぬ行動があれば即《そく》退学させられる、戒律《かいりつ》の厳しい学校だ」

「でしたら……っ」

「でも君は僕をせんせいと呼ばない。ということは、今の君は僕の妻だと思う」

どういう屁理屈《へりくつ》だ。文句を考えている間に、唇をふさがれそうになる。

「もう、クロード様！」

「せんせい」

なんとしてでも言わせたいのか、クロードが耳たぶを甘噛《あまが》みしながらねだるように言う。引きはがそうと背中の服をつかんで引っ張ってもびくともしない。アイリーンが苦しくない、けれど抵抗《ていこう》できない力加減がわかっているのだ。

ついに腰から下に伸《の》びた手があやしい動きを見せ始めたので、アイリーンは降参した。

「わかりました、クロード先生！　なんのご用ですか！」

「特に用はない」

一拍《いっぱく》間をあけたあと、アイリーンはクロードの足を思いっきり踏《ふ》んだ。

「怒《おこ》りますわよ……!?」

「少し心配だったんだ。君がちゃんと無事か」

「まだ潜入《せんにゅう》二日目ですわよ。何をそんな大袈裟《おおげさ》な――」

「皆《みな》も、無事だといいんだが。魔物《まもの》たちやキースやウォルトやカイル、エレファスも、セドリックも、父上も……僕の民《たみ》も、みんな」

溜《た》め息と一緒に、クロードがもたれかかるように抱《だ》きついてきた。踏みつけていた足をさげ、抗議《こうぎ》のために振《ふ》りあげようとした拳《こぶし》もほどいて、アイリーンはその背中に腕《うで》を回す。

エルメイア皇国がああなったことに一番責任を感じているとしたら、それは皇帝《こうてい》であるクロードだ。

（わたくしのだめなところだわ。すぐ解決策に夢中になって、周囲の気持ちを置いてけぼりにしてしまう）

エルメイアに何かあったら、赤い結界を見張っているグレイスが連絡《れんらく》しにきてくれる。空中宮殿《きゅうでん》の捜索《そうさく》もバアルが継続《けいぞく》中だ。打てる手はすべて打っているが、結局のところ、クロードはただ待つだけになってしまうのが許せなくて教師にまで扮《ふん》しているのかもしれない。

そんな皇帝の心理的支柱になることは、皇后にしかできないことだ。

「今は焦《あせ》ってもしかたありませんわ」

「君は強いな」

「それはもう、だってクロード様がいますもの。百人力ですわ」

額を合わせて言うと、クロードが唇をほころばせた。

「僕は君がいると逆に心配なんだが。何をしでかすかわからなくて」

「失礼なことを――って、だめです！」

アイリーンの顎《あご》を持ちあげ、唇を重ねようとしたクロードの口元を両手でふさぐ。油断も隙《すき》もない。

「誰《だれ》かに見られたらどうしますの」

「それがいいんじゃないのか？」

ぺろんと掌《てのひら》を舐《な》められたが耐《た》えた。ぞくりと背筋によろしくない悪寒《おかん》が走ったが、ここで手を放したら絶対にだめだ。

「先生と呼べとおっしゃるなら、きちんと戒律を守ってくださいな」

「魔王に戒律を求めるとは。僕の可愛《かわい》い妻はなんて貞淑なんだ」

くっと笑う喉の動きがとにかく色っぽい。でもそれが本当は、クロードの焦りのような気もした。その証《あかし》のように、視線をさげてしまう。

「一回でいいから。安心したいんだ」

かすれた声で請《こ》うのは反則だ。アイリーンの手から力が抜ける。その両手首を取って礼拝堂裏の煉瓦《れんが》壁《へき》に押しつけ、クロードが唇をよせた。

そのまま流されてまぶたをおろしそうになって、はっと気づく。

（待って。クロード様はキスだけなんて言ってな――）

「何してはりますのん、クロードせんせぇ」

しげみからランプの灯《あか》りと一緒に人影《ひとかげ》が出てくるのと、アイリーンがクロードの足を踵《かかと》で踏みつけるのとは同時だった。よろめいたクロードを押しのけ、アイリーンは引きつった愛想《あいそ》笑いを浮《う》かべる。

「て、転校したてで迷子になっていたのを助けていただきました、の――」

ごまかそうとしたアイリーンは、つい息を止めてしまった。

ランプを持ちあげてアイリーンを照らした相手は、眼鏡の奥をすぼませて、そっと笑う。

「ああ、そうなんや。もうすぐ夕食前の礼拝やけど、こっちの建物やのうて、食堂でやるから場所まちごうたんやな――そうゆうことにしとこか」

意味ありげな笑《え》みが、確実に何かあやしんでいる。

だがアイリーンが乾《かわ》いた笑みを浮かべているのは、それが原因ではない。

灯りに照らされると一房《ひとふさ》だけ赤みがかった紫紺《しこん》の髪《かみ》と、赤い瞳《ひとみ》が見えた。片端《かたはし》を持ちあげた唇は軽薄《けいはく》そうだが、すべてを嘲笑《ちょうしょう》しているようにも見える。

「エヴァレ先生、ゆうんや。覚えといて」

ほがらかに笑うその顔に、5のパッケージがよぎる。

赤髪の少女と手をつなごうとしていた銀髪《ぎんぱつ》の青年、あれがたぶん正ヒーローだろう。今、目の前にいる相手は、そのパッケージの真ん中で意味ありげに悪役面《づら》をしていたキャラだ。

「保健の先生やから、怪我《けが》があったら治したげるけど」

しかも関西弁に眼鏡をかけている保健の先生――リリアの情報まで合致《がっち》する。

つまり彼は。

(魔竜《まりゅう》を食って復活する予定の5の邪神《じゃしん》ラスボス!?)

やはりゲームが始まっているのか。緊張《きんちょう》するアイリーンに、エヴァレと名乗った青年が一歩前に出た。その動きは、どこからどう見ても人間だ。

「まあ、そない緊張せんと。アイリーンさん。仲ようしてや」

「あ、は、はい……っえ、わたくしの名前」

「そら知っとるて、正妃《せいひ》様直々《じきじき》の推薦《すいせん》やもん。それにな、ちょお聞きたいことがあって――」

頬《ほお》に手を伸ばされそうになってまばたいた瞬間《しゅんかん》、ぱんとエヴァレの手を振り払《はら》う音がした。

ちょうどアイリーンとエヴァレの間に立ったクロードが、冷ややかに言う。

「戒律にそむくような言動は教師としてとるべきではないだろう」

ぬけぬけと言うクロードにアイリーンのほうが呆《あき》れてしまう。

エヴァレはわかりやすい苦笑いを浮かべた。

「ならクロードせんせえ。一緒にこの生徒さん、送っていこか。戒律にそむかんようにな」

気を悪くした様子はなく、エヴァレはクロードの肩《かた》を叩《たた》く。クロードは眉《まゆ》をひそめた。

「僕ひとりで十分だが」

「あんたも新任やんか。それにこう見えても俺、真面目《まじめ》なんや。いくら聖王様肝《きも》いりの教師やからて、戒律違反《かいりついはん》は見逃《みのが》さへんで」

「そういう君はどうなんだ？」

クロードがエヴァレの背後にあるしげみに目線を投げた。きょとんとしたエヴァレが振り向こうと、ランプを動かし、突如《とつじょ》現れた人影に目を剝《む》く。

「ギャ――――！」

「キャ――――！」

エヴァレの悲鳴につられて悲鳴をあげたアイリーンは、ついクロードに抱きついてしまってからはっとする。だがエヴァレは気づいていないようだった。本気で自分の背後に驚《おどろ》いたらしく、呼吸を整えている。

「おま、ついてきてたんかいな……」

「……」

何も答えず、しげみの中でぼうっと突《つ》っ立っているのは髪の短い少女だった。エヴァレの持っている灯りに照らされて、ぼんやり輪郭《りんかく》だけが浮かび上がっている。

「あーもうびっくりさすなや、ただでさえ気配ないんやから……ああクロードせんせえ、すまんなあ。この子は俺の助手やねん」

「助手……？　生徒ではなく？」

「そう。マキナゆうんや、なんもでけへんけどよろしゅうしたって。じゃあみんなで食堂へ向かおうか」

　あっけらかんとしたエヴァレがランプを持って先導を始めると、マキナという名前の少女は音もなく動き出した。目で追ったアイリーンは、やっと見えた顔に瞠目《どうもく》する。

　制服ではなくメイドのような格好をしたその少女は、死人のようだった。白雪のような短い髪に、生気のない紫《むらさき》の目。唇《くちびる》も青紫だ。歩いているというより動いているといったほうが似合う動作で、少女はエヴァレを追いかける。アイリーンたちには目もくれない。

　だがその顔を、アイリーンは知っていた。忘れられるわけがなかった。

　首を切られて魂《たましい》も何もかも使い果たし、それでも満足そうに浮かべたあの微笑《ほほえ》み。たったひとりで運命と闘《たたか》い、何も叶《かな》わないまま、勝ち逃《に》げした。

　自分こそが本物だと、唯一《ゆいいつ》だと証明しようとした、ハウゼル女王国の女王。

　はじまりの聖剣《せいけん》の乙女《おとめ》――アメリア・ダルク。

（どうし、て……）

　本物の彼女の姿を見たことがあるのは自分とおそらくリリア、そして同じ時代を生きたルシエルとグレイスだ。アイリーンも間近で対峙《たいじ》したのは一度だけだが、見間違《みまちが》えようもないくらい顔がそっくりだった。髪の色が違《ちが》うだけだと断言できる。

「行こう、アイリーン」

クロードはアメリアの姿を見ていない。どう伝えるべきか迷ったが、そうでなくともクロードの目線は厳しかった。背中を押し出す素振《そぶ》りで、そっとささやかれる。

「あの少女には近づくな。ただの人間じゃない」

どういう意味か問いかけるかわりに目線をあげたが、クロードは小さく首を横に振る。それ以上はわからない、ということか。

同時に、そんなものを連れているエヴァレもただ者ではないということになる。

「あのエヴァレという男も危険だ。魔力《まりょく》の気配が人間とも魔物とも違う。……おそらく、父上を撃《う》ち落としたのはあいつだろう」

「え」

「そうやってこそこそ話してると疑われてしまうで、恋人《こいびと》か夫婦《ふうふ》かて」

くるりと振り向いたエヴァレが、再度ランプをかざして笑う。同じようにマキナも一歩離《はな》れた場所で振り向いた。

エヴァレの持つランプが明るいからこそ、浮き彫《ぼ》りにされる影《かげ》の色は濃《こ》い。

「お互《たが》い仲良うしとこうや。今のところはな」

髪と目の色はこの世界の法則に関《かか》わる。故《ゆえ》に髪の色が違うマキナはアメリア本人ではない。

だが5のラスボスといるのを、偶然《ぐうぜん》と片づけていいわけがない。5のパッケージにいなかったとしても、アメリアそっくりの少女が、ただ者であるはずがないのだ。

エヴァレを含《ふく》む教師側の調査を引き受けるとクロードは提案した。反対したかったが、できなかった。クロードの手も借りなければ、エステラの周辺がおろそかになってしまう。

朝一番の講義を受けながら、アイリーンはエステラの斜《なな》め後ろの席で頬杖《ほおづえ》を突く。

（生徒からはわたくしもエステラもただの転入生扱《あつか》い。わたくしとクロード様の正体は気づかれてもよさそうだけれど、外界と隔離《かくり》されてる全寮制《ぜんりょうせい》の学校ゆえかしら）

教師陣《じん》の中には気づいている者もいるだろうが、バアルが詮索《せんさく》不要と言いつけているせいか今のところ積極的に何かしかけてくる者はいない。いちばん意味深だったのは、エヴァレくらいだ――別に接触《せっしょく》がなくとも、あの男は全力であやしいのだが。

さて、どこから手をつけるべきか。初代神の娘《むすめ》の遺体でも見るために、地下遺跡《いせき》にでも忍《しの》びこむか。だがなんの目的もなく向かっても、ただの見学で終わってしまう。いや、ひとつだけ手がかりになることがあることはあるのだが。

地下遺跡についてそれとなくバアルにさぐりをいれたときに教えられたのだ。

（地下遺跡は初代神の娘の血を引く――アシュメイル王家の直系血族の、しかも女性にしか扉《とびら》を開くことはできないって……）

真面目に授業を受けているエステラの背中を見る。もし彼女が本当にバアルの隠《かく》し子――もといアシュメイル王家の直系血族ならば、地下遺跡の扉が開く。

だが、果たしてそれを確かめてなんになるのか。バアルに許可を求めても、バアルでも開くことのできない場所へなぜ向かうのかと訝《いぶか》しまれるだろう。二代目の神の娘であるサーラでさえ、初代神の娘の血を引いているわけではないので、地下遺跡は開かなかったらしい。

そもそも、リリアによれば5のラスボスは魔竜の封印《ふういん》を解くため、初代の神の娘の遺体を狙《ねら》っている。地下遺跡の扉を開くことはその手伝いをすることにならないか。

（魔竜がいない以上、初代神の娘の遺体を操《あやつ》っても意味がないと思うけれど……リリア様の言い方だと、エヴァレの操り人形で終わりそうにはなかったわね。世界を救う役目はヒロインだろうし、穢《けが》れた世界を浄化《じょうか》イコール邪神も人間も滅《ほろ》ぼすって言い出したり？　ゲームあるあるだわ……）

リリアはどうしているだろうか。あの赤い結界の中でただ眠《ねむ》っているとはとても思えず、アイリーンは窓の外を見る。遠い空の向こうに目をこらせば、赤い結界のてっぺんがうっすら見えるのだ。

「よそ見はよくないな」

こんと机の隅《すみ》を叩かれ、はっとアイリーンは視線を戻《もど》した。美術史の授業をしている――教科書を読んでいるだけだが、それもさまになるのが憎《にく》らしい――クロードが笑顔《えがお》を返す。

「僕の授業は眠いだろうか？」

「い、いえ。申し訳ありません」

口元に楽しげな微笑を浮《う》かべたまま、クロードが少し上半身をかがめて、アイリーンにささやくように告げる。

「あとで美術室にきなさい。お説教だ」

この破廉恥《はれんち》教師を一刻も早くクビにして皇帝《こうてい》に戻さないと生徒に悪影響《あくえいきょう》が出る。タダ漏《も》れの色気にあてられた周囲の生徒が真っ赤になっているではないか。慣れているアイリーンでさえ、赤らんだ頬を隠せない。にらみ返すのがせいぜいだ。

「わかりました」

絶対にすっぽかしてやる、という決意をこめて応じる。

「よろしい」

穏《おだ》やかに頷《うなず》いた危険な美術教師が通りすぎ様に、持っている教科書からひらりと紙を落としていった。先生落としました、と声をあげるほどアイリーンはにぶくない。

二つ折りにされたそれを開くと『僕の愛《いと》しいアイリーンへ』から始まる文字がびっしり並んでいた。相変わらず長い手紙だ。

（こんなもの他《ほか》の誰《だれ》かに見られたらどうするつもりなのかしら……）

気晴らしなのかもしれないが、遊びすぎではないだろうか。

『日に日に君の指に結婚《けっこん》指輪がないのが悲しくなってきた。僕はつけているのに』

生徒に扮《ふん》するためにアイリーンが結婚指輪をはずしたことを悲しむ数行を読み飛ばした。

『エヴァレについてあやしい動きはないが、断じて近づかないように。あんな男が保健の先生など、何か破廉恥な真似《まね》をするに決まっている』

今のところぶっちぎりで破廉恥なのは、美術の教師だと思う。

『本日の昼に、学院長に会えることになった。また連絡《れんらく》する』

最後にやっと肝心《かんじん》なことが書いてあった。

学院長は5のヒーローだとアイリーンはにらんでいる。転入時に挨拶《あいさつ》できるかと思ったが、ミルチェッタのときと同じく、現れたのは生徒会長だった。それとなく学院長のことを聞いてみたら「あの方は滅多《めった》に姿を見せない。お会いできるのは学院でもごく一部の人間だけ」という、なんともゲームらしい説明を受けた。

(学院長が地下組織のボスとなれば、現実でもそうなるのは当然といえば当然だけど……)

本当はクロード自ら動くなどあってはならない。皇帝というのは自分で動くのではなく、周囲を動かし、最後に決断をし責任をとる立場だ。そうできない今の状況《じょうきょう》はアイリーンにとって屈辱《くつじょく》でしかないのだが――これは国難だ。国をとられた状況に近い。

だとしたらクロード自ら前線に出ることも、致《いた》し方がない。

(わたくしもやれることをやるしかない。昼にはバアル様からの定期連絡がくるはず)

何か進展と手がかりがあることを願って、クロードの手紙を折りたたむ。

教室を一巡《いちじゅん》したクロードが再びアイリーンの横を通り、わざとらしく机の端《はし》を指先でなぞっていく。その薬指には結婚指輪が光っていた。アイリーンが今は首からさげて服の下に隠している、結婚指輪の片割れ。

偶然を装ってアイリーンも指を伸《の》ばす。一瞬《いっしゅん》だけアイリーンがふれた結婚指輪に、視線もかわさないままクロードが口元をゆるめるのが見えた。

これでお説教をすっぽかしても怒《おこ》られないだろう——多分。

昼休み、定期連絡を取り合うためにあらかじめ決めておいた学院の前庭へ時間どおりに現れたふたりに、アイリーンは目をまばたいた。

「アイリーン様」

何やら大きなバスケットを抱《かか》えてやってきたのはサーラだ。こちらはアイリーンとは顔見知りで、男子禁制の学院と宮殿《きゅうでん》の両方に出入りできるお使いとしては想定内である。

「いかがですか、進捗《しんちょく》は」

だがそのうしろから現れたロクサネの訪問は想定外だった。紗《しゃ》のヴェールで顔半分を隠し正《せい》妃《ひ》の証《あかし》である赤の衣装も使わず、どこかの夫人を装っている。だが、たたずまいに気品があるので、ただ者ではないと一見してわかってしまう。しかも懐妊《かいにん》中だ。

「サーラ様はともかく、ロクサネ様がいらっしゃるなんて——バアル様がよく後宮から出ることをお許しになりましたね」

「安定期に入っておりますし、少しくらい動いたほうがいいのです。それに今、少し宮殿がばたばたしておりまして、こちらに用事ができたものですから」

「何かありましたの？」

アイリーンの疑問に、ちょっと不安そうな顔でサーラが宮殿のある方角を見る。

「昨夜《ゆうべ》、宝物庫に賊《ぞく》が入って火をつけていったんです。ひどい怪我《けが》とかは誰もなかったんですけど、わからないことが多くて、アレスもそっちに今、手が取られてて」

「賊がつかまってないということですか」

ロクサネはアイリーンをまっすぐに見つめ返して頷く。

「はい。しかも、宝物庫は荒《あ》らされただけで何も盗《と》られていません。ただ、バアル様の命令で宮殿中を調べさせたところ、地下遺跡関連の資料がなくなっていることがわかりました」

ついアイリーンは頬《ほお》を引きつらせてしまった。

「ぞ、賊の狙いは神の娘の遺体が眠っている聖櫃《せいひつ》……とか、そういう展開ですの？」

「地下遺跡とくればまずそうでしょう。本日は学院長がいらっしゃる日ですので、わたくしがバアル様の代理として無理矢理――いえ、説得して参りました」

言いくるめて出てきたのだ。呆《あき》れたアイリーンだが、立ち話もなんだと堂々とロクサネは学院内へと足を進める。

「ちょうどアイリーン様との定期連絡もありましたし、ここは男子禁制です。もちろん聖王たるバアル様は入れますが、無駄《むだ》に騒《さわ》ぎを大きくしたくはありません。神の娘《むすめ》の遺体は我が国にとって大切な聖遺物ですが、神剣《しんけん》があるわけではありませんし」

神剣はハウゼル女王国が聖剣を模して作った武器だ。聖剣ほどの威力《いりょく》はないが、誰にでも使える武器で量産が可能なので、実用性が高い。だが量産は、ハウゼル女王国の技術があってこそ可能だ。技術も本数も先の戦いでほとんど失われ、壊《こわ》れてしまえば神の娘――サーラにしか修繕《しゅうぜん》できない。聖剣もない今、聖なる力を攻撃《こうげき》に転化させることができる希少な武器であり、アシュメイル王国にとっては魔竜《まりゅう》を斃《たお》した宝剣《ほうけん》である。

「……そういえば、なぜ神の娘の遺体を保管しようなどという話になったんです？」

「えらいひとだからじゃないんですか？」

今代の神の娘であるサーラが不思議そうに返す。アイリーンは首を横に振《ふ》った。

「神剣と一緒《いっしょ》に保管するなら、わかります。でも、神剣が魔竜を封《ふう》じた神域にあるせいで一緒にはできなかった。なら保管より埋葬《まいそう》を考えるのが普通《ふつう》なのではないかと思って……しかも縁《えん》のある後宮や王宮内ではなく、地下遺跡《いせき》なんてものをわざわざ作ってまで」

３では神の娘の幽霊《ゆうれい》まで後宮に現れている。次代のサーラが後宮にいるからだろうが、神の娘にまつわるすべてが後宮にあるのに、遺体だけが別の場所で保管されていることに違和感《いわかん》があった。その疑問をあっさりロクサネがほどく。

「初代の神の娘の遺体の保管は、ハウゼル女王国の意向だったとうかがっております」

ぎょっとしたアイリーンに、歴史学者の顔でロクサネが説明する。

「神剣はハウゼル女王国からの下賜《かし》品ですが、そもそも神の娘がハウゼル女王国からきたという説があります。神剣が神の娘なしでは使い捨てになってしまうことを考えると、説得力のある説だとわたくしは思っております」

「神剣も神の娘も、ハウゼル女王国から授《さず》けられたもの……ということですか」

「そのように考えて間違《まちが》いはないかと。当時、毒に冒《おか》されたこの地に元から住んでいた人間がいたとは思えません。魔竜の毒に冒されていたこの地をハウゼル女王国が開拓《かいたく》しようと神の娘と神剣をよこした、と説明されたほうが、わたくしはしっくりきます」

神の娘の逸話《いつわ》から生まれるアシュメイル王国は、エルメイア皇国よりあとに建国された。そしてアシュメイル建国当時、アメリア・ダルクはすでにハウゼル女王国の唯一《ゆいいつ》無二の女王として君臨していたはずだ。

つまり、神剣も神の娘も地下遺跡も、アメリアが用意した可能性が高い。

「神女学院の地下遺跡も、神の娘の功績をたたえるため、特別にハウゼル女王国の主導で建設されております。神の娘の遺体が納められた聖櫃も同様です」

「それはつまり、地下遺跡も聖櫃もハウゼル女王国の技術で作られているということ？」

「はい。アシュメイル王家の直系血族、しかも女性にしか反応しない仕組みもそうです。ハウゼル女王国の強い要請《ようせい》でそうなったと記録に残っております」

「……ちょっと待ってくださいな。ハウゼル女王国の技術で保管されているのだとすれば、神の娘の遺体は……」

「非常に綺《き》麗《れい》な状態で保存されているそうです。とはいえこれも何代か前の王女が確認《かくにん》した記録があるだけで、二百年ほど前の話ですが」

アメリアの本体がハウゼル女王国の祭壇《さいだん》で眠《ねむ》っていたのと同じ原理で作られているのだとしたら、ほとんど生きているのと同じ状態ではないだろうか。

（……それってつまり動くんじゃないかしら……魂《たましい》さえあれば）

「この世界は浄化《じょうか》されなければならないのです！」

前庭から校舎を突《つ》っ切り、中庭に入ったところで、大声が耳に飛びこんできた。

「今代の神の娘は偽者《にせもの》でした。魔《ま》王《おう》の力に侵《おか》され隣国《りんごく》エルメイアは呪《のろ》われました。あの赤い結界が何よりの証拠《しょうこ》です。そして、ハウゼル女王国は女王が崩御《ほうぎょ》され、瓦《が》解《かい》しました」

「かつてこのアシュメイルの地が毒にまみれていたように、世界が穢《けが》れつつあります。今こそ皆《みな》が、世界がひとつとなり、本物の神の娘を復活させる必要があるのです——！」

熱心に中庭の芝生《しばふ》の上で演説している集団に、先を歩いていたサーラがビラを押しつけられていた。世界統一教ですね、とロクサネが事もなげに言う。

「わたくし、初めて見たのですが……この国ではやっているんですか？」

「世界統一教ですか？　学院内だけのお遊びのようなものです。ここは神女学院、神の娘への信仰《しんこう》は特に強いですし……ただ、エルメイアがあんなことになってから声高《こわだか》になっているとバアル様は懸《け》念《ねん》しておられました」

まだ発足《ほっそく》したばかりの新興宗教が、エルメイア皇国が赤い結界に包まれるなんて不気味な出来事のせいで、加速しているのだ。うつむくアイリーンにロクサネが眉《まゆ》をよせた。

「アイリーン様たちの責任ではございません」

「ですが、アシュメイルにご迷惑《めいわく》をかけているのは事実ですわ。それに、初代神の娘がハウゼル女王国の人間だったと考えると、嫌《いや》な予感がして……」

「神の娘を信奉《しんぽう》している以上、わたくしたちの国のことでもあります。誰《だれ》かがひとりで抱えこむことではございません。サーラ、あなたもですよ」

ロクサネの言葉に、アイリーンはふとビラを手にしているサーラを見た。

今代の神の娘。だが、誰も彼女に助けを求めない。それは彼女がさらした醜態《しゅうたい》からすれば当然の帰結だ。しかし、まがい物扱《あつか》いされるこの状況《じょうきょう》を、快くは思えないだろう。

なのに、彼女は笑ってみせる。

「わかってます、ロクサネさん。私は自分にできることを頑張《がんば》るだけです。できないことをできるなんて言ったりしない」

命をかけて神剣を修復し国を救うことを選択《せんたく》できなかった彼女は、命をかけて聖剣を修復しリリアの命を救ったけれど、もう神の娘だとは名乗らないのだろう。

その決意を肯定《こうてい》するようにロクサネが頷《うなず》く。

「わたくしは頼《たよ》りにしています」

「えっ……ほ、ほんと、ほんとですか!?　この間、水と消毒液を間違えたのに!?」

「……もう少し落ち着いてくれれば」

苦々しくロクサネが付け足す。ぽんとアイリーンはサーラの肩《かた》を叩《たた》いた。

「しっかりなさいな。リュックから聞いたわ。あなた、医学を学ぶつもりなんですって？　神の娘でいるよりこの国初の女医になるほうが、後世への責任重大でしてよ」

アイリーンの激励《げきれい》に、サーラがぎゅっと両の拳《こぶし》を握《にぎ》る。

「はい、頑張ります！」

「ほどほどになさい。あなたが張り切ると大体ろくなことが起こりません」

「ああ、なんとなくわかりますわ」

「えっひどくないですか!?」

神の娘の復活をうたうビラがサーラの手から落ちる。さらに校舎の奥へと進むと、サーラは急いであとから追いかけてきて、アイリーンたちを追い抜《ぬ》いてから振り向いた。

「そういえばエステラちゃんってどうしてるんですか？」

「ああ、あの子ならたぶん……ほら、あそこ」

アイリーンはぐるりと周囲を見回す。

人がにぎわう食堂の真反対、何やら入り組んだ中庭の奥にある古びた東屋《あずまや》に、ぽつんとエステラが腰《こし》かけて購買《こうばい》で買ったのであろうパンを食べていた。

当然のように、ひとりだ。

「お友達とご飯を一緒に食べたり……そういうタイプじゃないかあ。ああいうところ、エステラちゃんってロクサネさんっぽいですよね」

「……。サーラ、今のはどういう意味ですか？」

「でも、ちょうどいいです！　みんなで一緒にご飯食べましょう！」

サーラが持っていたバスケットの中身は、昼食の差し入れらしい。止める間もなく駆《か》けていくサーラは相変わらず無邪気《むじゃき》というか、考えなしというか。

呆《あき》れるアイリーンの横でロクサネも嘆息《たんそく》する。

「ひとりで食事をしたいときもあるでしょうに、あの子は……まあ、ああしていれば誰も神の娘だと思わないので安心ですが」

「サーラ様を表に立てて世界統一教を制御《せいぎょ》する方法はとらないんですのね」

「当然です。彼女はもう神の娘などではないのですから」

政治的な意味と、そうしてやりたいという願いがこもった言葉だった。

「ひょっとしてバアル様たちは世界統一教を疑ってらっしゃる？　宮殿《きゅうでん》の賊《ぞく》の件」

「そうですね。わたくしがきたのも、学院長にそれをお話しするためです。神の娘の遺体が入った聖櫃《せいひつ》を求めて、地下遺跡に入る方法を本気でさがしているのかもしれません。アシュメイル王家の家系図もなくなっていたそうです」

「……それは、現存するアシュメイル直系の王女をさがすためかしら？」

「おそらくは。ただ無駄《むだ》足《あし》に終わると思います。バアル様は一人っ子でしたし、先代聖王にも姉妹はおりません。先々代には姉がいらっしゃったようですが、何年も前に亡《な》くなっておられます。……この子が女の子ならば、条件に当てはまるのでしょうが……」

ほとんど目立たない下腹をなでたロクサネに、ぎゅっとアイリーンは唇《くちびる》を引き結んだ。

「――ロクサネ様。もしもの話なのですけれど……」

「はい。なんでしょう」

ロクサネは正妃《せいひ》として申し分ない聡明《そうめい》な女性だ。それを信じて、アイリーンは口を動かす。

「もし、エステラがバアル様の隠《かく》し子だったらどうします？」

「もちろん、わたくしの養女にし、第一王女として養育します」

迷いも動揺《どうよう》もない即答《そくとう》だった。ほっとしつつ、アイリーンは答える。

「確信はありませんの。ですので、エステラにも内密でお願いします」

ぱちりとまばたいたロクサネはそれだけで、ただの仮定の話ではないと察してくれた。

「わかりました、ではその線で彼女の身元を調べてみましょう。バアル様が正直に白状なさるとは思えませんし……心当たりはありますので」

「まあ、そうなんですの？」

「バアル様がおなかの子のために考えている名前に、エステラという候補がありました」

「……それは……お互《たが》い大変ですわね」

「ほんとうに」

ひとつ頷いて、ロクサネはサーラにバスケットの中身を広げられて戸惑《とまど》っているエステラに近づく。サーラをたしなめ、ゆっくりエステラに話しかけるその横顔は、とても穏《おだ》やかで気遣《きづか》いに満ちていた。

本当にエステラがバアルの隠し子だったとしても、うまくいくだろう。ロクサネの子にエステラという名前を候補にあげたことは首を絞《し》められる案件だが、バアル自身が知らないことであればしかたがないとも言える。

「あれが正妃と、神の娘《むすめ》――いや『元』神の娘ゆうべきなんかな？　すごい光景やなあ」

ふっと背後から影《かげ》がかかって、ぎょっと振《ふ》り返る。長身のエヴァレが手のひらで日よけを作ったまま、にっと笑った。

「どうも、アイリーンさん。いやーほんまこの国は日差しが強いわ。熱中症《ねっちゅうしょう》に気をつけや」

「エ、エヴァレ、先生……と」

まばたきも身じろぎもせず、エヴァレの斜《なな》めうしろでマキナが置物のように立っている。その目には相変わらず光がない。

「確認《かくにん》したいことがあってな。ほら、こないだはクロード先生に邪魔《じゃま》されてしもたから」

うろたえるアイリーンのことなどまるきり無視して、エヴァレがエステラを指さす。

「あんたと一緒《いっしょ》に転入してきたあの子。エステラゆう名前は本名なんか？」

だが、その質問はアイリーンの想像とまったく違《ちが》うものだった。

瞠目《どうもく》したアイリーンの前で、エヴァレが顎《あご》に手をあてて考えこむ仕草をする。

「なんや、記憶喪失《きおくそうしつ》らしいやん。ってことは本人に確かめても意味ないし」

「……なぜわたくしに聞くんですか？」

「だって一緒に転入してきたやろ。正妃の推薦《すいせん》で。仲良しなんやろ」

言葉《ことば》尻《じり》だけならなんでもないのに、大袈裟《おおげさ》な言い方をするからすべてが意味深に聞こえる。

「……彼女の名前がエステラかどうかなんて、そんなに重要なことですか」

「それはもう。名前って重要やんか。たとえばな、あんたの名前がアイリーンやのうて、クロード先生の名前もクロードやなかったら、気づきもせんことってあるやろ」

「……」

情報源はどこかわからないが、この男がアイリーンとクロードがエルメイア皇帝夫婦《こうていふうふ》であることを確信しているのは伝わった。だが、気づけない話ではない。

　エヴァレ本人も特にうしろぐらいところはないのか、あっけらかんとしている。

「名前に黒髪《くろかみ》赤目と金髪《きんぱつ》美人、なんやお偉《えら》いさんと関係があるらしいとか、今起こってることとか、いっこいっこは大したことない情報やん。でも集まると確信になる」

「――あなたにとって、エステラという名前が、確信のひとつということ？」

　もはや教師だと取り繕《つくろ》うのも面倒《めんどう》になってアイリーンは尋《たず》ねる。エヴァレは脳天気な笑顔《えがお》を見せた。

「そや。色んな情報からそうやないかなーってまず考える。でも名前ってだまされやすい情報でもあるやろ。ここにおるはずのない誰々《だれだれ》さんがおるって言われて、会ってみたら別人やったとかあるあるやん。やから慎重《しんちょう》になってるんや。又聞《またぎ》きで、顔を知ってるわけやないし」

「……あなた、あの子の正体を知っているの？」

「ちゃうちゃう、逆や。あの子の正体を知りたいんや。全然関係ないんかもしれんしな」

　笑って手を横に振るエヴァレは、アイリーンの知らない『エステラ』の情報を持っている。

　だが、名前や又聞きの情報だけで、本人の顔を知らない。だから今、目の前にいる彼女が自分の知る『エステラ』かどうかの判別がつかない――といったところか。

（……5のラスボスであるエヴァレは、世界統一教の教祖だってリリア様は言ってたわね。ゲームどおりに現実も動いていると思いこむのも危険だけど――）

アシュメイルの王宮から地下遺跡《いせき》の資料と家系図を盗《ぬす》み出したのは、世界統一教——エヴァレ主導かエヴァレ本人がやったことと考えればすっきりする。であるならばエステラの正体、すなわち血筋は無視できないだろう。

一方でわからなくなるのは、どうしてエステラの血筋に結びついたのかだ。家系図からでは無駄足になるだろうとロクサネが言っていた。家系図に何かエヴァレしかわからない情報が隠されていたとしても、宮殿に賊が入ったのは昨日、そこからこんな短期間でエステラの家系まで辿《たど》り着くものだろうか。

それこそアイリーンがしたように、エステラが悪役令嬢《れいじょう》でアシュメイル王家の血筋ではないかと、最初から何かしらの情報を持って逆算しなければ辿り着かない思考ではないだろうか。

（……まさか、ゲームのことを知ってる？　いえ、だとしたら自分が斃《たお》されるラスボスだと知っていて同じ行動をとるなんてことは普通《ふつう》、しない……又聞きということは誰《だれ》かから聞いたのよね。……まさかシャルルって子から？）

いずれにせよこの青年は、確実にアイリーンの知らない何かを知っている。特にこの煙《けむ》に巻くような不気味さには覚えがあった——そう、過去視と未来視ができたアメリアを相手にしていたときだ。つい、視線がそのアメリアそっくりの顔をした少女へと向かう。

「……彼女は何者なんですか」

「え？　なんや突然《とつぜん》、話をそらして。助手やゆうてるやん」

「おつきあいは長いんですの」

「ええ、どれくらいかなあ……三年くらいやったかなぁ？」

「エヴァレ先生！　先生も一緒に今夜の降霊《こうれい》会に参加しませんか。神女様が礼拝堂で、聖櫃の中で眠《ねむ》る神の娘の声を届けてくださるんです！」

　エヴァレが背後からの生徒の声に、肩《かた》をすくめて振り返る。

「何を堂々と戒律《かいりつ》を破ろうとしてんねん。夕食をすませたあとは寮《りょう》から出たらあかん、就寝《しゅうしん》時間かてあるやろ。はい解散！」

「教祖様からの直々のお話だって聞けるんですよ！」

「神の娘を信じるならまず戒律を守らなあかんやろ、戒律を」

「神の娘の声を聞く降霊会が戒律に反するっておかしいですよ！」

　そうだそうだと盛り上がる女生徒にエヴァレが押されている間に、アイリーンはそっと東屋《あずまや》のほうへと移動した。女生徒たちの甲高《かんだか》い声は聞こえたらしく、ロクサネたちが心配そうにこちらをうかがっている。笑顔で先にアイリーンは切り出した。

「騒《さわ》がしくなりそうだから移動しましょうか」

「そうですね。……まさか、降霊会なんてものまでやっているとは思いませんでした。バアル様に報告しないといけません」

「降霊会、わたくしも誘《さそ》われました」

　エステラがポケットから紙片《しへん》を取り出す。綺麗《きれい》に四つ折りになった申込書だった。場所と時間が記されているそれを見て、アイリーンは顔をしかめる。

「わたくしはもらっていないわよ、こんなもの」

「転入初日に勧誘《かんゆう》してくださった方から、先ほどもらいました。かってない規模のものだそうです。教祖様が神女を連れていらっしゃるとか」

ゲームどおりなら神女はエステラのことだ。だがエステラには記憶《きおく》がない。

（……誰かがエステラの代わりになりすましてるのよね、きっと）

考えこむアイリーンの横から、エステラの手元を覗《のぞ》きこんだサーラがビラを読み上げる。

「初代神の娘の声を聞き、地下遺跡の扉《とびら》を開く神女様……えっ、これほんとですか？　地下遺跡の扉をあけられるのって、アシュメイルの王女様だけなんですよね？」

「――わたくし、この降霊会に参加しようと思います」

エステラの発言にアイリーンはぎょっとした。神女が神の娘の声が聞けるかどうかは知らないが、もしエステラがバアルの隠し子なら地下遺跡の扉を開くことはできる。

「なぜ、そのように？　あなたの記憶に関《かか》わりがあることですか？　あなたには、世界統一教に……教祖や神女に、何か覚えがあるのですか？」

アイリーンと同じ可能性に気づいているだろうロクサネが、淡々《たんたん》と尋ね返す。エステラは少し迷ったあとで、珍《めずら》しく自信なげにロクサネを見あげた。

「……神の娘の遺体は、本当にまだあるんですか？」

思いがけない質問だった。ロクサネもまばたいて、慎重に問い返す。

「どういう意味ですか」

「いえ……すみません、わかりません。でもわたくしは、神の娘の遺体はもうないと、誰かに教えた気がして――……地下遺跡に向かう姿を、見て……それで、わたくしは……」

頭痛を起こしたのか、エステラが顔をしかめる。横に座っていたサーラが慌《あわ》てた。

「無理しちゃ駄目《だめ》、エステラちゃん」

「だ、大丈夫《だいじょうぶ》です。ただ……早く何をすべきか思い出さないと、間に合わない気がして……」

「……あなたの懸念《けねん》はわかりました。わたくしからバアル様にお話しして、しかるべきときに確かめられるようにしましょう。あなたの記憶にかかわることですから、あなたも立ち会えるようにはからいます。ですから、このようなあやしげな集会に参加することはなりません」

ロクサネの判断は的確だ。アイリーンにも異存はない。エステラは、小さく頷《うなず》いた。

「……わかりました。世界統一教会には関わらないようにします」

「じゃ、お昼にしましょう！　ね」

サーラがわざとはしゃいだ声をあげて空気を戻《もど》す。

だが何かを決意した目でエステラが申込書をしまったのを、アイリーンもロクサネも見逃《みのが》してはいなかった。

誘いを受けて、堂々と夜の女生徒の寮室に忍《しの》びこんできた不埒《ふらち》な教師は言った。

「昼間、僕の呼び出しをすっぽかしたお詫《わ》びの呼び出しかと期待したんだが？」

二段ベッドの下で寝《ね》たふりをしてクロードの来訪を待っていたアイリーンは、押し倒《たお》された格好のまま呆《あき》れた。

「クロード様。開き直って教師生活を楽しみすぎではありません？」

「クロードせんせい」

こりずにそう要求する夫を無視してアイリーンは尋ねた。

「エステラはやはり礼拝堂に？」

「ああ。教師の中にも信者がいるらしい。公然の秘密のように皆《みな》が集まっているな」

「そうですか……ではわたくしたちも追いかけましょう」

「もう少し時間はある」

「ありません」

「せんせいの言うことが聞けないのか？」

「いい加減怒《おこ》りますわよ」

「降霊会の参加に必要な衣装を拝借してきたのに？」

クロードがいかにもあやしげなフード付きのマントをふたつ見せる。暗い紫色《むらさきいろ》の生地《きじ》でできたものだ。フード付きマント自体はどこにでもあるだろうが、代用はしにくい色だ。これを着なければ参加できない、ということだろうか。

「少しくらいご褒美《ほうび》を僕にくれてもいいんじゃないだろうか」

楽しそうにクロードがこちらを見おろしているので、アイリーンも笑顔になった。

まさか妻が気づかないとでも思うのか。

「さすがですわ、クロード様。で、こちらはどこで手に入れましたの？　まさか女生徒にお願いして？　それとも同僚《どうりょう》の女性教師に親切にしていただいたのかしら」

「……。さあ、急ごうか」

冷ややかになったアイリーンの額に軽い口づけを落としてクロードが起き上がり、マントを手《て》渡《わた》してくれた。最初からそうしていればいいのだ。

アイリーンも起き上がり、マントを着込む。

「公然の秘密ならば、扉から出て行ってもよさそうですわね」

当然のように待っているクロードにマントを着せてやりながら、つぶやく。だがアイリーンにマントを着せてもらったクロードは、アイリーンの腰《こし》を抱《だ》いて窓を開いた。

「こっちのほうが近道だ」

「ちょっクロード様、ここは三階です！　今は魔力《まりょく》が使えな……っ！」

言っている間に窓から出たクロードは、すぐそばの木の枝をつかみ、幹を足場にして、アイリーンの腰を抱いたまま器用に地面に着地した。

「礼拝堂はあちらだな」

「……」

ぽかんとしているアイリーンに視線を戻したクロードが、いたずらっぽく笑う。

「惚《ほ》れ直してもらえただろうか？」

「……いいえ！　クロード様が武芸に優《すぐ》れておられるのは存じておりますから！」

「なぜそこで意地をはるのだかな、君は」

喉《のど》を鳴らして笑うクロードの腕《うで》から逃《に》げ出し、アイリーンは赤くなった頰《ほお》をぺちぺち叩《たた》いてごまかしながら道を急ぐ。

すでに消灯時間になろうというのに、まるで道筋を示すように灯《あか》りを持った女生徒があちこちに立っていた。教師にも信者がいるというのは本当のようで、あからさまに男性であるとわかるクロードもとがめられることなく、ぞろぞろ礼拝堂に向かう集団にまざる。

礼拝堂に向かう石畳《いしだたみ》の古めかしい道が、大勢のひとで埋《う》まっていた。この人数、神女学院の女生徒だけとはとても思えない。

「……ひょっとして、部外者も入りこんでます？」

「らしい。今日、正妃《せいひ》と学院長の話を聞いていたんだが、部外者を引きこんでいる生徒が何人もいると言っていた」

なんだかんだクロードもちゃんと情報収集をしていたらしい。はっとアイリーンは背後からついてくるクロードに尋《たず》ねる。

「そういえばクロード様、どうでしたか、学院長は。お会いになったんですのよね？」

「ああ。白髪《しらが》が美しいほがらかなご婦人だった」

あっさり告げたクロードに、ぽかんとした。

「……え？　女性？　……わ、若い男性ではなくて……？」

「あれは男性ではないと思うが。まあ少なくとも若くはないだろうな。立つのもつらそうだった。早く跡目《あとめ》に譲《ゆず》りたいと正妃に愚痴《ぐち》ってらっしゃったが」

ロクサネとも話していたのなら、クロードが見間違《みまちが》ったわけでもごまかされたわけでもないだろう。

（ヒーローは学院を経営する組織のボスだから学院長……っていう設定が変わった？　それとも時期が少しずれてるとか？）

譲りたい跡目というのがヒーローなのかもしれない、と思い直してもう一度尋ねる。

「その、跡目の方というのは？　そばにいらっしゃらなかったんですの？」

「ああ、一応挨拶《あいさつ》はしたな。まだ三歳だそうだから、僕を覚えてくれたかは謎《なぞ》だが」

「三歳!?」

仰天《ぎょうてん》したアイリーンは慌てて口を押さえる。

（え、待って。それが5のヒーロー……なんてことはないわよね？）

いくらなんでも三歳児に乙女《おとめ》ゲームのヒーローは無理だ。エステラがあの年代なら当然、同年代かそれ以上であるべきだろう。ぎりぎりでシャルルくらいだ。何よりパッケージではとても理知的そうな青年で、断じて三歳児ではなかった。

どういうことだろう。

何かがおかしい。神の娘《むすめ》の遺体がまだあるのかと聞いたエステラといい、エステラを知っているエヴァレといい、何かが。

「やはりいるな」

礼拝堂に入ったところでつぶやいたクロードに、アイリーンは意識を引き戻し、目当ての人物をさがす。

すぐに見つかった。だいぶ前のほうの席に、エステラが座っている。

屁《へ》理《り》屈《くつ》をいうならば、世界統一教に関《かか》わるつもりはないが降霊《こうれい》会に参加しないとは言っていない、というところか。こうと決めたら突《つ》き進む、頑固《がんこ》な性格らしい。

「ロクサネ様が手を回すと約束してくださったのに聞かないなんて……」

「この手の行動に関しては、君が言えた義理ではないと思う」

「何かおっしゃいましてクロード様」

「何も？　せっかくだ、少し様子を見よう。バアルにも話は通してある」

いつの間にと背後のクロードを見あげると、クロードは笑って背後からアイリーンの下腹に両腕《りょううで》をからめるようにして回し、肩《かた》に顎《あご》をのせた。

「早速《さっそく》、教祖様と神女様のお出ましだ」

りん、と澄《す》んだ鈴《すず》の音が、ざわめいていた会場の入り口から響《ひび》いた。

紫《むらさき》のフードをかぶった信者が居並ぶ中で、白いフードをかぶった男性らしき人物が、礼拝堂の最奥にある祭壇《さいだん》へと向かって真ん中の道を歩く。そのうしろから、同じ白のフードをかぶった小柄《こがら》な人物が、鈴を吊《つる》した杖《つえ》を持ってついてきていた。りん、りんと礼拝堂に鳴り響くのはその鈴の音だ。歩調に合わせた鈴の音と一緒《いっしょ》に、静寂《せいじゃく》が波《は》紋《もん》のように広がっていく。

巨大《きょだい》なパイプオルガンの前、半円の柵《さく》で囲まれた講壇《こうだん》に、教祖が立つ。

ほんの少しの間があった。

「――みなさん、ようこそおいでやす」

少し緊張《きんちょう》していたアイリーンは、説教壇《だん》から聞こえた声と口調に頬を引きつらせた。

(教祖が誰《だれ》だかばればれじゃないの！　神女も、あれマキナとかいう子ね⁉)

これも公然の秘密というやつなのか、エヴァレがフードの下からいつもの笑顔《えがお》を見せてしゃべり出す。隠《かく》す気がないらしい。

「集まってくれておおきに。こんなに大勢の方に自分の話を聞いてもらえるゆうんが、いまだに信じられへんわぁ。何せ、俺はほんの半月前まで世界でひとりぼっち、滅《ほろ》びゆく世界を見てるだけでしたからなあ。いやほんまびっくり。多少、細工してるとはいえな」

半月前、細工、という単語に一瞬《いっしゅん》抜《ぬ》けかけた緊張が戻《もど》る。

周囲を見回すと、皆、微動《びどう》だにせずエヴァレの話に聞き入っている。

「……クロード様。エヴァレ先生も最近こちらに赴任《ふにん》したのですか？」

「いや、そんな話は聞いていない。……ずっと昔からの教師だと聞いていたが……」

「でも俺は君らをだましてなんかあらへん。この話も俺のこともどうせ忘れてしまうんやろけど、ほんまにほんまの話や。――この世界は穢《けが》れてる、いやこれから穢れる」

明るかったエヴァレの瞳《ひとみ》に、ふっと陰《かげ》がさした。

「始まりはアシュメイル王国。大昔、ハウゼル女王国に封《ふう》じられた邪神《じゃしん》が人間に生まれ変わることで目覚める。邪神はヒトの闇《やみ》を喰らうもの。ヒトの悪意に汚《よご》れた水竜《すいりゅう》はご馳走《ちそう》や。地下遺《い》跡《せき》を開き初代神の娘の遺体を操《あやつ》って魔竜《まりゅう》を封印《ふういん》してる神剣《しんけん》を引き抜《ぬ》かせ蘇《よみがえ》った魔竜を喰《く》えば、邪神の力を取り戻せる。けど魔竜は皆様《みなさま》ご存じのとおり、聖竜妃《せいりゅうひ》になってしもた。餌《えさ》の足りへん邪神は復活でけへん。だから目覚めもせんかった」

ゆっくりアイリーンは息を吸《す》って、吐《は》く。

(待って。……5の話を、しているのよ、ね？)

だがエヴァレの言い方はまるで、これから先に起こるはずだったゲームの展開と、起こらなかった現実の話のようだ。

「世界はあるべき正しい形がある。運命っちゅうやつや。邪神は世界を汚すヒトの闇を引き受けることで世界を救う。これが未来を救う伏線《ふくせん》ゆうやつやった」

エヴァレが眼鏡のブリッジを押しあげ、両手を天井《てんじょう》に向かって広げた。

「なのにその事件が起こらへんかった！　原因のひとつひとつはどれも些《さ》細《さい》なことや。たとえば、聖竜妃。これは魔王がエルメイア皇国の皇帝《こうてい》になってしもたから起こったことや」

クロードがぎゅっとアイリーンを抱《だ》き寄せるように回した腕に力をこめる。

「そして魔王が皇帝になったんは、聖剣の乙女が魔剣の乙女に聖剣を奪《うば》われてしもたからや」

アイリーンはクロードの腕を握《にぎ》り返した。

「運命に勝つって素晴《すば》らしい言葉やな。結果、間違いを抱《かか》えたまま世界は未来に突き進んでしもてる。世界を浄化《じょうか》する神の娘も、世界を育《はぐく》む救済の聖女も、世界を切り開く聖剣の乙女も、斃《たお》すべき敵すら消えてしもた、なんにもない、白い灰に埋《う》もれた未来にや。そんな未来に生まれてしもたら、どうすればいい？　諦《あきら》めればええんか？　自分はなんにも悪くないのに」

　エヴァレが口元にゆがんだ笑みを浮《う》かべて顔をあげた。

「責任をとらなあかん人間は、俺やない。そうやろ？」

　一斉《いっせい》に礼拝堂の中にいた人間が、こちらを向いた。ぎょろりと両眼を光らせながら、クロードとアイリーンを捕《と》らえようと手を伸《の》ばす。クロードが腰《こし》に佩《は》いた剣を鞘《さや》ごと振《ふ》り回し、打って気絶させた。だが人数が多い。

「こ、これ全員、エヴァレ先生が操ってるんですの？」

「おそらくは。もっと早く気づくべきだった」

　クロードがアイリーンを肩に担《かつ》ぎあげて礼拝堂の椅子《いす》を蹴《け》倒《たお》し、開けた場所へと逃げる。

「この学院はあの男の手に落ちていたんだ。――バアル、学院内だけでいい。結界をとけ！」

　クロードの耳飾《みみかざ》りが応じるように光る。瞬間《しゅんかん》、アイリーンたちに群がろうとした人間が、椅子と一緒にクロードの魔力《まりょく》に吹《ふ》き飛ばされていった。同時に、礼拝堂の扉《とびら》から兵がなだれこんでくる。アシュメイルの兵隊だ。

　ふっとアイリーンの視界が暗くなる。両腕を組んで宙に浮いたバアルが、こちらを見おろしていた。

「一国の王を顎で使うように呼ぶでないわ、馬鹿《ばか》者が。――全員捕縛《ほばく》しろ、外へ連れ出せ！」

「それは困るわ。この子がどうなってもええん？」

静かだがよく通る声に、皆《みな》の動きが止まった。

人と物が吹き飛ばされ開けた視界の先、パイプオルガンの前にエヴァレは立っていた。その横には白いフードを落としたマキナが無表情でエステラの腕《うで》をひねり上げ、その口をふさいでいる。

「ありきたりやけど人質《ひとじち》や。全員、動かんといて。兵もさげてもらおか」

視線を険しくしたアイリーンたちの前で、エヴァレが肩をすくめた。

「ああ、そないに怖《こわ》い顔せんといて。しゃあないやんか。魔王と聖王相手やで？」

「ほお、わかっておるではないか。そのわりに余裕《よゆう》そうだが」

答えたバアルが片手を振って、礼拝堂になだれこんでこようとした兵をさがらせる。

「そらなあ、ゆうて全盛期のルシェルほどではないやろ。あれはおっかなかったからなあ」

ぴくりとクロードが眉尻《まゆじり》を動かす。エヴァレはうっすらと笑った。

「ま、そんな昔話はどうでもええわ。さっさと仕事してまおか。マキナ」

返事もせず、無言でマキナがエステラを引きずろうとする。だがエステラは踏《ふ》ん張って動こうとしない。それを見て、エヴァレが肩をすくめた。

「あんた、記憶喪失《きおくそうしつ》なんやてな。自分が何者か知りたくてきたんやろ」

「……わ、わたくしが知りたい、のは……」

「簡単に確かめる方法がある。あんたが地下遺跡の扉を開けるかどうか」

エステラの動きが一瞬止まった。両腕を組んだバアルが呆《あき》れた声をあげる。

「開くわけがない。いくらあやしげな信仰《しんこう》をぶちあげようが、地下遺跡はアシュメイル王家直系の、しかも女性にしか開けぬ。それ以外に開く方法があるなら、余が知りたいくらいだ」

「なら、百聞は一見にしかずや」

エヴァレがエステラの腕を取った。顔をしかめるエステラを見て、アイリーンは叫《さけ》ぶ。

「乱暴はおやめなさい！」

「ええやん。あかんかったらあかんかったで。話だけでちゃんと顔を確認《かくにん》しとかんかった俺も悪いしな。でも、あんたがまさかそないに重要人物になるとは思ってへんかったんや」

悪役令嬢《れいじょう》を重要人物ではないと言うエヴァレには、やはりゲームの知識はない。なのに、どうしてエステラの血筋に心当たりがあるのか。にらむアイリーンに、エヴァレはのんびり答える。

「時間もなかったし、何より王子様のガードが固くてなぁ。あんた、愛されてんなぁ」

「……なんの、お話ですか。王子様って……」

エステラがエヴァレをにらみながら、か細く尋《たず》ねる。だがパイプオルガンの前に立ったエヴァレは何やら鍵盤《けんばん》をはずしながら勝手に話を続けた。

「今、この時代が起点らしくてな。これ以上は遡《さかのぼ》れへんのや。まだハウゼル女王国が瓦解《がかい》したばっかりやからなんとかなると楽観してたけど、母さんのスペアすら残ってへんとか、読み違《ちが》えたわ。しかも確実なリリア・レインワーズがエルメイアに閉じこめられてしもて」

「エルメイアのあの結界は、お前の仕業《しわざ》か」

苛立《いらだ》ちをこめたクロードの低い質問にも、エヴァレは明るく笑う。

「何ゆうてんの、あれはあんたの息子《むすこ》の仕業やろ」

エヴァレはシャルルと知己《ちき》であることを隠そうともしない。

「お前がやらせた可能性もあるだろう」

「そそのかした、ゆうんか？　人聞きの悪い。あの子はまだ子どもやけど賢《かしこ》いで――さて」

一歩エヴァレがさがる。パイプオルガンが勝手に鳴り出し、真ん中から開いていく。現れたのは礼拝堂の天井まであるつるりとした漆黒《しっこく》の扉だった。

「バアル様、あれが地下遺跡の扉ですか」

「そう、聖櫃《せいひつ》に向かうための扉だ。だが、あかぬ。あくわけがない」

否定しながらバアルは厳しい顔をしている。

エステラの手首を取ったエヴァレが、取っ手もない扉の前に立たせる。

「さあ、あくかあかへんか、ためそうか」

「エステラ、だめよ！　あけてはだめ！」

どうしてだかわからないがアイリーンは叫んだ。開くと感じたからこその警告だった。

「自分が何者か知りたいやろ？　あければひとつだけはっきりする。あんたの血筋や」

「あなたは何をしにきたの⁉　その扉を開くため⁉　違うでしょう⁉」

エステラが振り向く。その瞳がゆれていた。その両肩《りょうかた》をエヴァレがつかむ。エステラの手を開かせ、扉に触《ふ》れさせた。

「ここを開けば、あんたの王子様が救われるで」

まるでエステラの心の傾《かたむ》きを示すように、がこんと音が鳴った。

漆黒のつるりとした扉の表面に光の亀裂《きれつ》が走った。四角い入り口を作るように走ったそれが、うしろにさがり、まるで組み替《か》えるようにして動き出す。

「……開く……だと。馬鹿な……。おい、ではその娘《むすめ》は……」

バアルのつぶやきと一緒《いっしょ》に、ぺたんとエステラが腰を床《ゆか》に落とした。

「……わた、くし……は……」

「ありがとうな。御礼《おれい》にひとつ、教えたるわ。あんたの名前や」

エステラの胸倉《むなぐら》をエヴァレがつかんで起こす。ほとんど首を絞《し》められるような格好でエステラの体が浮いた。

「あんたの名前はエステラ・シャー・アシュメイル」

息を呑んだバアルを、エヴァレが嘲笑《あざわら》うように一瞥《いちべつ》した。

「あそこにいるのは、あんたのお父さんや」

「――エステラに何してる、エヴァレ!」

礼拝堂の天井が破裂《はれつ》し、黒い影《かげ》が飛びこんできた。舌打ちしたエヴァレがエステラを突《つ》き飛ばす。それを空中で受け止めて、アイリーンたちの前に眼帯の少年が降り立った。

風に流れる黒髪《くろかみ》から、赤目だけがのぞく。と思ったら、エステラに向かって怒鳴《どな》った。

「お前もなんでエヴァレといるんだ！　僕が閉じこめられてる間に、何があったんだよ!?」

「──あ、あなた、は……誰《だれ》……」

いきなりやってきて自分を横抱《よこだ》きにしながら怒《おこ》っている少年を見て、エステラが頭痛をこらえるように顔をゆがめる。

「シャルル。エステラには今、記憶《きおく》がないの！」

叫んだアイリーンに、エステラを抱いた眼帯の少年が──シャルルがまばたいた。だがその背後から爆風《ばくふう》に似た魔力が襲《おそ》いかかってくる。

「さすが、王子様はかっこええなあ。あのルシェルの結界をこないに早く破るなんてな！」

「シャルル！」

シャルルはエステラをバアルに押しつけて、振り向いた。その前に複雑な幾何《きか》学模様が現れ、上下左右に広がる。結界だ。ルシェルすら撃《う》ち抜《ぬ》いたエヴァレの魔力をなんでもない顔ですべて受け流し、シャルルが静かに尋ねる。

「なんのつもりだ、エヴァレ。まさか僕を殺せるとでも？」

「まさか。あんたがうしろにかばってる諸々《もろもろ》を始末したいだけや」

「約束が違う。僕の家族には手を出さない。そういう約束のはずだ」

ははっとエヴァレが軽く笑って答える。

「でも、そのひとらは、このまま俺のことを見逃《みのが》してはくれんやろ？」

威力《いりょく》を増したエヴァレの魔力が、再度襲いかかってきた。舌打ちしたシャルルがさらに結界を展開させてふせぎながら、こちらを斜《なな》めに見る。

「何してんだよ、早くここから逃《に》げろよ！」

「そう言われても、何がなんだかわからないので動けない。いきなりの隠《かく》し子発覚でバアルも放心している」

「はあ？　誰が隠し子……そうか記憶喪失か、ああもう！　いいか、よく聞け。そいつは正真《しょうしん》正銘《しょうめい》、アシュメイルの王女。聖王バアルと正妃《せいひ》ロクサネの娘だ！」

　エステラを受け止めたまま口をきかなかったバアルが、ぴくりと動く。クロードがどこかのんびりした仕草で首をかしげた。

「確かにロクサネ妃は身ごもっておられるが、まだ産まれていないはずだ。なぜここに？」

「それは僕が聞きたいよ！　信じなくていいから、さっさと逃げろって！」

「まさか、彼女は未来からきたというやつだろうか。ということは、君は？」

　きゃんきゃんわめいていたシャルルが、途端《とたん》に口を閉《と》ざした。クロードが問いを重ねる。

「僕とアイリーンの子どもだったりしないだろうか」

　ぎょっとしたアイリーンから、シャルルが視線をそらして叫ぶ。

「どうだっていいだろ、そんなこと！」

「……なるほど、なんとなくわかった」

　言うなりクロードが剣《けん》を抜く。

　バアルも無言でアイリーンにエステラを押しつけ、立ち上がった。

「……余はさっぱりわからんが、わかった」

エステラを預かったアイリーンは、何やら不穏《ふおん》な空気を漂《ただよ》わせるふたりに頬《ほお》を引きつらせる。

「「とりあえずあの男が悪い！」」

妙《みょう》なところで気の合う魔王《まおう》様と聖王様がぴったり声をそろえて、シャルルの結界から飛び出し、エヴァレに向かっていく。

エヴァレは笑い、襲いかかるクロードとバアルから距離《きょり》を取った。

「めっちゃ言いがかりやん」

「何が言いがかりだ、滅茶苦茶《めちゃくちゃ》さっきから攻撃《こうげき》しとるではないか！」

「そもそも、あのうるさい神もどきの父上の知己がまともであるはずがない」

「嫌《いや》やなあ、それは反論でけへんわ」

不思議な色に目を光らせて、右手で魔力を、左手で聖力の壁《かべ》を作ったエヴァレがクロードとバアルの攻撃をそれぞれ受け止める。

「でも、あんたらでも絶対かなわへん相手ってのはおるんやで」

エヴァレの頭上から白いフードの少女が躍《おど》り出た。マキナだ。持っていた長い杖《つえ》がりんと音を鳴らして、死神が振《ふ》るうような大鎌《おおがま》に変わる。

「！　クロードさがれ！」

バアルが前に出て結界で鎌を弾《はじ》き飛ばす。無表情でくるりと一回転したマキナは、礼拝堂の壁を蹴《け》って再度こちらに向かってきた。その鎌の向かう先は、エステラだ。

「っエステラ！」

真っ先に反応したシャルルが間に入ってマキナの手首をつかむ。ばりばりとそのまま魔力と聖力が弾《はじ》け合って、火花を散らした。

「こいつは関係ない、マキナ！　――エヴァレ、マキナを引かせろ！」

「命令形かいな。さすが生まれながらの王子様は、ひとにもの頼《たの》む態度知らんわあ。それとも婚約《こんやく》者の前ではかっこつけたいんかな」

アイリーンと一緒に呆然《ぼうぜん》と飛び散る火花を見ていたエステラが、両目を開いた。

一瞬《いっしゅん》ひるんだ顔をしたシャルルが、怒鳴り返す。

「そんなわけないだろ、婚約なんて親が勝手に決めたことだ！」

「ああ、そうやったそうやった。婚約破棄《はき》したゆうてたなぁ。――おっと」

クロードの剣先《けんさき》をよけたエヴァレが、説教壇《だん》の脇《わき》にある女神《めがみ》像の頭に腰《こし》かけて、笑う。

「なのになんで、エステラ王女はここにおるんやろな」

「知るかよ、僕とこいつはもう赤の他人だ！　関係ない――今までも、この先もずっとだ‼」

ぱん、と頬を張る音が鳴った。

飛び散っていた魔力も、争いの音も、かき消す鋭《するど》い音だった。

静まり返った礼拝堂の中で、頬を張られたシャルルが、ゆっくりその頬に手を当てて、振り返る。

「――関係ないとは、なんですか。婚約者に向かって、よくも」

ぎゅっと手のひらを握《にぎ》ったエステラがシャルルをまっすぐ見て怒鳴る。

「わたくしだって不本意ですが、国と国とのことです！　それをあなたは、いつまでも子どものようにわがままを言って……それでもエルメイアの皇太子ですか！」

「……お、まえ……」

　呆然としているシャルルに、エステラが眉《まゆ》をひそめた。

「お前などというのはやめてください」

「き、記憶なくしたなんて嘘《うそ》じゃないか！　だましたな⁉」

　シャルルが怒鳴り返す。だがエステラもそれに負けていなかった。

「だましてなどおりません。たった今、思い出しました。あなたのあまりに無責任な言い分に腹が立って腹が立って」

「あぁそうかよ、なら今すぐ帰れ！　人の気も知らないでさ……！」

「それはわたくしの台詞《せりふ》です。このまま帰れるわけがありません。帰る方法もわかりません」

「はあ⁉　なら、そもそもどうやってきたんだよ！」

「あなたこそ、どうやって過去になどきたのですか」

「お前こそ、まず僕の質問に答えろよ！　誰かにそそのかされてないだろうな⁉」

「では質問を変えます。あなたは何を目的にこのような勝手な行動をなさっているのですか」

「勝手に会話を進めるなよ、先に僕の質問に答えろって！　どうやってここにきた！」

「――ひょっとして、婚約破棄はその少女が原因ですか」

　シャルルが唐突《とうとつ》に沈黙《ちんもく》した。シャルルが手首をつかんだままでいるのは、マキナだ。

先ほどまでエステラからマキナを守っていたように見えるが、今はなぜかエステラからマキナをかばっているように見えてくる。

「お、お前に、関係ないだろ……こ、婚約は、破棄《はき》、したし……」

弱々しいシャルルの返しに、すうっとエステラの眼差《まなざ》しが冷えていく。シャルルは雰囲気《ふんいき》のまずさだけは理解しているようで、つかんでいたマキナの手首を放したが、視線を斜め下におろして唇《くちびる》を引き結んでいた。マキナはなぜか動かず、ただ無表情で突《つ》っ立っている。

だが、なんとなく状況《じょうきょう》はわかった。膠着《こうちゃく》した三人の様子に、バアルがクロードにつぶやく。

「つまり、そういうこと……でいいのか？」

「……僕の息子《むすこ》だろうに、情けない……」

「ええやんか、微笑《ほほえ》ましくて。こんな状況でそんな騒《さわ》ぎができるて、若さやないか」

はっと皆《みな》の視線がエヴァレに集まったその瞬間《しゅんかん》だった。

エヴァレの背後、開いた地下遺跡《いせき》の扉《とびら》の奥から光が溢《あふ》れ出た。扉が完全に開いたのだ。

咄嗟《とっさ》にアイリーンは両腕《りょううで》を交差させて目をかばう。

「やっとお目覚めや」

地下遺跡から光の粒子《りゅうし》が噴《ふ》き上がり、真昼のように夜空が輝《かがや》く。

夜明けを知らせる輝きの真ん中に、ひとりの少女がいた。アシュメイル風の衣装に身を包み、巨大《きょだい》な氷の壁《かべ》の中で眠《ねむ》っている。

氷をとかす光をあびて輝く漆黒《しっこく》の髪《かみ》。すらりと鍛《きた》えられた体は中性的で、騎士《きし》のよう。

その姿を、顔を、アイリーンはよく知っていた。クロードもだ。

「母上……!?」

氷が蒸発《じょうはつ》する。長い睫《まつげ》が震《ふる》え、持ち上がる。けぶる瞳《ひとみ》は紫《むらさき》。聖なる力を持つ者の証《あかし》。

聖剣の乙女《おとめ》アメリア・ダルクの双子《ふたご》の姉、歴史では魔剣《まけん》の乙女とさげすまれたもうひとりの聖剣の乙女――グレイス・ダルク。

彼女とそっくりの顔をした少女が、ゆっくりと目を開いた。


ふとルシェルは胸を押さえた。誰《だれ》かが今、ルシェルの結界を破って出て行った。

核《かく》となるべきルシェルが内側から出てしまったせいで、結界の効力が弱まったのだろう。いずれは破られるとわかっていたが、想定よりずっと早かった。

（本当に何者だ、あの子）

シャルルと名乗る、クロードと――自分ともそっくりな少年。アシュメイルの方角に向かって飛んでいるようだ、と魔力の動きで察する。そこにアイリーンたちがいるからだろう。きっとグレイスもそこにいる。

だが別方向にまっすぐに飛びながら、ルシェルはちらと視線をさげる。

「本当にハウゼル女王国に空中宮殿《きゅうでん》があるんだろうね？」

「もっちろん。ゲームが始まってるなら、まずそこだと思うの！」

魔《ま》の神の右腕《みぎうで》に抱《かか》えられながら、明るく少女が答える。

「なぜ君は、そんなことがわかるんだい？」

「質問したって無駄《むだ》よ。この女、まともじゃないから」

左腕に抱えられたもうひとりの少女が先に答える。だがルシェルにすれば、自分を救ったこの少女も十分、まともではない。

いや――魔の神が『元』とはいえ、聖剣《せいけん》の乙女と救済の聖女を抱えてハウゼル女王国に向かっているこの状況からして、既《すで》にまともではない。

セレナの力で意識を取り戻《もど》してから、ルシェルはこのふたりに圧倒《あっとう》されっぱなしだ。特にリリアには、エヴァレとは創世神に堕《お》とされた旧知の間柄《あいだがら》だとか、悪戯《いたずら》好きのエヴァレが大昔にハウゼル女王国にちょっかいを出し返り討《う》ちにあって封印《ふういん》されただとか、べらべらと昔話を喋《しゃべ》らされた。悩《なや》んでいたグレイスとの今後まで気づいたら相談していた。

あげく、結界内の人間は眠《ねむ》っているだけ、皆を起こすのは何が起こったかわかってからでもいいと説得されて、言われるがまま、セレナの力を借りシャルルの結界を三人で抜《ぬ》け出したのである。

「5でエヴァレはハウゼル女王国の封印をかいくぐるためにその血筋――ハウゼルの王子様に生まれ変わったって設定だったし、ハウゼル女王国も健在。ってことはゲーム開始に合わせて消えた空中宮殿は今、ハウゼル女王国にあるとみて間違《まちが》いないわ！　ただ、邪神《じゃしん》としての力を取り戻す魔竜《まりゅう》がいない今の状況で、実際エヴァレがどう出るかはわからないけど」

「その情報、全部僕は初耳なんだけどな……確かにエヴァレはハウゼル女王国にやられっぱなしでいるような性格じゃないけど、どうして君がそれを」

「気にしないで！」

気にしないでと言われても。答えに窮《きゅう》するルシェルのかわりに、セレナが鼻を鳴らす。

「それより、ハウゼル女王国の王子様って、まさかあんたの兄か弟ってこと？　あの国は王族って概念《がいねん》がないけど、あんたも一応、ハウゼル女王国の王女様なんでしょ」

「ゲームどおりならそうねー。でも、アメリア・ダルクはまともじゃなかったから、どんな手を使って用意した子どもだか、わかったもんじゃないわ」

アメリア。その名前につきりと胸が痛む。けれど、自分がそう思ってはならないのだろうとルシェルは感じている。グレイスが完敗だと笑うからには、余計にだ。

でも心の棘《とげ》は抜けていなくて、グレイスとのこれからにも向き合えずにいる。

「大丈夫《だいじょうぶ》よ」

うつむいたルシェルに声がかかった。リリアだ。

「グレイスのことも、アメリアのことも大丈夫よ」

「……なぜ、言い切れるんだ。グレイスはこのままだと、消えるかもしれないのに……」

人間の魂《たましい》は輪廻《りんね》する。グレイスも本来ならばとっくに別の人間として生まれ変わっているはずだ。だがアメリアに囚《とら》われ、神もどきのルシェルがすべてをかけて願ったせいで、魂が長く留《とど》まりすぎた。

その代償《だいしょう》として、グレイスは消えかかっている——魂ごと消滅《しょうめつ》したアメリアのように。

肉体があればいいのだろうが、グレイスの体はアメリアによって首を落とされ、既に失われている。かといって首尾《しゅび》よく魂に合う体が見つかったとしても、それは輪廻するのと同じ。違《ちが》う人間になるということだ。ルシェルのことを覚えていてくれるかもあやしい。

それがルシェルには受け入れがたくて、何も手が打てないままになっている。グレイスのほうは覚悟《かくご》を決めているだろうに。

(あともう一度だけ、一目会えればなんて、願っていただけのつもりで)

ルシェルの顔に皮肉っぽい笑《え》みが浮《う》かぶ。

「結局、アメリアが望んだとおりだ。アメリアが僕からグレイスをつれていってしまう」

「それってあんたが情けないからじゃないの」

思いがけない言葉がセレナから飛んだ。リリアがきゃっと無邪気《むじゃき》に笑う。

「そうよね、セレナがなんだかんだ文句言いながらレイチェルをあのモブから奪《うば》わないのは、モブだけどしっかりしてるからだもんねぇ」

「なんでそこでレイチェルが出てくるのかさっぱりわからないんだけど」

「でもそういうことでしょ。それなら、まだチャンスがあるわよ」

「チャンス？」

問い返したルシェルを、いたずらっぽくリリアが見返す。

「見直してもらうチャンスよ。ヒント。たまにはアメリアのお願いを叶《かな》えてあげたら？」

「アメリアのお願い？」

「それがグレイスの願いでもあるんじゃない？――ね、あれがハウゼル女王国？」

前を向くと、楽園とも呼ばれた小さな島が雲の隙間《すきま》から垣間《かいま》見《み》えた。

ハウゼル女王国は大小の島が蓮《はす》の花のように点在する島国だ。その中で中央に座する小さな島、宮殿の跡地《あとち》だけが、青々とした海の中で白い大地をさらけ出している。

神気が強く神に近いルシェルでも転移は難しい。だからこうして飛んでくるしかない。

（――入りこむのにも、昔、ずいぶん苦労した）

降下して白い砂浜《すなはま》のような大地に足をおろす。ふたりを立たせ、えぐれた宮殿跡に踏《ふ》みこもうとしたルシェルは、ばちっと音を立てて何かに弾《はじ》かれた。

「なん……っ」

距離《きょり》を置いてルシェルは目をこらすが、何も見えない。だが音と衝撃《しょうげき》は伝わったのか、セレナが警戒心《けいかいしん》むき出しの顔でかまえる。逆に、リリアは紫の瞳を輝かせた。

「聖なる力で封印してるっぽいわねーやっぱりここにあるのよ、空中宮殿」

「幻術《げんじゅつ》だね。破るには相当の力が……って、え⁉」

平然とリリアが手を中に突っこんだ。正面から暴風が吹《ふ》き荒《あ》れる。セレナが叫《さけ》んだ。

「ちょっと、何してんのよ、聖剣もないのに！」

「大丈夫《だいじょうぶ》大丈夫、まかせて。だって私は女王になるはずだったのよ、あの女の予定ではね」

苦笑もまじった皮肉っぽい声で、リリアは紡《つむ》ぐ。

「――聞け過去よ、開け未来よ、我は聖と魔のレガリアを継《つ》ぐ乙女なり。でしょ?」

いきなり風がやんだ。と思ったら一枚一枚、花弁がひらくように、透明《とうめい》な膜《まく》が剝《は》がれ落ちていく。現れたのは、かつて世界を動かした女王の御座《おわ》す宮殿。

「……空中、宮殿……」

だが、かつてと同じ姿ではない。真ん中からわれたその宮殿は、砂と塩をこびりつかせて汚《よご》れていた。砂漠《さばく》と海にそれぞれ沈《しず》んでいたからだろう。そして、真ん中の割れ目がくっつこうといびつな音を立ててうごめいている――その正体は魔力と聖力の触手《しょくしゅ》だ。

宮殿が自己修復しようとしている。

ぞっとしたルシェルは思わず一歩さがった。

(アメリア。君はほんとうになんてものを、作って……そこまでして)

――本当は何を、叶えたかったのだろう。

大地が突然《とつぜん》鳴り出した。ぎょっとセレナが叫ぶ。

「ちょっと、また浮こうとしてないこれ!?」

「じゃあ早く中に入りましょ!」

「はあ!?　って、ああもう……!」

両開きの門へ駆《か》け出したリリアをセレナが追いかける。慌《あわ》ててルシェルも続いた。

ぐらぐら不安定にゆれながら、空中宮殿が浮かび上がっていく。危なっかしく、かつての荘《そう》厳《ごん》さはみじんも感じさせず、それでも動いている。なぜだか悲しかった。

「どこに向かってるの、これ。アシュメイルの方角？」

「エヴァレが呼んでるならそうじゃない？　それより早く行きましょ！」

「行くってどこによ」

「女王の就任の儀式《ぎしき》をする祭壇《さいだん》。あの女なら何か残してるかもしれない」

　アメリアによく似た負けん気の強い目でリリアが笑う。未来に挑《いど》む目だ。それがルシェルの胸をつく。

　どうしてだか浮かんだのは、彼女が女王になる前、グレイスとこっそり抜け出した夜店で買ったものを頬張《ほおば》る笑顔だった。あの笑顔が、幻《まぼろし》とも偽《いつわ》りとも思えない。

（アメリアの、願い……）

　――彼女は運命に打ち勝ったあと、どうするつもりだったのだろう。

　もしアメリアの願う神に戻っていれば、わかったのだろうか。けれどグレイスを愛しているだけのルシェルは、アメリアもグレイスも救えるような神には、まだなれない。

もし、この世界がゲームだったとしたら、最初にゲームという枠組《わくぐ》みから抜け出した人間はグレイス・ダルクだろう。体が弱く、女王になれないことを恨《うら》み、聖剣《せいけん》の乙女《おとめ》という輝《かがや》かしいヒロインになる双子《ふたご》の妹を恨んで死ぬはずだった悪役令嬢だ。

だが彼女は妹を恨むどころか、体を鍛《きた》え、自分は女王にふさわしくないと身を引き、自由に生きて、魔王《まおう》という愛するひとを手に入れ、聖剣を生み出し、妹に首を落とされた。あげくその体を妹に使われ——最後は、リリアが聖剣で斬《き》り捨てたと聞いている。

（どういうこと？　グレイス・ダルクが初代の神の娘《むすめ》だなんて、そんなはずは……）

無表情で突《つ》っ立っているだけのマキナの姿が視界の端《はし》に入る。アメリア・ダルクそっくりの少女——ここでグレイス・ダルクそっくりの少女が出てくるのは偶然《ぐうぜん》とは思えない。

「さがしたで。あんたがルキアやろ」

それがこの少女の名前なのか。光の中心に向かってエヴァレが飛んだ。

「さがしてさがして、過去にまできてしもた」

エヴァレがひどく優《やさ》しくささやき、手を伸《の》ばす。

すうっと少女を包む光が、引いていった。エヴァレの瞳《ひとみ》と、紫《むらさき》の瞳の視線が交差する。

「——違う」

エヴァレがその手を止めた。うろたえたように、何も映していない神の娘の瞳を見つめながら、あとずさる。

「魂がない。こんなん、マキナと一緒《いっしょ》や。なんで……なんでや。どこにいったんや」

『アイリーン、クロード！』

「お義母《かあ》さま!?」

突然頭上から降ってきた声に、アイリーンは振《ふ》り仰《あお》ぐ。弾かれたようにエヴァレもそちらへと向く。だがグレイスは気づいていない。

『ルシェルの結界が内側から破られた！　ルシェルはここにきているか!?』

グレイスの叫びの内容はほとんど頭に入ってこなかった。見えていたのは、グレイスそっくりの少女の体があり、グレイスが魂《たましい》のままでそこにいること。それだけだ。

同じことを察したのだろうクロードが叫ぶ。

「母上、逃《に》げろ！」

息子《むすこ》の叫びに驚《おどろ》いたグレイスがまばたいた瞬間《しゅんかん》、その背後に影《かげ》が覆《おお》い被《かぶ》さる。

『なんだ、お前——』

顔を険しくしたグレイスが振り向き、対峙《たいじ》しようとして固まる。一瞬でシャルルのそばからグレイスの前に移動したのはマキナだった。

「アメ、リア……!?」

反応の遅《おく》れが致命的《ちめいてき》だった。鎖《くさり》に搦《から》め捕《と》られたグレイスの姿がかき消え、かわりにマキナの手のひらに聖剣が浮かぶ。

聖剣の本質は、乙女の魂だ。マキナの手のひらに浮かぶ聖剣が、グレイスの魂が囚《とら》われた結果なのは、明らかだった。その証左のように、エヴァレの笑い声が響《ひび》く。

「なるほど、魂――聖剣が分離《ぶんり》してたんか。ああそうや、そう説明されてたわ」

「何をする気⁉　あなたの目的は邪神《じゃしん》の力を取り戻《もど》すことでしょう⁉」

アイリーンの叫びに、エヴァレが肩《かた》をすくめる。

「今更《いまさら》、邪神として復活してどないすんねん。そんなもんは過程やろ」

マキナから聖剣を受け取り、エヴァレが嬉《うれ》しそうに頬《ほお》を緩《ゆる》める。

「俺の目的は、聖剣の乙女の復活や」

無邪気な笑顔《えがお》に、ぞっと悪寒《おかん》が走った。

「大丈夫《だいじょうぶ》や、材料はそろた。この体に本物の聖剣なら造れる。――そのためのハウゼル女王国の叡智《えいち》なんやから」

エヴァレが遠く、空の向こうを見る。暗闇《くらやみ》の中で今まで気づかなかったそれに、アイリーンは両眼を見開いた。

ぎい、ぎいとどこかいびつな音を立て、闇夜《やみよ》にハウゼル女王国の空中宮殿《きゅうでん》が浮《う》かんでいる。

同じものを見たバアルが叫んだ。

「空中宮殿を盗《ぬす》んだのは貴様か！」

「人聞きの悪い。返してもらったんや。ほな、俺はこれで」

「みすみす逃がす馬鹿《ばか》はいない」

冷たく言い放ったクロードが背を向けようとしたエヴァレに襲《おそ》いかかるが、その間になぜかシャルルが割りこむ。クロードとシャルルの剣が、魔力をきらめかせながら弾き合った。

「何の真似《まね》だ」

　クロードの剣を押し返したシャルルが冷たく答える。

「聖剣の乙女がいないと困るんだよ」

「そのような話、わたくしは初めて聞きました」

「エステラ……っ馬鹿、何するつもりだ！」

いつの間にかエヴァレの前にエステラが立ちふさがっていた。その手からエヴァレを拘束《こうそく》しようと聖なる力が奔《はし》る。

「このまま逃がすわけがないでしょう」

「マキナ、自爆《じばく》しろ」

　エヴァレが背後についてきているマキナに冷たく告げる。エステラが動きを止めた。

　周囲が凍《こお》り付く中で、不似合いなほど優しく、エヴァレが笑う。

「すまんな。今までありがとう。――でも、お前がおらんでも、もう俺はやっていける」

微動《びどう》だにしなかったマキナが顔をあげる。そして今まで呼吸をしているのかもあやしかった口を、動かした。

「了解《りょうかい》、しました」

マキナを中心に光柱があがった。有無《うむ》を言わさずアイリーンはクロードに抱《だ》きこまれる。エヴァレの視界から引きはがすようにして、バアルがエステラを抱いたのが見えた。

(シャルル、あの子は!?)

それを確かめる前に、光が爆発《ばくはつ》した。クロードにしがみついているアイリーンにすさまじい爆風が襲いかかる。とても目をあけていられない。

だがそれだけだ。熱もなにもない。まるで誰《だれ》かが押さえこんでいるみたいに——やがてふっと唐突《とうとつ》に静寂《せいじゃく》が訪《おとず》れた。

おそるおそる目をあけ、クロードの腕《うで》から顔をあげたアイリーンの視界に、開けた視界が広がる。ほんの少し先ほどより明るく見えるのは、夜明けのしるしだ。

見あげた空には、空中宮殿もエヴァレの姿もなかった。

かわりに見えたのは、ひとつに重なった影だけ。

何もかも吹《ふ》き飛ばした力の中心で、シャルルの体が傾《かたむ》く。その腕に抱かれたマキナと一緒に、空から落ちてきた。

「シャルル!」

クロードがシャルルとマキナを抱き止め、地面がむき出しになった礼拝堂におろす。

急いで駆《か》けよったアイリーンは傷だらけのシャルルの体に耳をよせて、心音を確かめた。どくんと返ってきた音に安堵《あんど》する。裂傷《れっしょう》はあるが、ふたりとも気絶しているだけだ。

「エヴァレとかいう奴《やつ》には、逃げられたか」

エステラを抱いたバアルが地上におりてくる。クロードも嘆息《たんそく》した。

「とりあえず、全員、手当てだ。それから話を聞けるよう拘束して――」

話の途中《とちゅう》でぼんっと音がして、クロードが幼竜《ようりゅう》に変化した。しんと周囲が静まり返る。

バアルが眉間《みけん》に人差し指を当てた。

「お前……余の結界をといたからだろうが、もう少し空気を読め、空気を」

「グギャ！」

不満そうな幼竜を抱きあげ、アイリーンはエステラに向き直る。

エステラはマキナを抱いて倒《たお》れたままのシャルルをじっと見ていた。その瞳に宿る感情は複雑すぎて、読み解けない。けれど――。

「話していただけますわね」

「はい。……わたくしにわかることなど、ほとんどありませんが」

答えたエステラは、一度目を伏《ふ》せ、持ち上げる。その姿を見てアイリーンは目を細める。

差しこむ朝日に照らし出された髪《かみ》の色も目の色も、バアルと同じ。そして凛《りん》としたたたずまいと強い眼差《まなざ》しは、正妃《せいひ》ロクサネによく似ていた。

「記憶喪失《きおくそうしつ》になどなったばかりに、お手数をおかけしました。憶測《おくそく》ですが、過去のわたくしに近づきすぎて自我が混線したのだと思います」

アシュメイルの後宮、正妃ロクサネの宮殿でエステラは語り出した。目の前の卓《たく》には、ロクサネが用意した茶が三人分、のっている。

ここにはアイリーンとエステラ、ロクサネしかいない。幼竜のクロードをこの場で人間に戻すには差し障《さわ》りがあるとかで、バアルとクロードは別室へ行ってしまった。ただ待っているのも非効率なので、先に話を聞くことにしたのである。

「自我が混線……ですか」

「わたくしはまだ産まれておりませんが、お母様の中で生きておりますので」

ロクサネは自分の腹を見る。対するエステラはどこまでも淡々《たんたん》としていた。

「信じなくてもかまいません。わたくしがこうして過去に干渉《かんしょう》している以上、未来が変わる可能性もあります。産まれた子どもがわたくしのように育つとも限りません。お母様からもお父様からも、わたくしに会ったことがあるなどという話を聞いたことがないので」

「……それは……あなたという人格が死んでしまうということですか」

眉《まゆ》をひそめたロクサネに、エステラは頷《うなず》いた。

「その危険性は常にあります。覚悟《かくご》して参りました」

「そんな危険な真似をしなければならない事情は、いったい何？」

聡明《そうめい》そうなエステラが率先《そっせん》して行動したとも思えない。エステラは自分の手元を見た。

「……わたくしは、むしろそれを知りたくてきたのです」

ロクサネとアイリーンが顔を見合わせる。エステラは柳眉《りゅうび》をわずかにさげていたが、やがて心を決めたように顔をあげた。

「わたくしが知っていることを、最初からお話しします。あまりこの先に影響《えいきょう》しないよう、最小限の範囲《はんい》で。――今から十数年先の話です。エルメイア皇太子《こうたいし》に内定したシャルル様とわたくしの間に、婚約《こんやく》が持ちあがりました」

「内定というのはどういうことだ？　誰かから変更《へんこう》したのか」

「クロード様」

バアルと一緒《いっしょ》に現れた夫は人間の姿に戻っていた。エステラが応じる。

「シャルル様は末っ子なのです。兄姉《けいし》がおられます」

それ以上、家族の詳細《しょうさい》をエステラは語らない。過去への干渉を最小限にしたいというエステラの意向は、尊重すべきだ。アイリーンもそれ以上、口を挟《はさ》まなかった。

「それにシャルル様ご自身が反発なさったので、まだ内定なのです。森の古城に籠城《ろうじょう》して皇太子就任の儀式《ぎしき》も何もかもすっぽかし、皇帝陛下と全面戦争も辞さない有様で……」

「魔王《まおう》に刃向《はむ》かったわけか。なかなか骨のあることをするではないか」

バアルがロクサネの横に腰《こし》かけて呆《あき》れまじりに笑う。

クロードもアイリーンの横に腰かけて、長い足を組んだ。これまでの情報を総合すると、シャルルはこのクロードの息子《むすこ》だ。よく刃向かおうと思ったものだと考えていると、クロードがぽつりと付け足した。

「おそらく母親に似たんだろう」

「何かおっしゃいまして、クロード様」

「まさか皇太子になるのが嫌《いや》で、過去に逃《に》げてきた――なんてことではないな？」

アイリーンの非難の目を無視して、クロードが先を促《うなが》す。エステラは首を横に振《ふ》った。

「わかりません……わたくしはシャルル様と話したことが数えるほどしかないのです」

「婚約者なのにか？」

「婚約が決まったのは、最近です。シャルル様の皇太子内定が公《おおやけ》になる、少し前……わたくしも神女学院に在籍《ざいせき》していて、そもそも外界と接触《せっしょく》が少なかったので」

神女学院は未来でも男子禁制らしい。だがロクサネが口を挟んだ。

「それでも、数えるほどしか話したことがないというのは少し不自然ではないですか？　エルメイア皇国とアシュメイル王国は友好国です。この先、わたくしたちに子どもが生まれるとしたら、幼少時から交流を持たせると思いませんか、アイリーン様」

「ええ、国益を考えればわたくしもそうすると思います」

アイリーンとロクサネに、エステラは答えるか少し迷ったようだが、結局口を開いた。

「おっしゃるとおり、婚約前にも家族ぐるみの交流で何度かお会いしたことはあります。ですがシャルル様はいつもそういった催《もよお》しは顔を出さないか途中で抜《ぬ》け出すので、お話しする機会がありませんでした」

「ひょっとして意外と人見知りなのか……」

意外と人見知りのクロードが複雑そうにつぶやく。

「ご兄姉が優秀《ゆうしゅう》なので、今まではそれで許されておりました。ですが皇太子になる以上、そういった行動は慎《つつし》んでもらわなければなりません。婚約者としてわたくしも何度か注意したのですが、それがうるさかったのでしょう。ある日突然《とつぜん》、婚約破棄《こんやくはき》の通知が一方的にわたくしのもとへ送られて参りました」

冷たくなっていくエステラの声の温度に、ついクロードと目配せし合う。

「一国の皇子と王女の婚約は国同士の契約《けいやく》です。個人のわがままで、しかも紙切れ一枚で破棄できるわけがないだろうと、わたくしは頭にきて、エルメイア皇国に乗りこみました。わたくしは聖王の娘《むすめ》です。古城の結界を消滅《しょうめつ》させるなどわけのないことですから」

据《す》わった目で淡々と続けるエステラに、なんとなくアイリーンは姿勢を正した。実感はないが自分の息子がしでかしたことだ。誠実に受け止めなければならない。

「シャルル様はいらっしゃらなかったので、しかたなく近くの魔物《まもの》を締《し》め上げて居所を吐《は》かせようとしました。シャルル様に言うなと厳命されているらしく、吐きませんでしたが」

クロードも組んでいた足をほどいて、姿勢を正した。エステラの怒《いか》りを感じ取ったらしい。

「そうしたら、見かねたシャルル様の従者が神女学院の地下遺跡《いせき》に向かったと教えてくださいました。それでわたくし、思い出しました。少し前、シャルル様はなぜかわたくしを訪ねて神女学院の寮《りょう》に深夜、入りこんでこられたんです」

「なんだと!? 何もされておらぬだろうな」

焦《あせ》った様子でバアルが長椅子《ながいす》から背を浮《う》かせる。ロクサネが少し眉をひそめた。

「バアル様、今は話を聞きましょう。あと、そのように心配されるのは少々気が早いです」

「そ、それはそう、だが。いやだが、娘だと言われると、どうしても、こう」

「そのような気概《きがい》など持ち合わせた方ではありません」

エステラの冷たい返答にバアルが黙《だま》って座り直し、クロードが遠い目になった。

「ただ、質問をされただけです。『神の娘の遺体は、地下遺跡に本当にないのか』と。わたくしはないと答えました。特に隠《かく》すことでもありません。神の娘の遺体が地下遺跡にないのは周知の事実ですし、お父様たちから、わたくしが産まれる前に安全な場所へ移したと聞いておりました」

「移した……？　盗《ぬす》まれた、ではなくて？」

現状とすり合わせようとしたアイリーンの確認《かくにん》に、エステラは頷いた。

「詳細はわたくしも知りません。ですが地下遺跡にはない、というのがわたくしの時代での事実です。どうしてそんなことを確認するのか不思議だったのですが、シャルル様は『それならいい』と言って、姿を消してしまわれて……」

エステラは思考を整理するように、一息ついた。

「そういうことがありましたので、地下遺跡に向かったという従者の話に信憑性《しんぴょうせい》はあると判断し、シャルル様を追いかけました。わたくしの時代でも地下遺跡は神女学院の敷地《しきち》にありますが、誰《だれ》でも見学できるただの遺跡です。そこへ、先ほどのエヴァレという男とシャルル様が入っていくのが見えました」

既《すで》に時刻は深夜だった。真っ暗闇《くらやみ》の中、地下遺跡の出入り口である礼拝堂に入っていくふたりをエステラはこっそりつけて、聞いてしまった。

「過去を変える、とあの男は言っていました。それしか方法はない、と」

——ここであんたを見つけられたのは僥倖《ぎょうこう》やった。けど、神の娘の遺体はこの時代にもないみたいや。世界統一教もない。そもそも、あんたがここで産まれてしもてる時点で、手《て》遅《おく》れなんかもしれん。

「なんの話かと思いました。でも、シャルル様はその話を理解されているようで……」

——もっと過去に遡《さかのぼ》ってやり直さなあかん。わかってる、協力してくれるならあんたの家族や兄姉や国が消えてなくなるような真似《まね》はせえへん。約束や。

「話の内容は理解できませんでしたが、身元も知れぬあやしげな男が約束を守るわけがありません。何かエルメイア皇族の方々に危険が迫《せま》っている、とわたくしは思いました」

実際、エステラの懸念《けねん》どおり、先ほどエヴァレはシャルルとの約束を反故《ほご》にした。

「シャルル様も信じていたわけではないのでしょう。自分もついていくとおっしゃって……」

——あんたは神の娘の遺体と、聖剣《せいけん》をさがせばいい。僕は、お前が手出しできないようにエルメイアを結界で封《ふう》じる。

クロードが片手で顔を覆《おお》う。

「……エルメイアをあんな形にしたのは、エヴァレから国を守るためか」

「そうだと思います。けれどわたくしは、それだけですまないと思いました。特に、ハウゼル女王国の空中宮殿《きゅうでん》、という言葉が出たときに」

皆《みな》から視線を向けられて、エステラが目を伏《ふ》せる。

「お父様やお母様からハウゼル女王国とのかつての戦いについては聞いております。空中宮殿という、未知の建造物――いえ、兵器でしょう。そう教えられました。決して踏《ふ》み入れてはならない領域にあるものだ、と。かの宮殿がどこにあるのかはわたくしも存じません。そんなものを手に入れなければならないと、あの男は言ったのです。そして言いました。今から過去に飛ぶと。マキナという少女がいれば時を翔《かけ》ることが可能だと」

「そのようなこと、神にしか許されぬ」

バアルのつぶやきに、エステラも頷《うなず》き返した。

「はい。ですが、あのマキナという少女と一緒に全員、シャルル様も消えてしまいました。いえそれどころか、存在が消えた感じがしました。ただの転移ではない。そう確信しました。わたくしとて、聖王になるはずだった身ですから、間違《まちが》いはないかと思います」

「はずだった？」

思わず問い返したアイリーンにエステラははっとして、すぐに頭をさげた。

「余計なことを申しました。お聞き流しください。……とにかく、わたくしは焦って、大慌《おおあわ》てで古城に戻《もど》りました。エルメイアの皇太子が消えたとなれば大騒《おおさわ》ぎになる。シャルル様は古城に籠城してらっしゃいましたからすぐには露見《ろけん》しないでしょうが、長くは続かない。まずシャルル様の従者と、師匠《ししょう》——教育係の方に相談しました」

「教育係……あの子が感情的になっても天候や自然に影響《えいきょう》がないのは、その指導の賜物《たまもの》か」

回答は期待していないのか、クロードはそれ以上尋《たず》ねない。エステラも聞かないでほしいところだろう。必要以上に未来のことを知るのは危険だ。

「教育係の方が、シャルル様を追いかける方法が魔界《まかい》にあると教えてくださいました。聖なる力が高い人間であれば魔界に入りこんでも帰ってこられますが、絶対ではありません。それでも追うかと問われて、わたくしは頷きました」

きっぱりと強い瞳《ひとみ》で、エステラは語る。

教育係と従者につれられて、エステラは古城の地下に案内された。古城の下には魔界に通じる入り口がある、というのはアイリーンもルシェルたちから聞いている。

その穴に落ちると、世界が反転した。真っ先に見えたのは、空を境にして古城と鏡合わせになった宮殿だった。そこへ向かうよう、エステラを囲む大勢の魔物が案内してくれた。

「魔物はシャルル様の味方ですが、わたくしの邪魔《じゃま》はしませんでした。魔物たちも本当はシャルル様を連れ戻《もど》したいのでしょう。……魔界の空に浮かぶ城に、入りました」

気づいたら、上も下も真っ暗な空間にいた。目の前にあるのは、聖なる力がなければ見えない大きな扉《とびら》だけ。戻る道も消えていた。ならば進むしかないと扉に手をかけたが、押しても引いても聖なる力をぶつけても開かない扉だった。何か呪文《じゅもん》でもかかっているのだろうと判断したエステラは、不意に思いついた言葉があった。

「誰にとは申しませんが、開かない扉をあける呪文を教えてもらったことがありました。それを唱えたのです」

「――『聞け過去よ、開け未来よ、我は聖と魔のレガリアを継《つ》ぐ乙女《おとめ》なり』？」

暗誦《あんしょう》したアイリーンにエステラは目を瞠《みは》ったが、何も言わず微笑《ほほえ》んだ。

「扉が開いたあとのことは、皆様《みなさま》もご存じのとおりです。一瞬《いっしゅん》だけ真っ白い部屋が見えたと思ったら光に包まれて、気づいたら赤い結界に覆われたエルメイアにいましたから……」

「――無事でよかった。話だけで心臓に悪い」

黙って聞いていたバアルが、疲《つか》れ切ったように両手で顔を覆う。エステラは少し眉《まゆ》をよせて謝罪した。

「実際ほとんどわかっていることもないのに、お忙《いそが》しい中、長々と申し訳ありません」

「違《ちが》う、そうでなく……ああもう、その鈍《にぶ》さは母親譲《ゆず》りか。お前が無事でよかった、と言っている。なんというあぶない真似を……帰る方法はきちんとあるのか？」

エステラは、困ったような顔をした。

「そもそもどうやってきたのかわかりませんので……」

「……未来で余が泡《あわ》を吹《ふ》いていなければいいが。迎《むか》えがくる可能性は？」

「どうでしょう。話が露見する前に片づけねばならないと思って、皇帝《こうてい》陛下にも報告しないままきてしまいましたので……その、申し訳ございません」

律儀《りちぎ》にクロードに謝罪するエステラは、生真面目《きまじめ》すぎてバアルの指摘《してき》どおりどこかずれている。クロードは首を横に振《ふ》った。

「僕に覚えはないが、気にしなくていい。その教育係がどうせ手を回しているだろう。それより、君まで消えたと知ったときのバアルが面倒《めんどう》そうで……なんとかごまかさないと」

「そうですわねクロード様……これってつまりうちの息子《むすこ》がやらかして、余所様《よそさま》のお嬢《じょう》さんを巻きこんだってことですものね……どうごまかしたものか」

「おい聞こえとるぞそこの魔王夫婦《まおうふうふ》！　ごまかそうとしてばっかりではないか！」

「気になさることはありません。シャルル様を止めるのは、婚約《こんやく》者である以上、わたくしの義務です」

　きっぱり言い切ったエステラの声に、それぞれが口を閉《と》ざした。

周囲の奇妙《きみょう》な沈黙《ちんもく》が不思議だったのか、エステラが首をかしげる。

「何かおかしなことを申し上げましたか？」

「……いや……余はまぁ、それでもいいのだが……義務か、うん」

「あなたのお話はわかりました、エステラ。ですが、あの赤い結界は害をなさないとしても、クロード様が呪《のろ》いをかけられた理由がわからないままなのは困りましたね……クロード様は魔王でしょう。親子とはいえ、だいぶ特殊《とくしゅ》なことではないかとわたくしは思うのですが」

　ロクサネの提示した疑問にバアルも気を取り直して頷く。

「そういえば聖なる力も魔力も平気で弾《はじ》き返していたな」

ああ、とエステラが話の流れに納得《なっとく》したように応じる。

「眼帯で隠《かく》されているのでわたくしは見たことはないのですが、シャルル様はオッドアイなのだそうです。赤と紫《むらさき》の目をお持ちだとか」

「……父上と同じか。どうりで強いわけだ」

クロードが嘆息《たんそく》まじりに呟《つぶや》く。ルシェルは神であったとき、赤と紫の色違《いろちが》いの目を持っていたとアイリーンも聞いている。

神と同じ色の瞳ならば、クロードもルシェルもしのいだ力の原因にも説明がつく。マキナの自爆《じばく》をたったひとりで受け止めきって、怪我《けが》をした程度ですんでいることもだ。

「……ん……」

覚醒《かくせい》の気配に、皆が部屋の隅《すみ》に目を向けた。

まぶたを震《ふる》わせたシャルルが、全員の注視を受けながら、ゆっくりと目を開く――そして、鎖《くさり》を巻きつけられている自分の姿にぎょっとしたようだった。

「なんだこれ!?」

「おはようございます、シャルル様」

すっと立ち上がったエステラが、床《ゆか》に転がされているシャルルのもとへ向かう。

シャルルが後ろ手に縛《しば》られたまま器用に起き上がり、苦々しい顔をする。

「エステラ……」

「ご気分は如何《いかが》ですか」

「最悪に決まってるだろ。マキナはどうした？」

眉をひそめたエステラのかわりに、アイリーンは椅子《いす》に座ったまま答える。

「サーラ様が……わかるかしら？　神の娘《むすめ》が別室でみているから、安心なさい」

「ならいいよ。……無事でよかった……」

ほっとした様子のシャルルに、エステラが静かに問いかける。

「あなたとあの子はどういったご関係なのでしょうか？」

　シャルルはわかりやすく視線を背《そむ》けた。

「お前には関係ない」

　エステラのまとう空気が、今までいちばん冷気を帯びた。

「ここまでの大事を起こして、まだそのように無責任なことをおっしゃるのですか」

「無責任？　それを言うならお前が一番無責任だ。僕は存在してもいないけど、お前は生まれてないとはいえ存在してる。記憶喪失《きおくそうしつ》じゃすまなかったかもしれないんだぞ」

「そもそも、あなたがこのような真似《まね》をしなければよかったのです」

「お前、どうやってきたんだ。いくらお前でも過去にくるなんて力は持ち合わせてないだろ」

「まず、わたくしの質問にお答えください」

「お前が先だ。帰り方もわからずにどうする気だよ」

「……お前というのはやめてくださいと何度も申し上げておりますが？」

「止めたほうがいいのでは？　あれでは話にならないだろう」

　横で呆《あき》れた顔をしたクロードのつぶやきに、アイリーンは立ち上がった。

「おやめなさい、ふたりとも」

まなじりを決して怖《こわ》い顔をしているエステラの両肩《りょうかた》をロクサネが抱《だ》いて、その場からさがらせる。かわりにアイリーンがシャルルの前にしゃがみこんだ。

シャルルは固く唇《くちびる》を引き結んで、アイリーンを挑《いど》むように見ている。じっとその顔を見返したあとで、アイリーンはほうと息を吐《は》き出した。

「でかしたわ、未来のわたくし……本当に綺麗《きれい》な子」

「は？」

「シャルル。その名前は誰《だれ》がつけたの？　わたくしかしら？　それともお父様？」

警戒《けいかい》はゆるめず、シャルルがしばらく考えて答える。

「……父上が。ゼームスおじさんからもらった名前だって聞いたけど」

「なるほどね。確かに初めて会ったとき、ゼームス・シャルルと名乗っていたわ」

きっと意味があったのだろう。うんうん頷《うなず》いたアイリーンに、シャルルが目を細める。

「それ、今、大事？」

「大事なことよ。あなたのことなんだから。怪我はサーラが治したはずだけれど、どこか痛むところはない？」

「そうやって優《やさ》しくして油断させようっていうなら無駄《むだ》だよ、母上」

ふん、とシャルルが小馬鹿《こばか》にしたように笑い返した。

「やり口はよく知ってる。伊達《だて》にあんたの息子、何年もやってないから」

ふふ、とアイリーンは笑い返す。

「さすが、わたくしの息子ね。――クロード様の呪いをとく気はない？」

「ない」

「いい子いい子してあげてよ？」

「いくつだと思ってるんだよ、気色悪い」

なかなか手強《てごわ》い。さすが自分とクロードの息子、などと妙《みょう》に感動していると、クロードがこちらへやってきた。

「アイリーン。ここは僕とバアルにまかせてくれないか」

落ち着いたクロードの声に、アイリーンとシャルルは一緒《いっしょ》に顔をあげた。

「いいですけれども……また幼竜《ようりゅう》にされたらどうするのです、クロード様」

「そのためのバアルだ」

「余はお前のおまもりか何かか？」

「だが、お前も聞きたいことがあるだろう。男同士の話というやつだ」

バアルは眉《まゆ》をひそめたが、斜《なな》めに視線をやって頷く。

「よかろう。ロクサネ、しばしここを使わせてもらう。その間、エステラやアイリーンたちが休める場所を用意してくれ」

「わかりました」

ロクサネに促《うなが》され、エステラも立ち上がる。黙《だま》っているが、その顔には不満がありありと浮《う》かんでいたので、アイリーンはその肩《かた》を軽く叩《たた》いた。

「クロード様とあなたのお父様におまかせしましょう」

「話し合う必要なんかない」

どうにか歩き出したエステラの懸念《けねん》を的中させるように、背後でシャルルが言い切った。

対するクロードは冷静だ。

「交渉《こうしょう》の余地はないと？　だが、この状況《じょうきょう》は既《すで》にお前の計画からはずれているのでは？」

「わかったような口をきいて情報を引き出そうとしても無駄だよ。僕は何も話さないし、父上の呪いだってとかない。エルメイアの結界もとかない」

幼いが、凛《りん》とした顔立ちで言い放たれたその言葉には強い信念があった。

何を抱《かか》えているのかわからないが、意志の強い、立派な子に育っているではないか。

おそらくクロードも同じことを思ったのだろう。とりつくしまもないシャルルを悠然《ゆうぜん》と見おろし、口を動かす。

「どうしても事情を明かせないか……なら、しかたがない。まずお前の好きな子の名前をあてよう」

だが子どもである。

「な、んっ……!?」

「とても気が進まない。もし僕が同じ立場だったら、耐《た》えられない。本人の耳に入った瞬間《しゅんかん》にあまりの羞恥《しゅうち》に悶死《もんし》するだろう。そんな思いを息子《むすこ》にはさせたくないのだが……」

「まあ、このまま意地を張られるようなら致《いた》し方あるまいな」

うんうんと頷くバアルとクロードはこういうところばかり気が合う。

可哀想《かわいそう》なシャルルは青ざめて口をぱくぱくさせたあと、真っ赤になった。

「ふっ――ふざ、けんなよ、今はそれどころじゃないだろ!?」

「それどころじゃないかどうか、お前が話さないと判断がつかないじゃないか」

「言っておくが、余はお前を認めたわけではないぞ。だが、好くのは自由だからな」

「でってたらめ言うな！　ぼ、僕には別に、好きな子なんかいない!!」

「これが思春期だな。さて、誰だと思う、バアル」

「余に言わせるのか？　複雑な気分なのだぞ、これでも。まあよい、此奴《こやつ》の好きな娘は」

「やめ、やめろ言うな！　わかったから、絶対言うな――――!!」

シャルルが絶叫《ぜっきょう》する。振《ふ》り向こうとしたエステラの背中をぐいぐい押して、アイリーンはロクサネと一緒に退室した。

「聞いてはいけませんよ、殿方《とのがた》同士のお話です」

ロクサネが釘《くぎ》をさす。アイリーンも深く頷いて同意した。今から父親にずたずたにされるだろう息子の矜持《きょうじ》を、母親の自分くらいは守ってやりたい。

それでもエステラは、背後を気にしている。

「あの、でも、本当にまかせておいて大丈夫《だいじょうぶ》なのでしょうか？」

「大丈夫よ。わたくしたちは今のうちにできることをしましょう」

「できることと言われましても……」

「ロクサネ様、お願いがありますの。もう一度、わたくし、神女学院へ行きたいのです」

アイリーンの言葉に、ロクサネがまばたく。

「神女学院に……何か忘れ物ですか？」

「調べたいのです。どうして神の娘の遺体がなかったのか」

アイリーンの言葉に、ロクサネとエステラが顔を見合わせた。

アイリーンは一度、リリアと一緒《いっしょ》に神の娘の亡霊《ぼうれい》をアシュメイルで見ている。ゲームでもきちんとしたイラストはなく顔かたちをぼやけさせていたが、少なくともアイリーンとリリアが現実で見た亡霊はグレイスの顔ではなかった。そうであれば、あのとき違和感《いわかん》を覚えただろうし、リリアが深読みしてはしゃいだはずだ。

念のため、初代神の娘《むすめ》の亡霊と接触《せっしょく》し神剣《しんけん》を神域から取り出したサーラに話を聞くと、マキナの看病にあたっているサーラは目を丸くした。

「初代の神の娘がグレイスさんと似ているなんてこと、なかったと思いますよ。どっちかと言えば初代神の娘って、マキナちゃんに似てた気がします」

サーラの言葉に、確認《かくにん》につきあってくれたロクサネだけではなくアイリーンもまばたいた。

「アメリア・ダルクに似ているということ？」

「うーん……それはちょっと違《ちが》って、確かに面影《おもかげ》はあるんですけど……そう、雰囲気《ふんいき》です。生気のないあたりとかが似てます！」

「それは神の娘が幽霊《ゆうれい》だったからでは……」

「でもアメリアさんって不気味だったけど、ものすごく元気でしたよね」

あの騒《さわ》ぎを起こした人物を元気のひとことで表現されてしまった。否定はできないが。

「でも、マキナちゃんって顔かたちはアメリアさんと一緒ですけど、全然元気じゃないでしょう。だから初代神の娘は、アメリアさんよりマキナちゃんに似てるなって。アメリアさんが生きてく気力を失ってお人形になった姿みたいな感じ？」

「ですからそれは神の娘が死んでいたからでしょう」

「いえ、案外当たっているかもしれませんわロクサネ様。アメリア様はご自分の体をグレイス様の魂《たましい》を封《ふう》じる媒体《ばいたい》にしていました。グレイス様の体を使ってわたくしたちの前に現れましたが、それまで何百年も使い続けていたとは思えない……」

むしろルシェルの誓約《せいやく》にそなえて、グレイスの体は大事に扱《あつか》っていたはずだ。そうでなくても、あれだけグレイスに固執《こしゅう》していたのだ。オーギュストから『自分以外が姉を傷つけるのは許さない』と言っていたとも聞いている。

「肉体のスペアを作っていたと思うんです。ハウゼルの技術がどこまで進んでいるかわからないですが自分で自分を作るとか……リリア様以外に子どもを産んでいるかもしれない」

「それはそうですね。ハウゼル女王国の家系図がすべて偽《いつわ》りだったとも思えません」

「でも、魂だけで体を乗り換《か》えるアメリア様は、もう普通《ふつう》の人間とはいえませんわ。別の体を作っても子どもを産んでも、それこそ、マキナのように魂がなかったんじゃないかしら」

聖剣の乙女《おとめ》として運命に守られたリリアだけが例外だった可能性は高い。

「そもそも、神剣をあのアメリア様が放置するはずがありません。グレイス様の体を操《あやつ》っていたように、初代神の娘自体、アメリア様が操っていた可能性も高いと思います」

「えっじゃあ神の娘って、アメリアさんの娘さんか、えーっと……分身みたいな？」

サーラの質問が呼び水になって、思い出す。

「……そうよ、エヴァレが言っていたわ。リリア・レインワーズなら地下遺跡《いせき》をあけられたって。ということは、アシュメイル王家の始祖、初代の神の娘はアメリア・ダルクの血筋になるはずよ。少なくともグレイス・ダルクの血筋ではないはず……」

誰《だれ》も反論しなかった。真実はわかりようがないだろうが、かなり可能性は高い。

「何よりの問題は、わたくしたちはまだ『地下遺跡』を見ていないことですわ」

「……どういうことですか？」

「地下遺跡の扉《とびら》があいて、その先には氷漬《こおりづ》けになった少女がいましたから。聖櫃《せいひつ》の中がいきなり出てきたようなものです。他《ほか》には何も見ていません」

言ってしまえばいきなり聖櫃が地上にあった状態だ。地下でもなんでもない。

「……議論していてもしかたありません。地下遺跡に参りましょう。さいわい、日が沈《しず》むまでまだ時間があります。よいですか、エステラ」

　ずっと話を聞いているだけだったエステラは、らしくなくぼうっとしていたらしい。慌《あわ》てて頷《うなず》き返した。

「はい。わたくしも行って、アイリーン様をお手伝い致します」

「では、エステラとふたりで向かいますわ。サーラ様はここでマキナを見ていないといけませんし、身重のロクサネ様に無理をさせるわけには参りません」

「えっでも、せめて誰か……アレスについていってもらったほうがよくないですか？」

「あれでも将軍ですよ、サーラ。わたくしたちの独断で使うわけには参りません。他にも、移動手段も必要ですし……やはりバアル様にご相談したほうが」

「クロード様やバアル様を煩《わずら》わせることではありませんわ」

　きっぱり言い切ったアイリーンの横で、その、とエステラがおそるおそる手を挙げた。

「聖竜妃《せいりゅうひ》はいらっしゃいますよね？」

　後宮を飛び立った聖竜妃は、あっという間に神女学院の礼拝堂に着いてしまった。まさしくひとっ飛びというやつだ。

「有り難《がと》うございます、マナ様」

「ウッキュウ」

　えっへんとばかりに胸を張った聖竜妃マナの体をエステラはなでる。その様子を見て、アイリーンは両腕《りょううで》を組んだ。

「未来では仲良しだったの？」

「わたくしにとっては姉のような方です。よく遊んでいただいたので……」

「それだけ？　ずいぶん手慣れていたけれど、一緒に宮殿を抜《ぬ》け出していたのではない？」

悪戯《いたずら》っぽく尋《たず》ねると、少し気まずそうにエステラが視線を泳がせる。

「よく、隠《かく》していただきました。嫌《いや》なことがあったときに。……聖竜妃にはお父様やお母様でも手が出せないと知っていたので……」

子どもの悪知恵《わるぢえ》です、と付け足すエステラにアイリーンは笑う。

「いいことよ。真面目《まじめ》なばかりではやっていけないわ。さあ、行きましょうか。聖竜妃は少し遊んでてくださいな。また呼ぶから」

髭《ひげ》をゆらして頷いたマナが、青い空に飛び上がる。

事故処理で封鎖《ふうさ》されている神女学院だが、既《すで》に片づけは終わっていた。周囲はもちろん、礼拝堂に人気はなかった。瓦礫《がれき》も綺麗《きれい》によけられている。だが、天井《てんじょう》はシャルルが吹《ふ》き飛ばしたままだし、爆風《ばくふう》で壁《かべ》もあちこち崩《くず》れている。崩れてきたら危ない。

なのにパイプオルガンが左右に開いた先、黒いだけでつるりとした壁はそのまま残っている。

「閉まっているわね」

ひやりとしたその壁に手を当てて、アイリーンは嘆息《たんそく》する。

「――やっぱりわたくしではあかないのね」

グレイス・ダルクの血筋では開かない。つまりここをあけられるのはアメリア・ダルクの血筋のみ。しかも、ゲーム準拠《じゅんきょ》になるアメリアが予知した未来では、アシュメイルではアレスが神王になり、エステラは断罪されるはずだった。となれば、リリアすら傀儡《かいらい》にして女王を譲《ゆず》ったのち、ここを開くことができるのはアメリアだけ、ということにならないか。

（……そういえば、アメリア様はその先、どうするつもりだったのかしら）

未来。つまりゲームの続編の展開を知っていたはずの、彼女は。

「アイリーン様、あきました」

考えこんでいるうちにエステラがあっさりと扉を開いてくれていた。グレイスに似た少女を閉じこめていた氷の壁《かべ》はない。そのかわり、真っ暗な地下へと向かう階段が見える。

アイリーンは床《ゆか》に転げ落ちているランプを拾う。アシュメイルらしく、聖石で点火できるタイプのものだ。エステラが心得た顔ですぐさま火を灯《とも》して、使えるようにしてくれた。

「行きましょうか」

「はい」

ランプを持って、アイリーンは階段へ踏《ふ》み出す。

中は暗く、静かだった。足下がおぼつかない。しかし等間隔《とうかんかく》で壁に穴があいており、近づくとぽっと一定時間だけ青白い光が灯った。神石を使ったハウゼルの技術なのだろう。

「……わたくしが知っている地下遺跡と全然、違います」

「そうなの？」

「はい。——ひょっとすると、わたくしが知っている地下遺跡は、そもそも本物ではないのかもしれません。よく考えたら、出入り口の位置が微妙《びみょう》に違う気がします」

「神の娘の遺体もどこかへ移した、という話だものね」

「……驚《おどろ》くことばかりです、ここにきて。わたくしはまだまだ、アシュメイルのことですら知らないことが多いのかもしれません。——シャルル様のことも、知りませんでした。好きな女性がいただなんて」

思わずアイリーンは足を止めた。それを勘違《かんちが》いしたのか、エステラは首を横に振《ふ》る。

「大丈夫《だいじょうぶ》です。気にしてはおりません」

そこは気にしてあげてほしかったが、聞くに徹《てっ》することにして、ただ相づちを返した。エステラも反応を気にしていないのか、先を続ける。

「本当に驚いたんです。……反省も、しました。シャルル様がわたくしに婚約破棄《こんやくはき》を突《つ》きつけたのは、ただの子どもの癇癪《かんしゃく》、無責任だと思っておりましたが、違《ちが》ったのかもしれません。その女性を守るため、そしてわたくしへの誠意だったのかもしれません」

伏《ふ》し目がちに語るエステラは、困っているようだった。

「そうならそうと言っていただければわたくしも、その女性について内々に認めるとか……いえ、わたくしのこういうところがシャルル様はお嫌なのですよね、きっと。でも、わたくしだって、好きでシャルル様との婚約を承知したわけでは……」

「シャルルが嫌《きら》い？」

問われて、エステラはびっくりしたように顔をあげて、急いで首を横に振った。

「そのようなことはありません。何も含《ふく》むところは……いえ、違いますね。……わたくし、きっとシャルル様が羨《うらや》ましいのです」

「羨ましい？」

「……。お父様とお母様には、絶対に言わないでいただけますか。今も、この先も」

頷くと、エステラは苦笑いに似た笑《え》みを浮《う》かべた。

「わたくし、聖王になるはずだったんです」

「そんなふうに言っていたわね」

エステラは聖なる力が強い。バアルにも劣《おと》らないだろう。

「アシュメイル歴代の聖王の中でも一、二を争うお父様と並ぶ聖王になれると言われて、育てられました。一生懸命《いっしょうけんめい》、わたくしも勉強しました。帝王《ていおう》学、政治学、他国の言語に聖なる力の取り扱《あつか》いから、淑女《しゅくじょ》らしく礼儀《れいぎ》作法まで。自分でこう言うのもなんですが、優秀《ゆうしゅう》だったと思います。マナ様との関係も良好でした。なんの問題もないはずでした。そんなとき、年の離《はな》れた弟ができたんです」

姉になるのをとても楽しみにしていました、とエステラはどこか遠い目で語った。

「でも……生まれた弟は、わたくしより聖なる力が強かったんです。ひょっとしたら、お父様よりも」

エステラが一段、階段を降りる。横顔もその姿も、陰《かげ》の中に呑《の》みこまれてしまう。

「とはいえまだ子どもです。どうなるかわからない――どうなるかわからないからと、わたくしは自分に言い聞かせてしまった。その時点で、わたくしはその程度の器《うつわ》だった」

「エステラ」

「賢《かしこ》い弟でした。わたくしのことも、とても慕《した》ってくれて。可愛《かわい》い……本当に可愛いのに、なのに、わたくしは……」

アイリーンを追い抜き、エステラが壁に手を当てながら階段を降りていく。真っ暗闇《くらやみ》の、先のわからない地下へと。

「……十四になって、わたくしは神女学院に入りました。そこでなら王女であっても例外なく全寮制《ぜんりょうせい》です。少し距離《きょり》を置いて頭をひやそうと思って。でも、今思えばそれはただの逃《に》げでした。――お父様から、突然《とつぜん》、王宮に戻《もど》るように言われて……シャルル様が皇太子に内定していることと、わたくしに婚約の打診《だしん》がきていることを知りました」

階段を降りていくエステラを、アイリーンはゆっくり追いかける。

「お父様は嫌なら断ればいい、と言ってくださいました。エルメイア側もわたくしが最善の相手だから打診しているだけで、無理強《むりじ》いではないと。お母様は、わたくしが自分で決めるようにと……自分がしたいと思うことを選びなさい、と」

ぴたりとエステラは足を止めた。どこにも行き場所がないように。

「……相手は、皇太子です。わたくしが女王になって婿《むこ》にできる相手ではありません。わたくしにとっては、話がきた、それだけで決定打でした」

弟が聖王になる。そして自分は他国に嫁《よめ》に出されるのだ。

「——わかっております、これ以上ない名誉《めいよ》なお話です。相手は次期皇帝《こうてい》、次期魔王《まおう》になる御《お》方《かた》です。聖なる力の強いわたくしが嫁《とつ》ぐことで抑止力《よくしりょく》となり、エルメイアだけでなく世界中に安心をもたらす大切な役目です。王女に生まれたのであれば政略結婚《けっこん》は義務。幼い頃《ころ》よりエルメイア皇室とも仲良くさせていただいておりましたから、これ以上ない良縁《りょうえん》でもあります。お父様もお母様も、皆《みな》も、周囲がわたくしの幸せを考えて、わたくしならできると期待してくださったんです。わかっております。でも、でも、わたくしは」

「エステラ」

「そんなことのために、これまで努力をしてきたわけじゃない！」

悲鳴のような声が狭《せま》い螺旋《らせん》階段に響《ひび》いた。ずるずると壁にもたれかかって、エステラが嗚咽《おえつ》と一緒《いっしょ》に吐《は》き出す。

「わたくしは、聖王になって、アシュメイルを守り、たくて……そのために今まで……でもふさわしくなかったんです。わかっています。可愛い弟を邪魔《じゃま》だと思った。どうして魔王にわたくしが嫁がなければならないのかと思った。こんなことを考えてしまうわたくしは、聖王にふさわしくなかった！　でも、でも」

ランプを置いたアイリーンは、震《ふる》える背中をそっとなでる。

「聖王になりたかった。お父様みたいな、立派な王に。でもなれない。なのに、シャルル様は皆からの期待を、評価を、わたくしが喉《のど》から手が出るほどほしいものを、平気でいらないとおっしゃる。わたくしが失ったものを、まるで価値がないみたいに。わたくしはそれが、死ぬほど羨ましくて、腹立たしくて、でもシャルル様に嫁ぐことがわたくしにとって、いちばん価値があることで」

きっとシャルルが尊敬できる立派な皇太子で、エステラを喜んで迎《むか》え入れてくれたなら、ふたりで頑張《がんば》ろうと手を差し出してくれたなら、時間はかかってもエステラはシャルルとの婚約を心から受け入れられた。なのに、それもできない。

できるのはこれが義務だと、己《おのれ》を奮い立たせることだけだった。

（賢い子だわ。そして、誇《ほこ》り高い）

きっと誰《だれ》にも言えなかったのだろう。前を向こうとして、ひとりで抱《かか》えこんでしまった。心配をかけたくないから。挫折《ざせつ》したからなんて馬鹿《ばか》馬鹿しい理由で、逃げてはいけないから。

そんなことは自分の矜持《きょうじ》が許さないから。

「あなたが本当にシャルルの奥さんになってくれたら、わたくし、とても嬉《うれ》しいわ」

両手を顔で覆《おお》っていたエステラが、しゃくりあげるのを止《や》める。

涙《なみだ》に濡《ぬ》れた目に、あえて残酷《ざんこく》な言葉を選んだ。

「ありがとう。ここにくることを選んでくれて」

足元で光るランプだけが頼《たよ》りの暗がりの中で、しっかり目と目を合わせる。こんなことでくじけては駄目《だめ》、いらぬ期待でもされているうちが花、そんなことなどエステラ自身が何度も自分に言い聞かせているだろう。だからアイリーンはその言葉を肯定《こうてい》した。

向き不向きもすべて含めて、どうしようもないことはある。誰もがなりたい自分になれるわけではない。

エステラが泣き笑いのような顔をした。

「……同じ、ことを、言われました。未来のアイリーン様に」

「そうなの？」

「婚約をお受けしますと、ご挨拶《あいさつ》にいったときに。……それを聞いたシャルル様は、かつてないほどお怒《いか》りで、断ると叫《さけ》んですぐ逃げてしまわれましたが……」

「あなたはそんなシャルルが甘えたで無責任だから、許せなくて、でも羨ましい？」

「はい」

先ほどより落ち着いた表情でエステラは頷《うなず》いたあと、小さく笑った。

アイリーンはランプを取り直し、あいた手でしゃがみこんでいるエステラを立たせる。

「……シャルル様のご兄姉《けいし》はとても優秀で評判がよく人気も高いのですが、シャルル様のほうが本当は優秀なのだそうです。それを隠《かく》してらっしゃると聞きました」

「そういうところもあなたと根本的に合わなさそうね」

一段一段、手をつないでアイリーンと階段をおりながら、エステラが頷く。

「本当ならば、どうしてそんなことをされるのか、さっぱりわかりません」

「ただの身内びいきの可能性はあるわ。要はやればできる、ということでしょう？　それはできない子と同じよ」

「そうですね……でも、そのような方をクロード様が皇太子に選ぶでしょうか」

「だったら、わたくしやクロード様……あの子の今の周囲では、あの子をできる子にはできなかったんでしょうね」

エステラがきょとんとしたのが、つないだ手から伝わった。悪戯《いたずら》っぽくその顔を見て、アイリーンは告げる。

「あなたができる子になさい。そうしようと、思ったのでしょう？」

エステラは、自分がシャルルの婚約者だという前提を決して崩《くず》さない。不本意でも、それが自分の次の道だと思っている。

進んだ道の先が間違《まちが》っているかどうかなど、アイリーンにはわからない。誰にもわからないだろう。でも、立ち止まるよりはきっといい。

「わたくしはあなたを応援《おうえん》しているわ」

「……はい。有り難《がと》う、ございます……」

「あなたのお母様も思わず応援したくなるくらい、とてもかっこよかったもの」

笑ったアイリーンに、エステラが気づいたようにまばたく。

「……わたくし、ひょっとして昔のお母様と同じ状況《じょうきょう》なんでしょうか」

「わたくしの息子《むすこ》がやらかしていると思うと心苦しいのだけれど、そうなるわね」

もう一度、エステラが小さく笑った。涙の痕《あと》はまだ残っているが、乾《かわ》いている。

「ここまできてしまったんだから、やりきっていきなさい」

「はい」

「……さあ、着いたみたいよ」

階段の終わりを照らす。

入りこんだ部屋の奥は、真っ暗闇だった。きちんと立てているのに、床《ゆか》も見えない。一歩踏《ふ》み出すと水たまりを踏んだように波紋《はもん》が広がるだけ。

「……そっくりです。わたくしが、ここへ飛ばされる前にきた、魔界《まかい》の城に」

「でしょうね。わたくしも見覚えがあるわ」

ハウゼル女王国の地下、アメリアが自分の体を封印《ふういん》していたあの祭壇《さいだん》。ゲームでは、アメリアが女王の能力――過去と未来を視《み》る力を得た場所。

だからほら、まっすぐ手を伸《の》ばした先には見えない壁《かべ》がある。

「――聞け過去よ、開け未来よ、我は聖と魔のレガリアを継《つ》ぐ乙女《おとめ》なり」

アイリーンが口にした言葉に呼応して、光が広がる。同時に景色が変わった。暗闇《くらやみ》が膜《まく》のように取り払《はら》われて、部屋の――聖櫃《せいひつ》の中があらわになる。

小さな部屋だった。継ぎ目のない大理石のような、つるりとした床と壁でできている。ところどころに縦に長い水槽《すいそう》があった。紫《むらさき》や赤に光るそれが、灯《あか》り代わりになっている。

ただし、その中に浮《う》かんでいるのは――目玉や、手や、半壊《はんかい》した人間の頭部だ。

「ア、アイリーン様……これは……」

「実験室かしらね。――ひとを作るための」

必要なくなったランプを消し、奥へと進む。顔色は悪いものの、エステラもしっかりした足取りでついてきた。

「ハウゼル女王国は、なんのために、こんな……」

「アメリア様が自分の体のスペアを造ろうとしたんでしょう。魂《たましい》の容《い》れ物を」

いつか生まれ変わる双子《ふたご》の姉と初恋《はつこい》のひとを決して出会わせないために、アメリアは何百年という気の遠くなる年月を生きようとした。そのゆがみがこれだ。

「おそらくこちらは予備の施設《しせつ》で、空中宮殿のほうに本命があるんでしょうね。あの少女の体とグレイス様の魂も、空中宮殿であれば融合《ゆうごう》できる……」

「アイリーン様、あれ……」

最奥の壁に、ちょうど大人ひとりが横になれるくらいの水槽がふたつ、斜《なな》めに立つ壁に埋《う》めこまれていた。左右対称《さゆうたいしょう》の作りになっており、真ん中には、腰《こし》の高さくらいの長方形の石碑《せきひ》が立っている。あからさまに他《ほか》と違《ちが》う造りだ。

まず、水槽の水の色が他のものと違う。海の色。優《やさ》しい青だ。青白く光る水槽の横に、金属のプレートがあり、文字が彫《ほ》ってあった。埃《ほこり》ひとつないそれを、アイリーンは読む。

ハウゼル女王国の古語で――マキナ。

眉《まゆ》をよせたエステラが、水槽の中を見ながらつぶやく。

「……どうしてここに、マキナさんが」

マキナとそっくりの顔をした少女が水槽の中で眠《ねむ》っている。いや、そっくりというのは正しくない。

「過去のマキナでしょう。エヴァレと一緒に彼女も未来からきたとすれば、おかしくない」

「……今とまったく同じ姿に見えますね」

「そうね。周囲のものと違って成功体に見えるわ。いつ目覚めるのかはわからないけれど……」

アイリーンはその隣《となり》に対《つい》のように作られた水槽に目をやった。

中は、からだ。だがマキナと同じように、プレートに名前がある。

「――ルキア、か。エヴァレがさらっていった子と同じ名前ね」

「氷漬《こおりづ》けになっていた方ですね。元はここで眠っていたんでしょうか」

「おそらくは。それを神の娘《むすめ》の遺体として見える場所に置くことで、ここが見つからないようカモフラージュに使っていたのかも。マキナ様の顔はアメリア様に似ているから、不審《ふしん》がられないように、表立っては存在しないグレイス様に似たほうをね……」

「どうしてそんな面倒《めんどう》なことをしたんでしょうね」

「元の体に似た顔の人間しか作れない、とかじゃないかしら。魂の相性《あいしょう》もあるでしょうし」

「なら、カモフラージュのほうはグレイス様に似ていない、別の人間を元にしてもよかったんじゃないでしょうか。それを、わざわざ名前までつけて」

そう言われて、アイリーンはまばたいた。

「そう……ね。自分だけならまだしも、どうしてグレイス様そっくりの体まで……しかもあの戦いのとき、ひょっとしてアメリア様はマキナの体を使わずに消えることを選んだ……？」

エヴァレは、グレイスの魂と融合させてルキアを聖剣《せいけん》の乙女にしようとしている。ならばマキナもアメリアの魂があれば、聖剣の乙女になるのではないか。

「アイリーン様。この真ん中にある石碑、聖なる力に反応するようにできてます。わたくしがさわってもいいでしょうか」

何が起こるかわからないが、危険は承知の上だ。頷いたアイリーンの前で一度深呼吸して、エステラが石碑の表面をなでる。文字一つないそれが、突然《とつぜん》光った。

扇状《おうぎじょう》に光が広がり、何か映し出される——見覚えがあった。薄《うす》いヴェールで顔を隠し、穏《おだ》やかに微笑《ほほえ》む女性。

「……アメリア、様？」

『よく目覚めました、エヴァレ。最初は邪神《じゃしん》として、次は腐竜《ふりゅう》の瘴気で滅《ほろ》んだこの世界で目覚めることになる、たったひとりの私の息子』

映像——前世風に言うならば、録画なのだろう。

赤い唇《くちびる》が驚《おどろ》くほど優しげな笑《え》みを象《かたど》っている。

『女王をやめた私は、もう生きていないでしょう。ハウゼル女王国も、かつてあった国々はすべて滅んでいるはずです。私でも視《み》ることができない未来にあなたはいる。世界を癒《い》やす神の娘も、世界を育《はぐく》む救済の聖女もいない。ですが、その世界に目覚めるのは、あなたの運命でした。一度は邪神に堕《お》ち世界を混乱に陥《おとしい》れた、あなたの贖罪《しょくざい》なのです』

アイリーンは両目を開く。アメリアが今語ることは、５のあとに起こる話ではないのか。

『この世界に無駄《むだ》なことなどありはしない。あなたは、邪神の力を取り戻《もど》すため魔竜《まりゅう》を取りこんだはずです。その魔竜はかつて時の竜と呼ばれた魔物。時間を操《あやつ》る力があります。それを食べたあなたには、現在と過去を行き来できる力がついているでしょう』

「待って、魔竜は食べられないはずでしょう⁉」

『なお、不測の事態にそなえて、時の竜の鱗《うろこ》を核《かく》にして時間を行き来できる少女を造っておきました。万が一ということもあります。食べてなくても安心なさい』

思わず声をあげたアイリーンは、ぽかんと口をあけた。

『今からあなたは過去を変えねばなりません。邪神のあなたは既《すで》に人を操る暗示能力を持っていますが、それだけでは心許《こころもと》ないでしょう。ある程度なら人の記憶《きおく》操作もできるよう、力を補強しておきました。うまく使いなさい』

「……」

『また念のため、私が知る限りの未来をあなたの記憶に埋めこんでおきました。あなたにとっては過去になります。よく考えて過去を変えなさい。聖なる力と魔力も使えるようにしておいたので、どの時代でも力尽《ちからず》くでなんとかなるでしょう』

「さっきから聞いてたら、息子にチート能力を色々付与《ふよ》しすぎじゃないかしら⁉」

「アイリーン様、映像ですから」

『過去を変え、腐竜を斃《たお》しなさい。そして未来を作るのです――聖剣で』

映像を殴《なぐ》りたい気持ちをこらえていたアイリーンは、はっと顔をあげた。

『念のため二本用意しました』

「さっきから念のため多すぎない⁉　しかも聖剣をそんな、ほいほいとどこから⁉」

『さらに念のため、神剣も何本か奥に用意しましたが、聖剣と間違《まちが》えないように』

「間違えるほど用意する必要があって⁉」

「アイリーン様、落ち着いて」

『ではまず、時の竜の鱗から造られた彼女たちに、それぞれ聖剣を突《つ》き刺《さ》しなさい。そうすれば、目覚めます。――あなたに未来と救いを与《あた》える、ふたりの本物の聖剣の乙女が』

　ふたりの、本物の、聖剣の乙女。

　今度こそ息を呑《の》んだ。アメリアの口元に、優しい笑みが浮かぶ。

『どちらも、ふたりとも、本物です。――今度こそ、ふたりとも。ひとりで十分ですが、念のためです。その先の、私にもわからない未来に挑《いど》むのですから、用意するにこしたことはありません』

　嘘《うそ》つきな女だ。――でも、そうは口にしなかった。

『私は今から、私の運命を勝ち取りにいきます』

　そこでアイリーンは気づいた。どうしてこれがアメリアだとすぐ気づいたのか――同じ格好だったからだ。エルメイア皇国に押しかけ花嫁《はなよめ》としてやってきたときと。

（……ひょっとして、エルメイア皇国にくる直前にこれを……）

『健闘《けんとう》を祈《いの》ります。私の知らない千年後の未来をどうか、作って』

映像を作っていた光がすうっと石碑に呑みこまれていく。蓋《ふた》らしきものもないのに、がこんと音を立てて石碑があいた。

中はからっぽ。

ただ、何が納められているはずだったかは、一目でわかった。

聖剣だ。

アイリーンの記憶と同じ聖剣の形状の型が、二振《ふ》り分、あいている。

「……ない、ですね」

「そうね。聖剣はなくなってしまったから」

でも、もし、アメリアが勝っていたら——きっとここには。

「……馬鹿《ばか》ね」

「アイリーン様？」

女王をやめて、世界が自分の予知のとおり進むことを見届けたあと、彼女はきっとここで、ひたすら持ち続けた姉の聖剣と、自分の聖剣を置いたのだろう。

きっと自分の知らない未来なら、ふたりでいることを許せるかもしれないと賭《か》けて——それはアイリーンが潰《つぶ》した未来。

後悔《こうかい》などない。でなければアイリーンが喪《うしな》っていた未来がある。同情も憐《あわ》れみも侮辱《ぶじょく》だ。

けれど、今だけは。

「……本当に、馬鹿ね……」

視線を落としたアイリーンの肩《かた》に、エステラがそっと両手を置いた。

「僕に黙《だま》ってまたひとりで行動したな？」

あてがわれた寝室《しんしつ》にクロードが戻ってきたときには、もう日が沈《しず》んでいた。先に戻っていたアイリーンは、にこりと笑い返す。

「神剣を持って帰って参りました。お役に立ったでしょう？」

「そう言えば僕がなんでも許すとでも？」

「クロード様、お座りくださいな」

ふかふかの絨毯《じゅうたん》とクッションが敷《し》き詰《つ》められた窓下の床《ゆか》を、アイリーンはぽんぽんと叩《たた》く。

眉《まゆ》をひそめたクロードが腰《こし》をおろすと、アイリーンはするりとその腕《うで》の中に忍《しの》びこんで、肩に額をあてた。

「疲《つか》れました。少し、こうしていてくださいます？」

「……珍《めずら》しい。まぁ、僕の機嫌《きげん》をとるためには、なかなかいい手段だ」

頼《たよ》りになる夫は水差しと果実酒、薄い生地《きじ》にチーズやパセリをまいて焼いたパイに似た軽食がのった皿を、足元に引きよせる。アイリーンが夜食用に用意してもらったものだ。

「君はもう食べたのか？」

「はい、ロクサネ様やエステラ、サーラ様も一緒《いっしょ》に。クロード様は？」

「バアルやシャルルと適当なものをつまんだだけだ。食べている間に、何があったか君の口から聞こうか」

頷《うなず》いたアイリーンは姿勢を正して、地下遺跡《いせき》で見聞きしたことを語る。

さくりと最後のパイを食べ終え、親指を舐《な》めてから、クロードが尋《たず》ねた。

「エヴァレは千年後の未来からやってきた、ということか。だが聖剣《せいけん》がなくて、マキナを聖剣の乙女《おとめ》として目覚めさせることはできなかった」

「おそらく。アメリア様が教えたこの先についてはわかりませんが、実際の歴史と相当ずれていて、それを正そうとして未来からきたのかもしれません……」

「ルキアをさがしたのは、聖剣込みの完全体かもしれないと期待したからか。それで一度シャルルの時代に飛んだが、そこに神の娘《むすめ》の遺体という形で隠《かく》されたルキアはいなかった。だから神の娘がまだ安置されているこの時代まで遡《さかのぼ》った。それでもルキアはただの体でしかなかったが、母上がいたわけだ」

「……おそらく、グレイス様の魂《たましい》とルキアは適合するでしょうね」

少なくともアメリアはそうなるように用意したはずだと、アイリーンは確信している。

「お義母《かあ》様はご無事でしょうか……。こんな状況《じょうきょう》で、シャルルもどうして聖剣の乙女が必要だなんて言ったのか……」

「あの年齢《ねんれい》の子どもは思いこみが激しいから、ろくでもないことを考えているんだろう」

クロードが果実酒が入った瓶《びん》のコルクを抜《ぬ》いた。

「地下遺跡は神剣を持ち出す以外、そのままか」

「はい。動かして未来に嫌《いや》な影響《えいきょう》が出ては困りますし、そもそも動かすのも困難ですから」

「では、自爆《じばく》したほうのマキナは眠《ねむ》ったままか？」

「ええ。サーラ様によると、魔力で動いていたようです。治療《ちりょう》よりも一定の魔力が回復すれば、目をさますのではないかと言っておりました」

「魂がないからエヴァレの魔力で補っていたんだろうな。だが、人間なんだな？」

　果実酒をグラスにそそぐクロードに、アイリーンはこっくり頷く。

「造られても人間だと、サーラ様は言っていました。決して人形ではない、魂はあると」

「同じようなことをシャルルも言っていた。何やら肩入《かたい》れしているようだ」

「そうですわ、シャルルとはどんなお話を？　エルメイアの結界は？　クロード様の呪《のろ》いはどうなりましたか」

「エルメイアの結界はそのままだ。そのほうが安全だと判断した。僕の呪いも、とかないことにした」

　眉をひそめたアイリーンに、膝《ひざ》を立てたクロードが苦笑いを浮《う》かべる。

「僕に害意があってのことではない。心配しなくていい」

「わたくしもそれは信じています。でも、実害がないわけではないのでしょう？」

「実害と言っても、幼竜《ようりゅう》に変化するだけだ。バアルの耳飾《みみかざ》りがあれば、ある程度はもつこともわかっている。だからよしとした。大丈夫《だいじょうぶ》だ」

「でも、クロード様に何かあったら、わたくしはもちろん、あの子だって傷つきます」

ひねた口を叩いているが、あの子はエヴァレから家族を守ろうとしている。

「だろうな。僕に似ていると思う反面、君が育てた子だと話していて思う。意地っ張りで、やると決めたら一直線だ」

柔《やわ》らかいクロードの笑《え》みに、アイリーンは口をつぐむ。だが心中は複雑だ。見透《みす》かしたように、クロードの指がアイリーンの頬《ほお》にふれる。

「そうふくれないでくれ。そのかわり、空中宮殿《きゅうでん》が見つかるまではおとなしくここにいるよう約束させたから」

「わたくしの息子《むすこ》でしてよ。まんまとだまされたらどうするのです」

「想定の範囲《はんい》内だ、ぬかりはない。弱みはわかっている」

「……わたくしをなんだと思ってますの、クロード様」

冗談《じょうだん》のつもりだったのに真顔で返されて、アイリーンは憤慨《ふんがい》する。クロードは果実酒の入ったグラスをゆらして笑ってみせた。

「弱みってなんですの」

「エステラと、マキナというあの少女だ」

前者は想定していたが、後者は想定外だった。

「バアルがシャルルに後宮の出入りを特別に許した。マキナの看病を手伝うそうだ」

「……それは……まずくないですか？」

ただでさえエステラはシャルルとマキナの関係を勘《かん》ぐっている節がある。くっとクロードは喉《のど》を鳴らした。

「そう、まずい。だがそれをわかっていないようだ。大変だな、思春期は」

「楽しんでいる場合ではありませんわ。あの子、エステラにはどう説明をしたんです？」

「あの性格で説明などするわけがない。あの子はエステラを心配して無事に未来に帰したいだけなんだが――まあ伝わらないだろうな、あれでは」

笑うクロードは意地が悪い。少しシャルルが可哀想《かわいそう》になって、アイリーンは注意する。

「いじめてはいけませんわよ、クロード様。どういうことなんです？」

「エステラを未来に帰すためには、マキナに目覚めてもらう必要がある」

マキナとルキアは時の竜の鱗《うろこ》を使って造ったと言われていたことを思い出す。魔竜《まりゅう》を喰《た》べていないエヴァレやシャルルを過去へ運んだのは、マキナの能力だ。

だが、シャルルはマキナを気にかける理由を、エステラには言わないだろう。

「面白《おもしろ》くてしかたない。エステラが未来に帰れるか、やたら気を揉《も》んでいる。だが婚約《こんやく》など親が勝手に決めたこと、自分は承諾《しょうだく》していないと言い張るんだ。バアルが呆《あき》れていた」

「あなたの息子ですわよ、クロード様」

クロードは肩を軽くすくめて、果実酒を飲み干した。意に介《かい》した様子はない。

「では、シャルルは今、どうしてるんです？」

「マキナが心配だから、マキナのそばで眠るらしい。ますます誤解されるな」

「笑いすぎです、クロード様」

立てた膝に額をのせて笑っているクロードをたしなめると、視線がこちらに向いた。

「いいじゃないか。愚《おろ》かになってこそ恋《こい》だ」

とろりと色気のしたたる笑みを向けられ、腰を抱《だ》き寄せられたアイリーンは、そのまま唇《くちびる》を重ねようとする夫の顎《あご》を手のひらで押し上げる。

不満そうな顔をされたが、肝心《かんじん》なことをまだ聞いていない。

「それで、これからどうしますの」

「まずは空中宮殿をさがす。あれをわけのわからない輩《やから》に奪《うば》われたままにはしておけない。マキナを回復させるにも、空中宮殿のほうが確実だとシャルルが言っていた。空中宮殿をエヴァレから取り返す点に関しては利害が一致《いっち》したので、協力と合意がとれている」

「それ以外には？」

「いつもどおりだ」

何かをごまかされた気がした。しわのよったアイリーンの眉間《みけん》に口づけを落として、クロードが耳元でささやく。

「そんなに心配するなら、まずシャルルの望みを叶《かな》えてやらないか」

「それは、もちろん。なんですの？」

「兄だか姉だかを無事産んでほしいそうだ」

ぼんっとアイリーンの頭が一瞬《いっしゅん》で沸騰《ふっとう》した。丁寧《ていねい》な手つきで肩《かた》に羽織っていた布を落とされ、照れ隠しにむくれる。

「こんなときに、余所様《よそさま》のお宅で」

「いいじゃないか、少なくともここでなら、途中《とちゅう》で幼竜に変化してしまうなんて情けないことにはならない」

真顔で言われると、笑ってしまう。不満げなクロードの首に、アイリーンはおとなしく両腕《りょうて》を回した。

ひっそりと静まり返った宮殿の中を迷わず進む姿に、ルシェルは顔をしかめる。

「彼女はどうして道順を知ってるんだ……」

「気にするだけ無駄《むだ》よ」

「……そればっかりだね？」

ここまでくると慣れてきたが、一応口にしておく。だが肝心のリリアはまったく気にしていない様子で、王座の下にある地下への入り口をあっさり見つけ出し、ひょいっとなんの警戒《けいかい》もなく飛びこんだ。

ここまでくると、もはや子どもの探検気分である。

見えない扉《とびら》もさっさと開き、あっさりルシェルたちは最奥に辿《たど》り着いた。どこともわからない空高い場所から水が流れこむ、祭壇《さいだん》だ。

「ここ……ひょっとして女王就任の儀《ぎ》を執《と》り行う祭壇？」

「そうよ」

てくてく階段をあがり、祭壇の周りを一度まわって、リリアは首をかしげる。

「やっぱりなんにもないのかしら。サーラが言うには、ここにグレイスの魂を封《ふう》じてたアメリアの体があったって話だったんだけど……」

「——アメリアは潔《いさぎよ》く、魂ごと消滅《しょうめつ》したってグレイスから聞いたよ」

「そっかあ。突然《とつぜん》色々思い出したのはてっきり、あの女の仕業《しわざ》かと思ったんだけど」

リリアはうしろで両手を組んで、祭壇の上に腰《こし》かけた。さすがにルシェルもセレナもぎょっとする。

「あんた、それはいくらなんでも不敬じゃないの？」

「どうして？　私を女王にするつもりだったんでしょ。なら何かここに最後の仕掛《しか》けがあるはずよ。私にあの女の望む、ゲームの未来を進ませるために——」

ぶらぶら足をゆらしていたリリアがふと目を見開いた。斜《なな》め前にいたセレナも振《ふ》り返ってあとずさる。

間抜《まぬ》けなことに、自分が気づいたのはそのあとで、血を吐《は》いてからだった。

「なんや、ネズミが入りこんでる思ったら、お前かルシェル」

背後の暗闇《くらやみ》から、かつて神だった頃《ころ》と同じ姿形の青年が現れる。エヴァレ、という呼び名は声にならなかった。

自分の腹から突《つ》き出ているのは聖剣《せいけん》。それよりも信じられないのは、その持ち主で。

「グレ、イス……？」

まっすぐな黒髪《くろかみ》。つるつる逃《に》げてしまってうまく結べないのだと言っていた。でもどこか違《ちが》う——そう、別れたときより幼い。出会った頃のようだ。髪型も少し違う。

その思い出ごと、腹から聖剣が引き抜《ぬ》かれる。支えをなくして、ルシェルはそのまま石床《いしゆか》に倒《たお》れた。

「ちょっとあんた！」

セレナが傷口に手をかざそうとしてくれる。じんわり自分の力が回復していく兆《きざ》しを感じて、その手をルシェルはつかんだ。

「だめ、だ」

「なんや、あんた救済の聖女かひょっとして。いるだけで百人力やないか」

勘のいいセレナはエヴァレのひとことでルシェルが止めた意図を察したらしい。だが開き直ったようにルシェルの傷口に力を注いでくれる。しかし、聖剣でできた傷はそう簡単には治らない。それをわかっているエヴァレも、いつでも殺せるとばかりにただ笑っている。

「おま、え……グレイスに、何を」

「グレイス？　ひょっとしてお前の知り合いやったんか、あの魂《たましい》。やったらすまんなあ。もう生まれ変わらせてしもたから、お前のことわからんと思うで」

浅く呼吸を繰《く》り返しながら、ルシェルは少女に戻《もど》った妻を見あげる。妻は微笑《ほほえ》んでいた。

お前と魔物《まもの》を守るための剣だ。そう言った聖剣を手に持って。

「生まれ、変わ、らせた……？」

「そや。母さんが——アメリアが、用意した、新しい聖剣の乙女《おとめ》や」

その名前に、拳《こぶし》を握《にぎ》る。アメリア。義妹《いもうと》。

（どうして、そんなものを、作って……グレイスに、また何を）

この空中宮殿《きゅうでん》も、グレイスそっくりの新しい聖剣の乙女も——いつだってルシェルには、アメリアの気持ちが、願いが、わからない。わかりそうで、届かない。

「それよりお前、なんで人間のままおるんや？　とっくに神になってるはずやろ」

「……グレイス、を、返せ」

目を凝《こ》らして聖剣を持った少女を見る。確かにグレイスの魂の気配はある——けれど、違和《いわ》感《かん》があった。魂と体がまだ馴染《なじ》みきっていない。つぎはぎで造られた人間でしかない。

その証《あかし》に、グレイスによく似た少女は笑っているだけでどこか人間味がない。

「返せ、言われてもなぁ。これが正しい未来やし。でもお前にきくてことは、間違《まちが》いなくルキアが持ってる聖剣は本物。本物の聖剣の乙女やて証明されたわけや」

「本物の聖剣の乙女？」

嘲笑《ちょうしょう》するような声が祭壇から聞こえた。エヴァレがルシェルからそちらに目を向ける。

「それが本物の聖剣かぁ。ふうん」

「……あんたは？」

「お母さんから何か聞いてない？　たぶん、私とあなたって姉弟《きょうだい》なんじゃないかなって思ってるんだけど」

「リリア・レインワーズか」

　言い当てたあとで、エヴァレが苦笑いを浮《う》かべる。

「確かに俺の姉さんやな。やけど、俺はずうっと水槽《すいそう》みたいなもんの中で眠《ねむ》っててなぁ。ひとりっこ気分やねん。――実際、ずいぶん長い間、ひとりやったしな」

「お姉様って呼んでもいいわよ？」

　とんと足をそろえて立ち上がったリリアが首をかしげて笑う。

「……女王になってへんのか、やっぱり。ルシェルを見かけた時点でわかってたことやし、それ以外にもシャルルがあの時代にいる時点で――ほんま、ぐちゃぐちゃやな。……母さんは負けてしもたんやな、ほんまに」

　嘆息《たんそく》して、エヴァレはリリアに向き直った。

「あんたは、どうなんや、姉さん」

「どうって？」

「この状況《じょうきょう》や。あんたは正しい未来を母さんから聞いてるんやろ。違うんか」

「そうねえ。たくさん、今になって思うことはあるわ」

　一段ずつ、リリアが階段を降りてくる。

「もっとうまくできなかったのか。もっと早く私が色んなことをわかっていれば、私がアイリーン様に勝っていれば。後悔《こうかい》したくないのにしちゃう」

「なら、今からでも弟に協力してくれんか」

両眼を開いたルシェルは身動きをとろうとして、セレナに押さえつけられる。見あげると、静かな目で首をゆっくり横に振られた。

「本物の聖剣の乙女やったあんたがいてくれたら、心強い。いっそあんたが女王になってハウゼル女王国を再建するのもええと思ってるんや。全部終わったあとでな」

「エルメイア皇国じゃなくて？」

「ここまでねじまがった以上、仕切り直さなあかん。――ここを、未来にせんと」

「6の舞台《ぶたい》にするってこと？」

「6？　なんやそれ」

「邪神《じゃしん》はヒトの悪意を引き受ける神。それを斃《たお》してしまえば、ヒトの悪意はこれから行き場をなくす。そんな中でもしまた魔王《まおう》が生まれたら、魔竜《まりゅう》の比じゃない魔物になって世界を完全に腐《くさ》らせてしまう。だから邪神も今の世界も全部浄化《じょうか》してやり直す――って暴走した初代神の娘《むすめ》が5で言ってたから。完全に6の伏線《ふくせん》よねぇ」

ルシェルの脳裏《のうり》によぎったのは、クロードのことだ。そしてもうひとり――クロードと自分そっくりの、少年。

「意味がほとんどわからんけど、腐竜《ふりゅう》のことやったら、それは正しい」

「それが6のラスボスなのね、きっと。うん、わかったわ。大体つながった。ちなみに私、弟ができるなら決めてたことがあるの」

「なんや？　これから仲良うしてくれるんなら、聞いときたいわ」

「弟は姉に絶対服従」

エヴァレが愛想《あいそ》笑いをしたまま止まった。リリアが薄《うす》く笑う。

「当然でしょ？　私はあなたの母さんの代わりになんかならないわよ」

リリアが姿勢を低くして床を蹴《け》った。エヴァレが顔をしかめる。

「なんや、聖剣はもうないやろ。死にたいんか？」

「ふふ、笑わせないで。――そんなものが聖剣の乙女？」

向かってくる敵にグレイス――ルキアが、聖剣を振りあげようとしているのをみて、はっとエヴァレが気づいたように声をあげた。

「魔剣の乙女……っあかん、ルキアさがれ！　聖剣を奪《うば》われる！」

「過去作への敬意が感じられない」

引こうとしたルキアの手をつかみ、リリアが自分の腹に聖剣を突き刺《さ》そうとする。その寸前でエヴァレが魔力をリリアに向かって爆発《ばくはつ》させた。

咄嗟《とっさ》にルシェルは結界を張ってリリアをかばう。だが、反動で吹《ふ》き飛ばされてしまった。

煙《けむり》の中で三人まとめて転がったルシェルは、咳《せ》きこみながら非難する。

「なんて無茶を……！　グレイスはただでさえ強いのに、聖剣まで持ってるんだぞ⁉」

「ひょっとしてこのゲーム、ヒーローとラスボスは目が節穴がデフォ設定なの？」

「は？」

「そんなこと今はどうでもいいでしょ！　どうすんの、勝てるように見えないんだけど！」

「セレナ、手」

　つられたようにあげたセレナの手のひらを、ぱんと勢いよくリリアが叩《たた》いた。

「よし、ヒロイン同盟再結成！」

「は？」

「私は答え合わせをしてくるから。ここにくればあの女が何か答えるかと思ったけれど、そううまくはいかないみたい。嫌《いや》よねー人生って、思いどおりにならないんだもの」

　しゃがんだリリアが、にっと笑って、セレナの胸を指さす。

「セレナは絶対つかまっちゃだめ。エヴァレの目を見ないでね。確か暗示をかける能力があったはずだから。ちゃんと私を囮《おとり》にして逃《に》げるのよ？」

「何考えてるの」

　立ち上がったリリアがなんだか困ったように肩《かた》をすくめた。

「思っちゃうのよ。セドリックは皇帝《こうてい》になれたんじゃないかしら。マークスは、レスターは、セレナもサーラも、みんなそう。今と違《ちが》うもっといい人生を歩めたんじゃないのかしら。私がもっとうまくやってれば……アメリアだって、助けてあげられたんじゃないかしら」

　ルシェルは大きく目を見開く。その中で、アメリアの娘だという彼女は笑った。

「アメリアを見つけてあげてね。きっとどこかにいると思うの」

「どうして、そんなことが」

「あんなふうになったグレイスを放《ほう》っておくわけがないでしょう。地獄《じごく》の底からだって這《は》い上がってくるわよ。だってヒロインだもの！」

わけのわからない答えを、アメリアの娘がルシェルに希望みたいに差し出す。

「でも、やっぱり呼び戻すのは、ヒーローにしかできないと思うの」

目の前で、アメリアのようにリリアが踵《きびす》を返す。どうしてだか、泣き出したくなった。

「アイリーン様によろしく！　手加減してって言っておいて★」

「君っ……」

「大丈夫《だいじょうぶ》、聖剣《せいけん》はなくても聖なる力がないわけじゃないから」

煙を吹き飛ばして一直線に向かってきたエヴァレの魔力をリリアが弾《はじ》き飛ばす。だが、エヴァレの手がその細い首をつかみあげた。

「あぶないとこやったわ。そうやったな、聖剣の乙女《おとめ》の血を引いてれば聖剣を奪える。悪いけど、絶対服従するわけにはいかんわ」

「やだ。会った早々、姉弟喧嘩《けんか》ね」

「そっちも逃がさんで。ルシェルは魔の神や。聖剣の乙女には勝てへん！」

飛びかかってきたグレイスそっくりのルキアが、ルシェルたちに振《ふ》りかぶった。事情はどうであれ、相手はグレイスの聖剣を持っている。結界など時間稼《かせ》ぎにもならない。咄嗟にルシェルは目をつぶろうとして――目の前で突然《とつぜん》弾き飛ばされたルキアの姿にまばたいた。

驚《おどろ》いたのはルシェルだけではなく、エヴァレも同じだった。目を見開いて、転がったルキアとルシェルを見比べる。

「なんや、今の――」

「ねえ、私が力貸せば転移できる!?」

肩をつかんだセレナの問いに、わけがわからないままルシェルは頷《うなず》く。

「ありったけの力を使えば、なんとか――でも、彼女が……グレイスだって放って逃げるわけにはいかない！」

「大丈夫よ、あの女は本物の聖剣の乙女なんだから!!」

リリアをまっすぐに見てセレナが怒鳴《どな》り返す。胸をつかれるような、断言だった。

唇《くちびる》を噛《か》みしめたルシェルは、転移にありったけの力を使う。ものすごい圧力がかかったが、かまわなかった。

グレイスは聖剣の乙女だ。だから、魔剣の乙女だと嘲笑《ちょうしょう》されるのが許せなかった。でも、あれだけ聖剣の乙女になりたがっていたアメリアだって、間違《まちが》いなく本物だった。

グレイスだってアメリアだって、聖剣の乙女だ。

そうルシェルは信じていた。――今だって、本当は信じている。

「……何したんや、今」

ルシェルが消えた場所と、まだそこに残っている結界を見つめながら、エヴァレが尋ねる。

首を絞《し》め上げられたまま、リリアは笑った。

「言ったでしょ……過去作への、敬意がたりないって」

だから何がルシェルを守ったのか、わからないのだ。

笑ってやると、エヴァレが眼鏡の奥で魔力を光らせる。いや、彼特有のヒーローの力か。

「元聖剣の乙女。あんたを野放しにしたらあかんてようわかった。でも、やからこそ伝わるはずや。こんな未来は、ほんまやないって――」

目を見たら記憶《きおく》を改ざんされるか、何かしら暗示をかけて操《あやつ》られる可能性が高い。

わかっていて、リリアはエヴァレの目をそのまま正面から見た。

ものすごい圧力が目の奥から脳天まで突《つ》き抜《ぬ》ける。頭蓋骨《ずがいこつ》を揺《ゆ》さぶるような痛みだった。

けれど目をそらさない。

（ねえ。セドリック）

負け犬。無能な皇子。魔王にへらへらこびへつらって生きている恥知《はじし》らず。皇族の風上にもおけない。いつまで生かしておくのか、税金の無駄遣《むだづか》いだ――いやいいじゃないか、いつだって利用して処分できるお安い人間の皇子様。だから無駄でも生かされてるんだよ。

わざとひっかけられたワインの染《し》みはいつまでたっても抜けなくて、せっかく作ったレースのハンカチだって泥水《どろみず》に沈《しず》んでいる。

（私は、あなたに違う未来をあげられたのに――）

鉄格子《てつごうし》の西の塔《とう》でキャンパスに向かって木炭を持つ背中。何を描《か》いてるの。内緒《ないしょ》だと笑う彼が描いているもの。

ゲームではあんな絵じゃなかった。それは不幸か、幸福か。

目の奥が焼けるように熱い。痛い。何もかも押し流される。でも見なければならない。

――リリア・レインワーズがだめにしてしまった、未来を。

目がさめるとよく夢に出てくる顔があったので、呆《ほう》けて動けなかった。

「お目覚めですか、シャルル様」

淡々《たんたん》とした声が響《ひび》く。――夢じゃない。

「おまっ、なんでここ――!?」

飛び起きようとしたら互《たが》いの顔が近づくことに気づいて、それをよけようとして上半身を途《と》中《ちゅう》でひねり、結果、シャルルは寝台《しんだい》がわりにしていた長椅子《ながいす》から床《ゆか》に転げ落ちた。

絨毯《じゅうたん》の敷《し》かれた床に座って、エステラが首をかしげた。淡《あわ》い金色のきらきらした髪《かみ》が、綺麗《きれい》な形をした顎《あご》のあたりでゆれている。少し髪が伸《の》びたなと思った。

自分との婚約《こんやく》が決まったとき、ばっさり切られてしまった髪が。

「何をなさっているのですか」

「……う、うるさいな！　おま、お前が、そんな近くで……っていうか、なんでお前がここにいるんだよ⁉」

「シャルル様が看病してらっしゃると聞いたので、お手伝いしようと。相手は女性ですし」

ついっとエステラが少し離《はな》れた寝台に目をやる。アシュメイルでよくある高くて丸い形の天《てん》蓋《がい》付きの寝台だ。その真ん中で、マキナが眠《ねむ》っている。

（母上か誰《だれ》かに僕の様子を見てくるよう頼《たの》まれてきたんだな、たぶん）

生真面目《きまじめ》な彼女らしい。ひとりで勝手に納得《なっとく》して心臓のはね具合を落としたシャルルは、起き上がって水差しを取る。寝起《ねお》き早々叫《さけ》んで喉《のど》が渇《かわ》いた。

「で、何してたんだよ」

「シャルル様の寝顔を見ていました」

水を噴《ふ》き出しかけた。慌《あわ》てて口元を拭《ぬぐ》いながら、振り返る。

「な、なん、なにっ……」

「せっかくなので、よくシャルル様を観察してみようと思ったのです。わかっていたことですが、つくづく綺麗な顔をしてらっしゃいますね、シャルル様は。美術品のようです」

「――悪かったな、兄上みたいにたくましくもないし背も高くなくて！」

自分とまったく似ていない双子《ふたご》の兄は、鍛《きた》えていることもあって背もぐんぐん伸びている。

対してシャルルは十四という年齢《ねんれい》のわりに線が細いし、まだ身長も伸びない。しかも父親似の抜群《ばつぐん》に造形のいい顔は精巧《せいこう》な分、中性的に見えてしまう。たくましい兄との対比で、陰《かげ》でお姫《ひめ》様などと嘲笑されているのを知っている。

なお、それを聞いた姉と兄は「そいつに思い知らせてやろう」「そうだうちの弟はただのお姫様じゃないぞ、傾国《けいこく》の美姫《びき》だ」と斜《なな》め上の方向に意気投合し、嫌《いや》がるシャルルに本気の女装を強要したあげく引きずり回し、あの美姫は誰だと皇都中を混乱の渦《うず》に叩《たた》き落とした。あのとき「それだけはやめてやれ」と父親だけが皆《みな》をたしなめてくれたが、感謝はしてない。同病相《どうびょうあい》憐《あわ》れむというやつだからだ。

「シャルル様は、背が高くなりたいのですか？」

「そりゃそうだよ」

「なぜ？」

君より――好きな子より背が高いほうがいいに決まってるじゃないか。

（言えるか！）

父親なら平然と言い放っただろう言葉を頭の中で打ち消して、シャルルは立ち上がる。

「そんな話どうだっていいだろ、別に。マキナは……眠ったままか」

マキナが目覚めないことにはエステラを未来に帰せない。何もかもそれからでなければ動けない。早くカタをつけてしまいたいのに。

「……その。マキナ様はどういう方なのでしょうか？」

寝台脇《しんだいわき》に立ってマキナを見ていたシャルルは、妙《みょう》に歯切れの悪いエステラの問いに、まばたいた。

「どういうって言われても……エヴァレが未来から連れてきた子ってくらいしか知らない。そもそもひとことふたことしか、しゃべったことないし」

「どのようなことをお話しなさったんですか？」

「へ？　あ、挨拶《あいさつ》とか……？　あとは、なんでエヴァレの言うこと聞いてるのか、とか」

「それで？　どのような関係を築いてこられたのですか？」

　別に答えなくてもいいのに、詰《つ》め寄るようにエステラが近づいてくるものだから、焦《あせ》って口が動いてしまう。

「な、なんにも食べないし、基本反応がないからよくわかんないけど。でも、たまに手を貸してくれたりするから、悪い子じゃないんだろうなとは……エヴァレの奴《やつ》がひどくてさ」

　思い出して、シャルルは唇を噛む。

「本物じゃないって言うんだ。あいつにはあいつの言い分があって、期待した分の八つ当たりもあるんだろうけど、戦うだけしかできないお人形だって、本人の前で。でも、マキナはエヴァレのあとをずーっとついて歩くんだよ、雛《ひな》みたいに。何か考えてることあるんじゃないかなと思うだろ？」

「……そうですね」

「僕、一度だけ言ったんだよ。戦いたいのかって。そしたら首を横に振《ふ》ったから……だからほんとは戦うとか、そういうの、嫌なんじゃないかなって……わかんないけど。でも、可哀想《かわいそう》じゃんか。こんな、使い捨てみたいなの……」

――自分と違《ちが》って、生きていても、いいんだから。

「シャルル様はマキナ様がお好きなのですね」

自傷に似た同情に浸《ひた》っていたシャルルは、そのひとことに仰天《ぎょうてん》した。

「はあ⁉　なんでそうなるんだよ⁉」

「違うのですか。だからわたくしがお嫌《きら》いなのだと推測したのですが」

「ぼ、僕はお前を嫌ってなんか――っ」

いない、と言おうとして思いとどまった。

（……そんなこと言ってどうするんだよ）

自分にできるのはエステラを無事、未来に帰すこと、それだけだ。

「それともやはり、子どもじみたわがままで皇太子は嫌だ、婚約も嫌だとおっしゃっているのですか」

誤解されるならそのままでいい。

冷めた気持ちをこめて、なるべくひどい男に見えるように、シャルルはエステラをにらむ。

「お前に関係ない」

「……お前と言わないでください。わたくしは」

「自分が聖王になれなかったからって僕にそのかわりを押しつけるなよ、迷惑《めいわく》だ。自分が聖王になれよな」

でも傷つけた顔は見たくなくて、目をそらす。拳《こぶし》を握《にぎ》って、シャルルは生気のないマキナの顔を見おろす。早く目覚めてほしい。

さよならをすませたものが目の前に現れるなんて心臓の悪いことは、これきりで十分だ。

「……そう、ですね……わたくしは確かに、あなたに押しつけているのかも――」

びりっと魔力《まりょく》が奔《はし》る感覚がした。

シャルルは咄嗟《とっさ》にエステラを引っ張り、マキナが眠る寝台ごと背中にかばう。いきなりの動きにエステラは驚《おどろ》いていたようだが、ばちばちとゆがんだ空間が鳴らす音に息を呑《の》んで、そちらを見つめている。

時間をかけて不安定にまがった暗闇《くらやみ》から出てきたのは、祖父――ということになっている魔の神・ルシェルだった。もうひとり、シャルルは内心おっかないと思っているミルチェッタ公国初の女性宰相《さいしょう》セレナ・ジルベール――。

「ちょっと、ここどこなの!?　アシュメイルっぽいけど」

「わ、からな……聖剣《せいけん》で斬《き》られた反動で、引っ張られるみたいに、転移したから……」

ふらつくようにして地面に足をおろした祖父が、目を見開いた。

シャルルの姿にではなく、その背後の寝台で眠っている少女を見て。

「アメリア……!?」

「は？　え、嘘《うそ》」

足を引きずるようにしてルシェルがこちらへ向かってきた。悲痛なものを感じて、シャルルは道をあけてしまう。エステラも一緒《いっしょ》に、横へと移動した。

「アメリア……だよ、ね？　髪の色、違うけど……」

「……マキナ様とおっしゃるそうです。アメリア様がお造りになられた人間だとか……」

おそるおそるエステラが進言する。ルシェルは倒《たお》れこむようにして両膝《りょうひざ》を寝台脇についた。

「……僕ら、グレイスそっくりの女の子も見たんだ。まさか、それも……？」

「ルキアという少女のことでしょうか？　それなら、はい。そちらの方もマキナ様とあわせてアメリア様が造ったようです。ふたりの、新しい聖剣の乙女《おとめ》の器《うつわ》だと」

「……ふたりの、聖剣の、乙女」

呆然《ぼうぜん》と目を見開いて繰《く》り返してから、ルシェルはくしゃりと笑った。

「――アメリア、君は……どうして……」

ルシェルが布団《ふとん》の上にあるマキナの手の甲《こう》に触《ふ》れる。

邪魔《じゃま》をしてはいけないような気がして、シャルルは黙《だま》っていた。きっとシャルルだけではなく、皆もそう感じ取っている。

「……ごめん。何が君をそんなに怒《おこ》らせたのか、僕にはわからないんだ。グレイスもわからなくていいって言う。だからきっと僕はわからないままのほうがいいんだろう。本当は、そうだったのかなって思うことはあるけれど、僕はそうだって思いたくないから。だって、僕は、君が可愛《かわい》かった。だから余計、考えないようにした。馬鹿《ばか》な魔王だと、グレイスの首を持って高笑いする君が泣いてたことにも、気づかないふりした」

懺悔《ざんげ》のようだった。すがるように、ルシェルがマキナの手を握る。

「だから君は、僕が今から願うことだって無視していい。神のくせに妻も義妹《いもうと》も助けられなかった僕だ。ただ笑ってたっていい。でも……グレイスが」

エヴァレに連れ去られた体と、魂《たましい》。何が起こったかは容易に想像がついた。

「……わかってる。グレイスは人間だ。いつか別れなきゃいけない日がくる。なのに、僕はまだ神にはなれなくて……もう一度会えればそれだけでよかったはずなのに。でもあれは違う。きっとグレイスの魂なんだろう、その強さも同じなんだろう。でも、あれは絶対に、違う」

両手でマキナの手を祈《いの》るように握りしめて、ルシェルがうつむいたまま続ける。

「助けてくれ、アメリア」

泣き出しそうな細い声だった。実際、泣いているのかもしれないと思った。

「僕ではグレイスを止められない。……いや、僕だけじゃないな」

最後に笑うように喉《のど》を鳴らして、ルシェルが顔をあげる。

「グレイスに勝ったことがある聖剣の乙女は、後にも先にも君だけだ」

ぴくりとマキナの手が動いた。ゆっくりとその目が開く。

エステラが息を呑み、セレナがそっと溜《た》め息を零《こぼ》した。ルシェルは驚いたあと、泣き笑いのような顔を浮《う》かべる。

シャルルはその光景をただ眺《なが》めていた。

聖剣の乙女。祖父も、父も、斃《たお》されるのではなく救われてきたという。伝説というにはあまりにも近しい存在。

エヴァレもきっと救われたいと思って、その存在を求めている。

（でも僕は、僕の聖剣の乙女なんていらない）

救われなくていい。救いたいのだ。その決意を見失わないように、そっと黒い手袋《てぶくろ》に隠《かく》された指から手首までを触《さわ》ってみる。

とりあえずマキナにエステラを未来に戻《もど》すよう頼《たの》もう。いや、その前にエヴァレと空中宮殿を始末せねばならない。あの男に同情がないわけではないが、シャルルの家族に手を出すのならば話は別だ。

聖剣の乙女としてルキアが目覚めたのならば、そろそろ攻《せ》めてくるはずだ。

その予感に応《こた》えるように、地響《じひび》きが鳴った。

◆第四幕◆再戦・悪役令嬢VSヒロイン

ヨーグルトをまぜあわせた果物を夫の口に運んでいたアイリーンの手から、スプーンがすべり落ちた。

地震《じしん》――いや、これはアシュメイルを守る聖王の結界がゆれている音だ。その振動《しんどう》が地面に伝わり、ゆれている。

アイリーンが落とす寸前でスプーンを口にくわえたクロードが、斜《なな》め上に視線をあげる。

「朝っぱらからお出ましか？」

「何日もにらみ合うような状況《じょうきょう》でもありませんものね。今度の狙《ねら》いは何かしら」

「僕らだろう。エヴァレいわく、邪神《じゃしん》があるべきときに目覚めなかったのは、魔竜《まりゅう》が聖竜妃《せいりゅうひ》になったせい。魔竜が聖竜妃になったのは、僕と君のせい。つまりすべての元凶《げんきょう》は僕らだ。もちろんバアルたちも、とばっちりで巻き添《ぞ》えだ」

銀のスプーンをもてあそぶクロードの分析《ぶんせき》に、アイリーンはころころと笑う。

「まあ、わたくしたち、巨悪《きょあく》の元凶ですか？」

「魔王とその妻だ。しかたがない」

「ついには皇帝《こうてい》皇后にまでなってしまいましたものね。困りましたわ、世界が貧弱で」

神剣を持って立ち上がったアイリーンに、クロードが嘆息《たんそく》する。

「君はここに残れ——と言っても無駄《むだ》だろうな」

「あら。だって、聖剣の乙女が狙うのは、いつだって悪い魔王様でしょう？」

クロードの目の前にある椅子《いす》に、腰《こし》を軽く落とす。

「聖剣の乙女に魔王の妻がおくれをとるなんて、あってはいけませんわ」

そうっと人差し指の先で夫の頬《ほお》の輪郭《りんかく》をなぞる。

からになったグラスにスプーンを放《ほう》り投げて、クロードも立ち上がった。

「ずいぶん弱っているようだが、父上が戻ってきているようだ。どこで何を見たのか話を聞いて策を立てたいところだが……時間はなさそうだな」

衝撃《しょうげき》がもう一度きた。悲鳴や怒号《どごう》が上がり始める。

遅《おく》れて、硝子《ガラス》のわれるような何かが、響《ひび》き渡《わた》る。いつか聞いたことのある音だ。

バアルの——聖王の結界が破れたのだ。

これでクロードの呪《のろ》いも進む。戦闘《せんとう》になればなおさらだ。

アイリーンがそっと見あげた先で、耳飾《みみかざ》りをゆらしてクロードが笑う。

「——では一緒に行こうか、僕の可愛いアイリーン」

「ええ、クロード様」

恭《うやうや》しく差し出された手に、微笑《ほほえ》んで手を重ねる。

世界を滅《ほろ》ぼす悪い魔王様の手だ。

だがアイリーンは、ゲームの記憶《きおく》だなんてふざけた前世を思い出したときから、この手を取ることをためらったことはない。

さわやかな日の光を隠すように空に現れた宮殿の姿は、人々の記憶にまだ新しい。

神の鉄槌《てっつい》とばかりに地上に神剣《しんけん》を降り注がせ、世界を見おろした荘厳《そうごん》な女王の宮殿――神聖ハウゼル女王国の、空中宮殿。

エルメイアを滅ぼすために向けられていたそれが、なぜか再度姿を現したのだ。混乱は当然だろう。アシュメイルにとったら、魔竜以上の脅威《きょうい》だ。

「バアル様、状況は⁉」

既《すで》に避難《ひなん》指示が出ているのか、人気のなくなった後宮でアイリーンは叫《さけ》ぶ。陽《ひ》の宮殿の屋根の上で、遠目に確認《かくにん》できる空中宮殿を睨《ね》めつけながら、バアルが答えた。

「この間と同じだ。いや、うちが狙われている分、状況はもっと悪いな。だがそれはエルメイアも同じだ」

「どういう――」

かっと真昼の稲光《いなびかり》のように、空中宮殿からの攻撃《こうげき》が、二股《ふたまた》に分かれて飛んだ。

瞳《ひとみ》をきらめかせたバアルが展開した結界と、遠く赤い結界にそれぞれ弾《はじ》かれ、爆発《ばくはつ》する音が遅れて聞こえた。それを見たクロードが目を細める。

「エルメイアに向けても撃《う》っているのか」

「そうだ。威力《いりょく》が分散しているおかげで、余の結界でもまだ弾けている。だが、本気でこられたらわからん。エルメイアの——あの生意気極《きわ》まりないお前のクソガキの結界も、いつまでもつかわからんぞ」

「お父様、わたくしも手伝います！」

　アイリーンの横に走ってきたエステラが叫ぶ。だがそのうしろから現れたシャルルがぼそりとつぶやいた。

「消耗《しょうもう》戦につきあってどうするんだよ、馬鹿」

「ば……!?」

「そろそろ魔力《まりょく》が尽《つ》きるはずだ。あれは魔力を貯蔵して撃つやつだから。実際、威力が最初のより落ちてたし、当分は撃ってこない。聖なる力でも消し飛ばせないのが厄介《やっかい》だけど、しょうがない。神石を核《かく》にした砲撃《ほうげき》だから」

「ああ、ひょっとして——エレファス砲か」

　ぽんとクロードが手を打つ。いつぞや動力にされたという魔道士の心労を思って、アイリーンは口を挟《はさ》んだ。

「変な名前をつけないであげてくださいませ、クロード様。確かドニが直したと聞きましたので、エレドニ砲にしておきましょう」

「なら、ドニファス砲のほうが覚えやすくないか？」

「どっちでもいいよ」

シャルルに冷たい目でにらまれてしまった。

「空中宮殿には自己修復機能があるけど、本来なら数百年かけて直すところをエヴァレの魔力で無理矢理修復しながら動かしてる。いったん、ここで攻撃が止まるはずだ」

「なぜ空中宮殿の仕組みをご存じなのですか」

「僕の師匠《ししょう》は空中宮殿の管理責任者だよ。ある程度のことは聞いてる」

「……だいぶ出世しているようだから、戒《いまし》めをこめてエレファス砲でいい気がするな」

ぽつりと横でクロードがつぶやいた。シャルルは空中宮殿をにらんだまま淡々《たんたん》と続ける。

「エヴァレの魔力で補うとして、また砲撃できるだけの魔力が再充塡《さいじゅうてん》されるまで十分ってとこかな。その間に墜《お》とすしかない。問題は墜とす場所だけど――」

「心配せずとも、国境付近の砂漠《さばく》に向かってきているようだ。以前、父上を撃墜《げきつい》したところだろう。あのあたりなら墜として問題ない」

断言したクロードにバアルが眉《まゆ》をよせる。

「またうちに厄介なものを墜とすのか。たまにはうちではなく、お前のとこに墜とそうと思わんのか」

「いい友達を僕は持った……」

「しみじみ言ってもだめだ。いいか、そういう態度を続けると余はそのうちお前の友達をやめるからな！」

バアルは怒鳴《どな》ったが、否《いな》とは言っていない。実際、墜とさなければエルメイアだけではなくアシュメイルも危険だ。

さめた目でやり取りを聞いていたシャルルが、ぱりっと足元から魔力を奔《はし》らせて浮《う》いた。

「話がついてるならいいよ。僕、先に行くから」

「ひとりで行かれるおつもりですか」

目尻を吊《つ》り上げたエステラにもシャルルは素《そ》っ気ない。

「そうだよ、問題ある？　――エヴァレに僕を敵に回したこと、後悔《こうかい》させてやる」

口元だけで笑ったシャルルが、そのままものすごい速度で飛んでいってしまった。

アイリーンは頰に手を当てて感心する。

「ああいうところ、やっぱりクロード様に似てますわね」

「いや、君では？」

「どっちにもだろうが。彼奴《あやつ》ならばひとりで空中宮殿を墜とす力は持っていそうだが……放《ほう》っておくわけにもいくまい」

「そうだな」

バアルに促《うなが》されるように、クロードがふわっと地上から浮き上がった。アイリーンは慌《あわ》てて下から叫ぶ。

「クロード様！　わたくしも行きますわよ」

「だめだ」

「一緒《いっしょ》に行くとさっきおっしゃったではないですか!? 止めても無駄だと」

「だが、連れて行かないという選択肢《せんたくし》はある」

にこやかに言い放ったクロードに、びしっとアイリーンの笑顔《えがお》にひびが入る。バアルがクロードの横に並んだ。

「余もいくぞ。攻撃を防ぐならいっそ近いほうがいい。避難誘導《ひなんゆうどう》はアレスに任せておけばよかろう。お前が幼竜《ようりゅう》になるのも防いでやれるしな」

「……。お前はいい友達だな？」

「知らなかったのか。――そういうわけだから、ロクサネ。その、ものすごい形相で余をにらむのをやめろ」

　サーラに付き添《そ》われて無言の圧を地上から飛ばしていたロクサネが、ふうっと嘆息した。

「……無事、戻《もど》ってきてくださるのであれば、微笑んでお見送りします」

「もちろんだ。お前はエステラを守ってくれ。エステラもだ。いざというとき、お前にこの国を守ってもらいたい」

　驚《おどろ》いたような顔をしたあとで、エステラがおずおずと頷《うなず》き返す。微笑んだバアルは、王らしい眼差《まなざ》しでその隣《となり》を見た。

「サーラも、頼《たの》んだぞ」

「は、はいっ頑張《がんば》ります！」

「ご武運を。わたくしの聖王」

ロクサネの微笑に手を振《ふ》って、バアルが背を向ける。

それに続こうとするクロードに、アイリーンは非難をこめて叫んだ。

「クロード様！　本気でわたくしを置いていくおつもり？」

「たまにはお留守番もいいだろう？　僕の気持ちがわかって」

あくまでクロードはにこやかだ。つられて笑顔になったアイリーンは、低く告げる。

「――わたくしを置いていくこと、必ず後悔させてやりますわよ」

「やはりシャルルは君似だ」

そう言い残して、バアルと一緒にクロードはふっと消えてしまった。

アイリーンはすぐさまエステラに振り返る。

「エステラ。あなたならここから空中宮殿まで転移できるわね？」

「えっ――それは、はい。でもここに残るようにと、お父様もクロード様も……」

「だめだ、早く追わないと。あちらには聖剣がある」

遅《おく》れてやってきた声に、アイリーンは振り向く。

歩くのもつらそうなルシェルと、ルシェルを支えて現れたのはセレナだった。そのうしろから、相変わらずの無表情でマキナが歩いてくる。目覚めたらしい。

「お義父《とう》さま。いったいどうやってこちらに」

「それはいい。僕らは今まで空中宮殿にいたんだ。そこで、グレイスに会った」

できるだけ動揺《どうよう》を抑《おさ》えようとしているルシェルの態度から、何かよからぬことがあったのは察した。アイリーンは静かに問い返す。

「……それはまさか、ルキアという少女のことですか」

「そうだ。聖剣《せいけん》を持ってた。エヴァレって僕が神だった頃《ころ》の知り合いもいて……それに、リリアって子が捕《つか》まったかもしれない」

「リリア様が⁉ どうして、エルメイアにいるはず――が、ないわね、この展開で……」

続編だと喜び勇んで好き勝手動き回ったのだろうリリアの姿が目に浮かぶ。考えるだけで疲《つか》れそうだ。

「まさかルシェル様を助けて、一緒にシャルルの結界から抜《ぬ》け出していたのかしら？」

半眼で確認《かくにん》するアイリーンを、セレナが鼻で笑う。

「ご明察。私たちだけは起きてたのよね、なんでか。で、この駄目《だめ》神とあの女の力を使ってあの赤い結界から抜け出たの。私の補強つきでだけど」

「……そうね。そうよね。リリア様だもの。起きてるし抜け出るわよね……」

リリアは1のヒロイン、セレナも2のヒロインだ。ゲームの設定は根強いのだ。そこへルシェルまで加わって互《たが》いに補強し合えば、シャルルの結界から出るのも不可能ではない。

「ちなみにオーギュストを頼《たよ》ろうとは思わなかったのかしら」

ゲームの設定が生きているなら起きている可能性が高い人物の名前をあげると、セレナがあからさまに顔をしかめた。

「役に立たないでしょ、あんなの。起きてたってやられるのがオチよ」

「セレナさん、そう言ってオーギュストさんを危険から遠ざけるんですよね……」

「なんか言った、サーラ」

「アレスはもう貸し出しませんからね」

何やら2と3のヒロインの間に確執《かくしつ》があるらしいが、今はそんな話をしている場合ではない。

「で、ルシェル様を助けてリリア様と敵陣《てきじん》に突《つ》っこんでいったの？」

「違《ちが》うわよ。あの女がハウゼルに空中宮殿があるはずっていうから、調べにいったら敵陣だったの」

「それを敵陣に突っこんだというのよ」

どうせ、ゲームの知識で居場所を読み当てて、中に入ったのだろう。

呆《あき》れるアイリーンに、ルシェルが眉をきゅっとよせて口を動かす。

「僕と彼女を逃《に》がすために囮《おとり》になってくれたんだ、リリアって子。次の女王にするってエヴァレが言っていたから……ひょっとしたら、記憶《きおく》をいじられて操《あやつ》られているかもしれない」

えっと声をあげてサーラが青ざめる。

「た、大変です。リリアさんが、そんな……！」

「サーラ、落ち着きなさい」

「だって、ロクサネさん。リリアさんは聖剣をもう持ってないんですよ！」

さすがにそこには思うことがあるのか、セレナも難しい顔をしている。ルシェルが続けた。

「グレイスも、今は敵だと思ったほうがいいかもしれない。……聖剣で僕を、刺《さ》した」

「ルシェル様を刺した？　――グレイス様の聖剣で？」

眉《まゆ》をひそめたアイリーンに、ルシェルがうなだれたまま頷く。

「正確にはルキアの聖剣なんだろうけど……刺されたよ。僕のことがわからないみたいだ」

両腕《りょううで》を組んで、アイリーンは長い溜《た》め息を吐《は》く。

「……なるほど、よくわかったわ。やっぱりわたくしが行かなくてはだめね。エステラ、お願いできる？」

「でも、クロード様がお怒《いか》りになるのではないでしょうか」

眉をさげて心配するエステラに、あらとアイリーンは唇《くちびる》の端《はし》を持ち上げる。

「クロード様はそんなことでわたくしを怒《おこ》るような狭量《きょうりょう》な方ではなくってよ」

「よく皇城だけ吹雪《ふぶ》くの、あんたが原因でしょ？　迷惑《めいわく》なんだけど」

「それはそれ！　これはこれよ！」

セレナの苦言を勢いで切り捨て、神剣を握《にぎ》り直す。

魔王《まおう》はもちろん、魔の神でも聖剣の前には斃《たお》れるしかない。これは、この世界の法則だ。

「あの方の手に負えないものをなんとかするのはわたくしの役目だわ」

セレナの手を借りるのをやめ、自力で立ったルシェルが頷き返した。

「なら、僕がつれていくよ。転移できる程度の力は回復してもらったし……いざとなれば神竜になって、エヴァレと戦うこともできる」

「お願いするわ、お義父様。あとは――」

すっと音もなくマキナが進み出てきた。ぱちりとアイリーンはまばたく。

「――あなたも、一緒に行くの？」

こくりとマキナが頷いた。相変わらず瞳《ひとみ》の中はうつろだが、焦点《しょうてん》は合っている。それをじっとエステラが見ていた。もう一度、アイリーンはエステラに声をかけた。

「エステラはどうするの？」

「――わたくし……は……」

「無理にとは言わないけれど、シャルルを追ってきたんでしょう」

珍《めずら》しくエステラは迷っているようだった。歯切れ悪く、口を動かす。

「……わたくしが行くと、シャルル様は気分を害されると思うので」

アイリーンとロクサネはお互いに顔を見合わせる。エステラはうつむいたまま続けた。

「それに、すぐ自分の都合で、色々……押しつけてしまいますから。こうあってほしいという理想像というか……婚約《こんやく》者だからといって、よくないと思うのです」

「別にいいでしょ、婚約者なら。等価交換《こうかん》じゃないの」

どうしたものかと思っている間にあっけらかんと声をあげたのはセレナだ。

「私、出世と交換で結婚《けっこん》したもの。嫌《いや》なら相手が断るでしょ。言うだけ言うべきよ」

「なら私も、アレスに将軍頑張ってもらってますよ！　ほんとは色々つらいことあると思いますけど、でもかっこいいからやめてほしくなくって！」

嬉《うれ》しそうなサーラにセレナが嫌そうな顔をする。

「あんたみたいな女がいっちばんタチ悪い」

「え、なんですか⁉」

「わたくしもクロード様を皇帝《こうてい》にしようとしたけれど、よく考えたら、クロード様がなりたいか確認したことはなかったわね？」

なんとなく流れで口にしたアイリーンに、エステラが仰天《ぎょうてん》する。

「そ、そうなんですか？　それで魔王を皇帝に……⁉」

「もちろん、クロード様が皇帝にふさわしいと思ったからだけど、なってもらわなければ困るとも思っていたわ。あのひとに魔王と人間の幸せをつかませるために、必要な手段だもの」

だから迷いも後悔《こうかい》もない。肩《かた》をすくめたセレナがエルメイアの方角を見る。

「確固とした立場と考えを最初から持ってる男についてった女もいるけどね」

「ああ、アイザックさん！　仕事一筋でかっこいいですもんね！」

「なんでよかっこよくないわよあいつ絶対ろくでもないわよ幸せになれないわよ！」

「え、ええー……」

「っていうか、そもそも、この子誰《だれ》よ⁉」

セレナに、サーラがちょいちょいと手招きして、何やらごにょごにょ耳打ちしている。おそらくエステラの素性《すじょう》を説明しているのだろう。

「わたくしもバアル様には聖王でいていただきたいですね」

「お母様……」

母親の前ではやはり弱気が出るのか、エステラがか細く名前を呼ぶ。

「シャルル様が何を望んでいるかはわかりません。でもわたくしは、バアル様の伸《の》ばしている手に気づかなかったことがあります。わたくしはアイリーン様たちに助けていただいて間に合いましたが……あなたに、同じ後悔をしてほしくありません」

そっとエステラの頰《ほお》をなでて、ロクサネが言い聞かせる。

「行きたいのであれば、行ってらっしゃい。そもそもあなたは、わたくしたちを助けるためにきたのではない。――そうでしょう？」

エステラはシャルルを連れ戻《もど》すためにきたのだ。まだ瞳は迷いを消し切れずにいたが、少しだけ間をあけて、エステラは頷《うなず》き返す。

「わかりました。ではアイリーン様、ルシェル様、わたくしが空中宮殿へお連れ致《いた》します。その――マキナ様も」

遠慮《えんりょ》がちに告げたエステラに、突如《とつじょ》としてマキナがぐるんと向き直った。びくっとした全員が見守る中で、マキナがぽんぽんとエステラの頭を叩《たた》く。そしてまたくるりと元の向きに戻った。

「……あの……？」

戸惑《とまど》ったエステラが首をかしげた瞬間《しゅんかん》、かっと焼けるような光が周囲を真白に染めた。空中宮殿の方角からだ。ぐずぐずしている暇《ひま》はない。

「急ぐわよ、エステラ」

「はい。皆様《みなさま》、こちらへ」

「ちょっと、あの女から伝言」

エステラの聖なる力が満ちる中で、セレナがぶっきらぼうに声をかけた。

「手加減してって」

アイリーンは顎《あご》を引いて笑う。

「冗談《じょうだん》でしょう？　ぶちのめすわよ」

光の粒子《りゅうし》に囲まれてうすれていく視界の中で、セレナが肩をすくめ、サーラが顔を引きつらせて笑っていた。

それが幻《まぼろし》のように消え、目を開けば空中宮殿を見据《みす》える――空だった。

「わたくしこういう状況《じょうきょう》、多くないかしら⁉」

落下しながら叫《さけ》んでしまったアイリーンに、エステラが慌《あわ》てる。

「す、すみません……！　空中宮殿の周囲が磁場のようになっているせいで、転移が安定しなくて……！」

「ま、まあまあ、アイリーン。僕がみんなを安全におろすから――クロード⁉」

ルシェルの叫びに、視線を動かしたアイリーンは神剣《しんけん》を握り直す。目に入った情報に体が先に動いた。迷わなかった。どうしてとも考えなかった。

クロードの懐《ふところ》目がけて神剣という刃《やいば》を突《つ》き刺そうとしている乙女《おとめ》に、横から切りかかる。

クロードから神剣を引き、綺麗《きれい》に空中で一回転した乙女は、空中宮殿の瓦礫《がれき》の上に立って微笑《ほほえ》んだ。

「こんにちは、アイリーン様」

「こんにちは、リリア様」

　きらきらした神剣を持って、リリアが笑う。アイリーンも笑い返した。クロードを背にしてその前に立ちはだかる。

　彼女の前に立ちはだかるのも、背中でクロードを守るのも、いつだって自分であるべきだ。

「だめよ、アイリーン様。やっぱり魔王は斃しておかなくっちゃ」

「そうね。そうくると思ったわ」

「だって私は、聖剣の乙女なんだもの」

　この女は敵だ。今までもこれからも、ずっと。

　転移で追いついたクロードとバアルをちらと見てシャルルは言った。

「ついてくるのはいいけど、邪魔《じゃま》しないでよ」

「冷たくあしらわれると、ついうっかりお前の好きな子の名前を叫んでしまうかもしれない」

「今すぐ死ねよ！」

　真っ赤になって、シャルルは打てば響《ひび》くような反応を返す。バアルも内緒話《ないしょばなし》のように口元に片手をあてて、だがまったく小さくない声で言った。

「お前、さっきのを見たか。転移で向かえばいいものを此奴《こやつ》、見せつけるように飛び立っていったぞ」

「あちらのほうが格好良く見えるからだろう」

「なるほど。見た目が何より気になるお年頃《としごろ》か……わかるぞ、うんうん」

「ちがっ、そんなわけないだろ！　空中宮殿は神石で作られてるから、魔力《まりょく》とか変にゆがみやすいんだ。転移するとあぶないからだよ！」

「飛び去った方向をじっと見つめていたな……誰とは言わないが」

「じっとは見つめておらんわ、ちょっとだけだ！　いいかお前、調子にのるなよ。誰とは言わんが可愛《かわい》い余の娘《むすめ》はお前のことなぞなんとも思っとらんのだからな！」

「さっきからなんなんだよ、おちょくりにきただけなら帰れ！」

怒鳴《どな》り散らしたあとで、ふっとシャルルが唇《くちびる》を噛《か》んだ。

「言われなくたって、調子になんかのらない。……僕なんかいないほうがいいんだ」

「これが思春期か……！」

感動に胸を震《ふる》わせるクロードに、バアルが仰々《ぎょうぎょう》しくシャルルに忠告する。

「そういうのはやめたほうがよいぞ。余にも覚えがあるが、あとで死にたくなる。黒歴史というやつだ。あとで苦労と後悔が波のようにやってきて……つらい……」

「君の場合は比《ひ》較的《かくてき》最近の黒歴史だからな。ロクサネ妃《ひ》に冷たくしていた頃の」

「やかましい思い出させるな！　それにあれは事情があったんだ、色々と！」

「もういいよ、好きに言えよ……僕のすることは変わらない」

きらりと正面の空中宮殿が光った気がした。見覚えのある集団に、クロードはつぶやく。

「白い兵隊か」

集団でお出《で》迎《むか》えだ。シャルルが鼻で笑い、その場で止まった。その目の前に魔法陣《まほうじん》が幾重《いくえ》にも現れる。そしていつの間にか右手に持っている剣を、横になぎ払《はら》った。

「邪魔だよ」

その一閃《いっせん》だけで白い兵隊たちが次々に連鎖《れんさ》して爆発《ばくはつ》した。花火のように帯状に広がっていき、白い兵隊がばらばらと塵《ちり》のように落ちていく。

「お前は魔法を使うんだな。師匠《ししょう》とやらの影響《えいきょう》か？」

「父上たちみたいな力任せの非効率な力の使い方は好きじゃないだけだよ」

鼻を鳴らしたシャルルが、空中宮殿の前庭らしき場所におりる。どこまでも生意気な息子《むすこ》である。肩をすくめたクロードとバアルも、それに続いた。

崩《くず》れた門、折れた柱に、原形がもうわからない建物。――廃墟《はいきょ》、という言葉しか出てこない光景だった。この間もひどい有様だったが、今は崩壊《ほうかい》寸前といったところだ。しかも真ん中の亀裂《きれつ》を魔力で無理矢理つなげているせいで、地面が傾《かたむ》いている。どこからか、ぎい、ぎいと軋《きし》む音が鳴っていた。

「さて、エレファス砲《ほう》を止めるには……動力炉《どうりょくろ》をまず壊《こわ》すか？　確か、あちらの方角だった覚えがあるが」

「それこそもう一度、力任せに真っ二つに割ってやるほうが早いと思うがな。防御《ぼうぎょ》はやってやるから頑張《がんば》れ」

「お前はいつも肝心《かんじん》なところでそれだな？」

「いやいや、それは勘弁《かんべん》してほしいわぁ」

　上空から声が聞こえた。かろうじて残っている、宮殿のバルコニーだ。今にも崩れそうなその場所で、エヴァレがこちらを見おろしている。

　そして劇場の案内人か何かのように、胸に片手をあてて大袈裟《おおげさ》な礼をした。

「ようこそ、おいでやす。まあそうくるやろ、ゆうメンバーやな。聖王に、魔《ま》王《おう》。それだけでも厄介《やっかい》やのに、ルシェルの最盛期にもっとも近い王子様までおそろいで」

「エヴァレ、聖剣の乙女は見つかったんだろう。だったらもうこの時代には用はないはずだ」

　よく通る声で、シャルルが前に進み出た。

「僕は逃《に》げも隠《かく》れもしない。約束は守る。だから、お前も約束を守れ。空中宮殿を明け渡《わた》して、この時代から手を引け」

「子どもの王子様がそうゆうてもなぁ。魔王様と聖王様はなんてゆうか」

「父上たちには話してある。交渉《こうしょう》成立済みだ」

　へ、と間抜《まぬ》けな顔をエヴァレは見せた。

「腐竜《ふりゅう》のことも説明した。僕がこれからどうなるのかもだ。そのうえで、お前が空中宮殿を手放して未来に帰れば、これ以上の深追いしないと約束してもらった」

「……いやいやいやいや！　説明したて、余計あかんやろ。どう考えたって息子を止める展開やんか！」

「父上も聖王も、そんな馬鹿《ばか》なことで国や未来を傾けたりしない」

凛《りん》としたシャルルのうしろで、バアルが嘆息《たんそく》する。クロードは肩《かた》をすくめた。

否定しないふたりに、エヴァレのほうが呆《あき》れた顔になる。

「本気かいな……ご家族は大反対の場面やろ」

「妻には知らせていない。彼女なら許さないだろうからな」

クロードが声をあげると、バアルも両腕《りょううで》を組んで続いた。

「余のほうも同じくだ。知らぬほうがいいこともあろう。特に、娘はな」

「はあ、なるほど。国を背負う者の責務っちゅうやつか」

呆れた声でそう告げたあと、エヴァレが憐《あわ》れむような眼差《まなざ》しを向けた。

「驚《おどろ》いたわ。聖王に魔王に、魔王の息子。およそ人間と言えるんかどうかわからん連中や思ってたけど、訂正《ていせい》したる。あんたら人間やな。国なんて形のないもんのために息子を見殺しにしようなんて、人間しか考えへんことや」

「……別に、そういうわけでもないんだが」

ぽつりとつぶやいたクロードの声は誰《だれ》にも届かなかった。そのかわり、落ち着き払った態度でシャルルが告げる。

「引け、エヴァレ。でなければ僕がお前も空中宮殿も始末する」

「そういうわけにはいかへんのや。俺かて、無茶やってる自覚あるからなぁ」

形骸《けいがい》化しているバルコニーの手すりに手をかけたエヴァレが、苦笑いを浮《う》かべる。だが眼鏡の奥に光る瞳《ひとみ》は、決して笑っていない。

「俺も、自分の未来を賭《か》けてる。引かへんで」

「わかった。空中宮殿は墜《お》とす。お前も殺す」

淡々《たんたん》とシャルルが決定事項《じこう》のように告げる。エヴァレがバルコニーから手を放した。

「おお、こわ。——でもなぁ」

それぞれの顔を見据《みす》えて、エヴァレが笑う。

「あんたらは聖剣の乙女には決して勝てへんってこと、忘れてへんか？」

両手を広げたエヴァレの背後から飛び出してきた影《かげ》に、クロードは眉《まゆ》をひそめた。

（リリア・レインワーズ！）

なぜだかわからないが、神剣を持ったリリア・レインワーズが襲《おそ》いかかってくる。バアルが叫《さけ》んだ。

「おい、あれは元聖剣の乙女ではないのか⁉　何かの作戦か⁉」

「違《ちが》う、エヴァレが操《あやつ》ってるんだ！」

シャルルの指摘《してき》に、エヴァレがせせら笑った。

「そんな、人聞き悪い言い方せんといてや。説得したんやて」

「だが、聖剣《せいけん》はもうない」

「何ゆうてるんや、魔王様。元ゆうても、聖剣の乙女《おとめ》が神剣を持ってるんやで」

エヴァレの忠告を証明するように、リリアの神剣が地面をえぐり飛ばす。ただの神剣だけではここまで威力《いりょく》はでない。

「ルキアが出る前に、勝負がついてしまうんちゃうか」

エヴァレの横にはいつの間にかグレイスそっくりの少女――ルキアが佇《たたず》んでいた。

宙に逃げたクロードたちに向かって、地上から神剣の追撃《ついげき》がきた。聖なる力と魔力を編み込んだ結界でそれを弾《はじ》きながら、シャルルが叫ぶ。

「あれを相手にするのはあとだ、まず空中宮殿を墜とす。時間がない！」

「あら、よそ見は駄目《だめ》よ魔王の息子さん」

リリアの神剣が鞭《むち》のように伸《の》びた。ぎょっとしたシャルルの足首にからまり、シャルルが地面に叩《たた》きつけられてしまう。

「シャルル！」

「魔王様もよ？」

声がしたと思ったら上空から神剣が襲いかかってきた。振《ふ》り返りざまにひそかに持ち出した神剣でクロードは攻撃《こうげき》を受け止める。

正面から爆風《ばくふう》が吹き荒《あ》れた。だが、背後にはシャルルがいる。これ以上は退《ひ》けない。

（強いな。別に鍛《きた》えているわけでもなかろうに）

これが聖剣の乙女か。妻はこんなものを相手にしていたのかと思うと、ぞっとする。

「ねえねえ、ひょっとしてこうして魔王様と戦うのは初めてかしら？」

ばちばちと眼前でぶつかる魔力と、楽しくてたまらないという笑《え》みに、そっとクロードは眉をひそめた。

「……セドリックが泣くな」

義妹《いもうと》という認識《にんしき》は一応ある。それを聞いたリリアは、おかしそうに笑った。

「余裕《よゆう》ね、魔王様。聖剣の乙女相手に」

「君に聖剣はもうないからな」

実際にリリアが持っているのは神剣だ。警戒《けいかい》はするが、魔力が効く分、脅威《きょうい》ではない。もし聖剣ならクロードの魔力など一瞬《いっしゅん》で消し飛ばされてしまう。

「油断さえしなければ、脅威ではない」

「冷静ね。でも残念。聖剣の乙女が魔王に負けるゲームなんて、ありえないのよ。——それがラスボスならなおさらね」

リリアが力任せにクロードの神剣を振り払う。と思ったら、その手に持つ神剣から放たれる光が膨張《ぼうちょう》した。

疑似《ぎじ》聖剣だ。さすがにクロードも目を見開く。

「さあ、未来を変えましょうか。アイリーン様がやったみたいに」

にいと笑ったリリアが、起き上がったシャルルとクロードをまとめて串刺《くしざ》しにでもするつもりなのか、地面を蹴《け》って飛びこんでくる。

舌打ちしたクロードは真っ先にシャルルの体を蹴り飛ばした。その間にリリアの剣先《けんさき》が懐《ふところ》に迫《せま》ってくる。バアルがクロードの前に結界を張ってくれるが、付け焼き刃《ば》だ。だが、一瞬だけでも遅《おく》れた。

その差が結局のところ勝敗の分かれ目――運命というやつなのだろう。

「クロード⁉」

聞こえたのは父の叫び、見えたのはそれよりも早く飛んでくる妻の姿。

聖剣はおそろしい。魔物《まもの》を、魔王を滅《ほろ》ぼすためにいつだって立ちはだかる。

だが、妻の持つ剣は、いつだってクロードを守るための聖剣になるのだ。

「わたくしを置いていったこと反省しました？　クロード様」

冗談《じょうだん》めかして話しかけると、背後でクロードは苦笑《くしょう》したようだった。

「そうだな。女の戦いには口を出さないと、常に心がけているつもりだったんだが」

「……聖剣の乙女対魔剣の乙女、ゆうべきなんかなこれは。また面倒《めんどう》な」

半壊《はんかい》したバルコニーからエヴァレがこちらを見おろしていた。こめかみに人差し指を当てて高みの見物をしているらしい。そんなエヴァレを、アイリーンは鼻で笑う。

「聖剣の乙女？　これが？」

真正面のリリアが小首をかしげる。何をたくらんでいるのかわからない笑みはそのまま、だが少しだけ紫《むらさき》の瞳の焦点《しょうてん》が合っていない。

「私は聖剣の乙女よ。まさか神剣だからって侮《あなど》ったりしないでしょ、アイリーン様」

「そやで。旧式やゆうても、神剣でも聖剣に似た力を引き出せるしな。さすがやわ」

「旧式、ね。過去作に敬意が感じられない。そうリリア様なら言いそうだけど――」

「私にはもう聖剣がないんだから、そこはしかたないじゃない？」

ずいぶん殊勝《しゅしょう》なことを言うようになったものだ。鼻で笑ったアイリーンは、片手でくるりと神剣を回し、持ち直す。

「まあいいわ。論より証拠《しょうこ》っていうものね。互《たが》いの得物は神剣だし、白黒はっきりつけるにはいいでしょう。わたくしとあなた、どちらが格上か」

「おお、じゃあ俺は見学――っていいたいところやけど、なんや他《ほか》にも色々つれてきて、多勢に無勢やないか。王子様のお姫《ひめ》さんに、ルシェルはさっきぶりやな。なんや立ってるだけで大変そうやけど」

「グレイス……」

エステラに支えられたルシェルは、エヴァレの横に立っているルキアを見つめている。

エヴァレが不快そうに眉をよせた。

「ルキアやゆうてんのに。……あとは」

肩《かた》をすくめたエヴァレは、最後のひとりを眇《すが》め見た。

「マキナ。お前、自爆《じばく》したと思ってたけど」

「……」

「だんまりかいな、相変わらず。まさか怒《おこ》ってるゆうわけやないやろ」

「……わい、そうな……レ……」

かすかに聞こえた声に、全員が注視した。だがマキナはそれきり、瞳を伏《ふ》せ口を閉《と》ざす。

「な、なんやびっくりした。……はいいいえ以外、しゃべれたんかいな……」

から笑いのような声でエヴァレがつぶやいたあと、首を振る。

「今になって、しゃべられてもな。……聖剣の乙女やないとあかん。すまんなあ」

目をそらしたままの軽い謝罪に、アイリーンはマキナを見て、嘆息《たんそく》した。

「……あなたは、何か聖剣の乙女を勘違《かんちが》いしていると思うわ」

「お説教か。――でも、そんなことしてる暇《ひま》、そっちにあるんかいな」

ふと右手を開いたエヴァレの手のひらの上に、錐体《すいたい》の小さな石が現れる。きらきらと輝《かがや》くそれは――神石、だろうか。

それが突然《とつぜん》回転し始めると同時に、空中宮殿《きゅうでん》が動いた。照準を合わせるように、ゆっくり向きを変える。その進行方向にあるものは、エルメイア皇国だ。

「しまっ……あれが装置か⁉」

咄嗟《とっさ》に張られたバアルの結界もクロードの結界も突《つ》き破り、一直線に放たれた光線がエルメイアを包む赤い結界の頂点にぶつかった。赤い結界が溶《と》けるように薄《うす》くなっていく。やがてひびが入っていき、最後には爆発《ばくはつ》した。

結界が壊《こわ》れた。シャルルがエルメイアを守るために張った結界が。

「分散させたのがあかんかったんやな。全力で撃《う》てば誰《だれ》にも止められへんっちゅうわけや。エルメイアもアシュメイルも、あと一撃《いちげき》ではいおしまい」

黒ずんだただの石のように変わった錐体の神石を右手で握《にぎ》り、エヴァレが笑う。

バアルが叫《さけ》んだ。

「止めるぞ、二度と撃たせるな！」

「当然だ、空中宮殿を墜《お》とす」

「あら、そうはいかないわ」

赤い瞳《ひとみ》をきらめかせたクロードに、リリアが神剣を振りかぶって襲《おそ》いかかる。それをアイリーンはすかさず受け止めた。

「わざわざクロード様を狙《ねら》わなくても、わたくしが相手をしてさしあげてよ」

「ふふ、嬉《うれ》しい。じゃあ、私たちも最初からやり直しね！」

記憶《きおく》はそのままあるらしい。エヴァレが完全に操《あやつ》っているということもないのだろう。正気に戻《もど》せるはずだ。

「クロード様は、エヴァレと空中宮殿を！」

「させへんで！」

崩《くず》れたバルコニーからエヴァレが魔力を爆発させ、クロードの魔力を押し返す。同時にぶつかりあったリリアとアイリーンの神剣《しんけん》の光が周囲一帯を白く染めた。

魔力と神剣に誘爆《ゆうばく》されたのか、大きく空中宮殿が傾《かし》いだ。

真ん中の亀裂《きれつ》から魔力が噴《ふ》き上がり、真っ白な壁《かべ》を作る。そう距離《きょり》のないクロードたちの姿が見えなくなってしまった。

エルメイアが見える方角に取り残されたのは、アイリーンとリリアのふたりだけ。おあつらえむきだ。

「さあ、決着をつけましょ、アイリーン様！」

空中宮殿の真ん中から噴き上がる魔力の壁を足場にして、リリアが襲いかかってきた。

（この女、相変わらず反則がすぎないかしら⁉）

得物は同じ神剣だが、相手は聖剣の乙女《おとめ》。聖剣を失っても、リリアには潜在《せんざい》的に聖なる力がある。

アイリーンがかなう相手ではない――本来ならば。

「らしくないわね、あなたが敵の手先だなんて！」

「あら、これでも考えあってのことなのよ？」

ろくでもない考えに違《ちが》いない。下からの打ちこみを押さえ、剣の柄《つか》で押し合いながら間近でリリアの目を見る。やはり目の焦点がどこか合っていない。

「……何をされたの、あなた」

「何も？　ただ、ここであなたに勝てば、セドリックを皇帝《こうてい》にしてあげられる」

眉《まゆ》をひそめたアイリーンの前で、ふっとリリアが笑うのをやめた。目の焦点をはっきりとアイリーンに合わせて、唇《くちびる》を動かす。

「守ってあげたいの。少しでいいから。今からでも。間に合うなら」

「……後悔《こうかい》してるっていうの？　今更《いまさら》、あなたが」

「――しあわせに、するのよ。だから」

突然、目の前の圧力が増した。リリアの持っている神剣が輝きを増す。擬似《ぎじ》的に聖剣に似た力を発揮している神剣に押され、アイリーンのヒールが地面を削《けず》る。

歯を食いしばるアイリーンの鼻先に、真顔のリリアが顔を近づける。

「負けてよ、アイリーン様。魔剣の乙女らしく」

いつの間にかリリアが上から押しこむ体勢になっていた。膝《ひざ》をつきそうになったアイリーンは、顎《あご》を引いて笑い返す。

「このわたくしが、負けるわけがないでしょう！」

柄を握り直したアイリーンの結婚《けっこん》指輪から魔力が噴き上がり、神剣にまとわりつく。

両目を開いたリリアの神剣を、力任せに横に振《ふ》り払《はら》った。

「あなたに時間をかけている場合じゃないのよ、正気に戻りなさい！」

体勢を崩したリリアをすかさず柄で殴《なぐ》りつける。こめかみを強く打たれたリリアの体が地面を滑《すべ》っていった。リリアが握っていた神剣を踏《ふ》みつけて、アイリーンはその首に切っ先を突きつける。

「いくらでも後悔すればいいのよ。わたくしに挑《いど》んだことをね」

「……。ひどい、アイリーン様……」

ふっとリリアが横になったまま目を開け、起き上がった。一筋だけ赤い血が流れる。

「手加減してって、セレナから伝言聞かなかった？」

「できるわけないでしょう、あなた相手に」

リリアが大袈裟《おおげさ》に息を吸いこんで、吐《は》く。

「だからって、いたーい。怪我《けが》してるじゃない。サーラは？」

「いないわよ。で、成果はどうなの。あなた、わざとエヴァレの暗示にかかって次期女王になることで、アメリアの記憶を見てきたんでしょう」

「えっやだ。アイリーン様がそこまで私のことをわかってくれるなんて……」

頬《ほお》を赤くそめたリリアに、神剣を振りかぶる。リリアがぶうと頬を膨《ふく》らませた。

「冗談《じょうだん》なのにぃ」

「状況《じょうきょう》を考えて発言して」

「っていっても、大したことはわかってないわよ？　アメリアの予知――ゲームでは5で斃《たお》されるラスボスのエヴァレは、千年後の腐《くさ》りかけた世界でもう一度目覚める。その時代が6。エヴァレが5で攻略《こうりゃく》対象じゃなかったのは、6でヒーローになるからだったみたい」

だがあの礼拝堂で聞いたエヴァレの言が現実なら、魔竜《まりゅう》がいないせいでエヴァレは目覚めなかった。おそらく、6の舞台《ぶたい》でいきなり目覚めてしまったのだ。

「6では世界を腐らせた腐竜《ふりゅう》を斃すために、唯一《ゆいいつ》その世界で生きているヒロインと一緒《いっしょ》に聖剣を求めて時間を超《こ》えた旅をする、過去改変ものだったみたい」

「その子が聖剣の乙女として目覚める？」

「そう。ふたりいたわ。ダブルヒロインものね、多分。プレイヤーが選んだほうがヒロインになって選ばなかったほうが悪役令嬢《れいじょう》になるんじゃない？　ひょっとしたら両方、聖剣の乙女になるルートもあるのかもしれないわね」

　だが、アメリアが用意したふたりの候補は、魂《たましい》となる聖剣がなかったせいでただの肉の器《うつわ》でしかなく、しかもマキナひとりだけしかいなかった。だから、エヴァレはもうひとりのルキアが聖剣の乙女ではないのかと過去にさがしにきた。そういうことだ。

（まったく、ややこしい）

　5のゲームは、魔竜の存在にせよエステラの立場にせよ、現実とすりあわせることができず開始しなかった。だが、アメリアの予知いわく千年先の未来である6は違った。少なくともいずれかの時点で腐竜が出てきて、世界を腐らせたのだろう。
ただ、やはり現実はいびつなまま、歯抜《はぬ》け設定のゲームが開始した――ということか。

「なら、6のラスボスは、ヒーローになったエヴァレが斃そうとしている腐竜ってわけね？」

「そうよ。……腐竜が誰かなんて、説明するまでもないと思うけど」

ぱんぱんと埃《ほこり》を払ってリリアが立ち上がり、空を見あげる。

「どうするの、アイリーン様？」

アイリーンは嘆息《たんそく》した。

（シャルルがもしそうなら、クロード様が呪《のろ》いを放置したのも説明がつく。……黙《だま》っていたわね、クロード様ったら）

男親と息子だからこそ共有できる秘密として、黙っていたことを見逃《みのが》すか、見逃さざるべきか。まだ母親になっていないアイリーンにはわからない、微妙《びみょう》なところだ。

「……わたくし、過干渉《かかんしょう》な母親になるのはさけたいの」

アイリーンは空中宮殿《きゅうでん》をつなげようとしている魔力の壁を見る。衝撃《しょうげき》がおさまったせいか、ややその勢いは落ちつつあった。

「でも、多少誘導《ゆうどう》するのは許されると思うわ」

「ふふ、そうこなくちゃ。応援《おうえん》してあげる、アイリーン様」

「あなたに応援されてもね。聖剣もないし」

「いらないでしょ？　私の主人公」

またプレイヤー気取りか。

呆《あき》れたアイリーンが言い返そうとしたところで、また地面が揺《ゆ》れ出した。と思ったら、方向を変えた空中宮殿がエルメイアに向かって砲撃《ほうげき》を撃つ。

腕《うで》を交差して光から目をかばう、その隙間《すきま》からバアルとクロードが幾重《いくえ》にも張った結界《けっかい》が砲《ほう》撃《げき》と押し合うのが見えた。同じものを横で見たリリアがつぶやく。

「だめだわ、長くはもたない」

「ちょっ……リリア様⁉」

神剣《しんけん》をきらめかせて、リリアが空中宮殿から飛び降りた。と思ったら、聖なる力と魔力でできているだろう光線の上に、あろうことか、立った。

「は⁉　立てるのそれ⁉　ありなの⁉」

「ヒロイン補正最高ね！　時間稼《かせ》ぎはしてあげる、頑張《がんば》ってアイリーン様！」

アイリーンが仰天《ぎょうてん》している間に、光線を足場にして、リリアがあっという間にエルメイアの方角に向かって遠ざかっていく。光線に乗っているので、当然、高速移動だ。「やだーコレ楽しいー」とかいう声が聞こえたが、気のせいにしておこうと思った。

「サーフィンじゃあるまいに。聖剣なしであんな真似《まね》ができるなんて……本当にあの女、どうかして……」

途中《とちゅう》で、違うと首を横に振った。

リリアが向かった先は、シャルルの結界を失ったエルメイアだ。空中宮殿の砲撃が一発でもかすっただけで、皇都は蒸発するだろう。

だから彼女は向かったのだ。

本当にプレイヤーではなくなったのだな、と感慨《かんがい》深い嘆息がこぼれた。それだけで気分を切り替《か》えて、アイリーンは振り返り、神剣をかまえる。

（できるでしょう、アイリーン。聖剣じゃなくたって。聖剣っていうのは――）

口元に笑《え》みを浮《う》かべて、空中宮殿を二分する魔力の障壁《しょうへき》に神剣を振り下ろした。

自分とクロードを遮《さえぎ》る魔力の壁《かべ》が、真っ二つにわれる。神剣であれど、この程度できるのは当然の帰結だった。

大きく地面がゆれた、と思ったら空中宮殿をつなぐ魔力が壁のように噴《ふ》き出て、アイリーンとリリアの姿が見えなくなっていた。

（アイリーン様、リリア様……！）

心配なのはシャルルも同じなのだろう。エステラから少し離《はな》れた場所で叫《さけ》ぶ声が聞こえた。

「いいのかよ父上、母上をほっといて⁉」

「よくないが、聞いてくれたためしがない。お前も似たようなものだろう」

クロードは冷静だ。ほっとしたが、なぜかちらりとこちらを見られた。すると、シャルルがあからさまに顔をしかめてエステラに向かって怒鳴《どな》る。

「お前、なんできたんだよ！　ついてくるなっていっただろ！」

かちんときたエステラはシャルルの前に出る。

「それより空中宮殿です！　お父様、次の攻撃《こうげき》はわたくしが受け止めますからうしろは気になさらず」

「はぁ⁉　お前に止められるわけがないだろ！」

「口だけのシャルル様はすっこんでいてください！」

正面からにらんでやると、シャルルは口をぱくぱくさせたあと、叫んだ。

「あーもう、墜《お》としたらお前、ちゃんと未来に帰れよ！」

口を開けばそればかりだ。売り言葉に買い言葉で、エステラも叫び返す。

「そのようなことをおっしゃるのは墜としてからにしてください！」

「はは、なんやなごむなあ、若者の痴話喧嘩《ちわげんか》」

「エステラ！」

バアルが叫んだときにはもう、背後からエヴァレの手が首にかかっていた。

（しまっ……！）

振《ふ》り向け。戦え。けれど、初めて向けられた殺気に体の反応がにぶる。

「すまんな、俺は臆病《おくびょう》者やから。あんたは保険にもろとく――」

赤い片眼が光った。そう思ったら、エステラはバアルの手の中にいた。

バアルも驚《おどろ》いた顔で、突然《とつぜん》現れたエステラを見つめ返している。

「お、お父様。助けてくださって有り難《がと》うございま――」

「いや、余ではない」

「僕を怒《おこ》らせるなよ、エヴァレ」

低いシャルルの声に驚いて振り返る。

先ほどまでエステラがいた位置で、エヴァレが巨大《きょだい》な魔力《まりょく》の刃《は》に胸を貫《つらぬ》かれていた。全身から立ちのぼる魔力の圧だけで、誰《だれ》がそれをやってのけたのかもはっきりしていた――シャルルだ。

（た、助けて、くださった……？）

あの瞬間《しゅんかん》、誰よりも早く。

息を呑《の》んだエステラの瞳《ひとみ》の中で、地上に串刺《くしざ》しにされたエヴァレがにたりと笑う。致命傷《ちめいしょう》ではないらしい。

「はは、瞬殺やんか。容赦《ようしゃ》なさすぎやろ。逆鱗《げきりん》、ゆうやつやな。健気《けなげ》やなぁ。そんなことしても、あんたの結末は変わらんのに」

「別に僕は、僕の結末を変えるためにここにいるわけじゃない」

意味深なシャルルの言い方に、エステラは眉《まゆ》をひそめる。

「ご立派な王子様やで。とても魔王の生まれ変わりとして生け贄《にえ》を求めてエルメイアを滅《ほろ》ぼす残虐《ざんぎゃく》な皇帝《こうてい》になるはずやった人物とは、思えんわ。生まれる時代が違《ちが》うだけで、こうも変わるもんやなあ」

なんの話だろう。エステラは知らない。何も知らない、シャルルのことを。

そのことが、じんわり不安と焦《あせ》りになって胸に広がり出す。

「みんなご立派や。なのになんで、俺の未来は、あんななってしもたんやろ」

「……聖剣の乙女《おとめ》がいなかったからだろ」

「そうやな。いずれ腐竜になるあんたを討《う》つ聖剣の乙女が、おらんかった」

エヴァレが自分を貫く魔力の刃に触《ふ》れる。触れられたその魔力の刃が、ぼろぼろと崩《くず》れ始めた。警戒《けいかい》する全員の注視を受けながら、エヴァレが不敵に笑う。

「自分は死んでもいい。家族を守って死にたい？　都合のいい、甘えたことゆうな。――そんな安っぽい願いなら、全部こっちに譲《ゆず》れや、王子様！」

「お前が空中宮殿を明け渡《わた》してこの時代から消えるほうが先だ！」

「ルキア！　この王子様は聖剣の乙女に討たれるべき、世界を腐《くさ》らせる腐竜《ふりゅう》や！」

崩れ落ちる魔力の刃のうしろから、ルキアが微笑《ほほえ》んだまま飛び出た。人形じみたその顔が、聖剣を振り下ろす。空中宮殿が砲撃《ほうげき》を放《はな》ち、バアルとクロードが舌打ちした。

「殺せ、世界の敵や！」

「シャルル様！」

思わず手を伸《の》ばそうとしたエステラの腕をバアルが取り、その場から引きはがされた。空中に引き上げられたエステラはもがく。

「待ってくださいお父様、シャルル様が……っ」

「落ち着け。余でもお前でも、聖剣の攻撃はふせげぬ」

そうだ。そうだけれども、聞きたいのはそういうことじゃない。

「シャルル様が、腐竜って、世界を腐《くさ》らせるって、どういうことですか⁉」

尋《たず》ねながらも思考は回り続ける。シャルルは魔王の息子《むすこ》だ。魔王の正体は竜だという。だから竜に変化すること自体は、ありえない話ではない。実際、エステラはクロードがシャルルから引き受けた呪いで幼竜化したのを見ている。

(つまりシャルル様も、竜になる呪いをうけておられる)

　まさか、まさか。

「お前には聞かせたくなかったのだがな」

「──聖剣の乙女に討たれなきゃいけないって！」

　そのひとことで、エステラは察してしまった。

「……ご存じ、だったのですね。お父様も、クロード様も」

「本人から聞かされた。だから邪魔《じゃま》をしてくれるなと」

「あんなわけのわからない話を信じたと⁉」

　魔王の本体は竜。そうだとしても、シャルルが世界を腐らせる竜になるだなんて、そんな滑《こっ》稽《けい》な話があってたまるか。叫んだエステラに、バアルが小さく嘆息《たんそく》した。

「……眼帯の下を見せられた。肌《はだ》が黒い小さな鱗《うろこ》に変わっていてな。鱗に物をあてるとゆっくりだが腐り落ちる。手の甲《こう》も似たように肌が黒ずみ始めていた。眼帯と手袋《てぶくろ》は、症状《しょうじょう》を抑《おさ》えるために未来で余が作ってやったそうだ」

　知らない、そんな話。クロードの耳飾《みみかざ》りと同じだな、という父の声が空々しく聞こえた。

「一月前に突然《とつぜん》発症したらしい。呪いのようなものだと本人は言っていた。だから腐竜になるというエヴァレの話も信じたそうだ。もう腕《うで》まで変色が広がってきている。全身回るまで時間の問題だろうな。実際、余でもどうにもならぬ」

だとしたら、シャルルは——討たれるしかないではないか。聖剣の乙女に。

眼下ではルシェルが何か叫び、ルキアを止めようとしている。クロードもシャルルも応戦しているが、空中宮殿の砲撃にも手をとられ、防戦一方だ。そもそも聖剣は魔力も聖なる力も裁く正義の力なのだから、魔王がかなうわけがない。

ぎりっと唇《くちびる》を噛《か》んだエステラはバアルの手を振り払《はら》おうとする。だがバアルは放してくれなかった。

「どこへいく」

「アイリーン様に教えます！　なんとかしてくださるかもしれません。アイリーン様は聖剣を使ってクロード様を人間に戻《もど》したことがおありだと」

「馬鹿《ばか》を申すな。今のアイリーンに聖剣はない」

「だからってこのまま何もせずにいろとおっしゃるのですか!?　そんな——」

ふっとエステラの目の前に、マキナが現れた。ぎょっとしたその隙《すき》に、腕を引っ張られる。

「えっちょ……っ」

「おい待てお前、エステラをどこにつれていく気だ!?」

答えは聞くまでもなくわかった。戦場のど真ん中だ。

土煙《つちけむり》と魔力と、聖なる力で爆発《ばくはつ》する戦いの最中。視界が悪くて何もわからないそこへ、エステラの腕をつかんだマキナが一直線に飛ぶ。

「——マキナ!?」

真っ先にこちらに気づいたシャルルの横からルキアの聖剣《せいけん》が襲《おそ》いかかる。それをマキナの大《おお》鎌《がま》が弾《はじ》き飛ばした。

「なんできた！　エステラ、お前はできて後方支援《しえん》だろ！」

どうしてきたのだろう。唇を噛んだエステラは、シャルルの手袋をつかんだ。ぎょっとしたシャルルが体ごと引き、はずみでずれた手袋から黒く変色した肌がのぞく。

シャルルはすぐさま手袋を戻す素振《そぶ》りで、隠《かく》してしまった。

でも、エステラにはもう、見えてしまった。

「いつから、ですか」

「……っい、今は、それどころじゃないだろ」

わかっている。わかっているけれど。

「どうして、わたくしには、何も教えてくださらなかったのですか」

怒《いか》りなのか、悔《くや》しさなのか、悲しさなのか、自分でもわからないまま目尻《めじり》に何かが盛り上がる。シャルルはぎょっと目をむいたあと、焦ったように口を動かした。

「だ、だって、教えたらお前……」

「そんなにわたくしは頼《たよ》りになりませんか。そんなにわたくしがお嫌《いや》でしたか」

「ちが」

「確かにわたくしは聖王にもなれない、聖剣の乙女でもありません！　でも――」

何かひとつくらい、できることがあったかもしれないのに。

「おしゃべりしてる余裕《よゆう》はないで！」

頭上からエヴァレの魔力《まりょく》の矢が降ってきたせいで声が途切《とぎ》れた。咄嗟《とっさ》に頭をかばったエステラをさらにシャルルが抱《だ》きこむ。

本当は気づいている。シャルルはいつだって、真っ先にエステラをかばうこと。過去にきて初めて気づいた。でもその意味がわからない。

(何もおっしゃらないくせに、どうして！)

腹が立ったエステラは顔をあげる。どうしても慣れない戦闘《せんとう》の雰囲気《ふんいき》に呑まれがちで反応が遅《おく》れる。

「わたくしだって戦えます！」

紫《むらさき》の瞳をきらめかせて、聖なる力ですべて魔力を消滅《しょうめつ》させる。空中にいたエヴァレが横からクロードに蹴《け》り飛ばされ、こちらにおりてきた。遅れてバアルもおりてくる。

「エステラ、お前、なんという無茶を」

「お父様は黙《だま》っていてください、上です！」

聖剣を振りかぶったルキアが、空中で微笑む。その前にルシェルが出た。

「グレイス、やめるんだ！　僕を思い出してくれ！」

悲痛な願いなど一顧《いっこ》だにせず、ルキアは両手で聖剣を振り下ろした。

すさまじい圧力の攻撃《こうげき》が降ってくる。ルシェルがなんとか防いでいるのが見えたが、あっという間に押し返されて地上まで落ちてきた。それをクロードが受け止め、バアルが聖なる力で対抗《たいこう》するが、それもつけ焼き刃《ば》だ。薄氷《はくひょう》のようにあっという間に叩《たた》き割られてしまう。最後に右に聖なる力を、左に魔力をこめた両手を合わせたシャルルの結界が押しとどめたが、それもすぐにひびが入っていく。

「今のうちに早く逃《に》げ――！」

シャルルが叫《さけ》んでいる間に、もう一度衝撃《しょうげき》がきた。再度振り下ろされた聖剣からの攻撃に、シャルルの結界もわれる。

エステラはありったけの力をこめて結界を張った。

「エステラ、馬鹿！　聖剣にかなうわけがないだろ！」

かなわないとわかっていても、地面に爪《つめ》を立てて前を見据《みす》えた。案の定、エステラの結界は溶《と》けるように消えていく。でもまっすぐ前を向いて、目をそらさない。

（どうして、わたくしは何もできないの。何もわからないままなの）

悔しさで浮《う》かび上がる涙《なみだ》も蒸発していく。結界が破られる。負けてしまう。

自分が何に負けたくないのかもわからない。自分はいったい、どんなふうに、何になりたかったのだろう。

音を立てて結界が消えた。覚悟《かくご》を決めたエステラは目を閉じる。

「目をあけていなさい、エステラ！」

はっと顔をあげると、魔力の壁《かべ》を突《つ》き破った何かが、どうっと大きな音を立てて、聖剣の攻撃を弾き飛ばした。

「女が目を閉じていいのは、好きな男の前だけよ」

正面からの風をあび、ドレスの裾《すそ》をはためかせて立っている人物に、エステラはまばたく。

手にしているのは神剣。聖剣ではない。魔剣《まけん》の乙女《おとめ》と歴史書には書かれている。

なのに彼女はいつだって、聖剣の乙女のように美しい。

「……アイリーン、様……助けて、くださって……」

「助けたのはわたくしじゃないわよ。マキナよ」

驚《おどろ》いたエステラは、そこでようやく、自分がマキナに支えられていることに気づいた。目が合うとまた、頭をなでられた。

「……あの……？」

さっきからなんなのだろう。同情か何かか——と思ってしまい、自分の器量の狭《せま》さに恥《は》じ入りたくなる。だが、ガラス玉のような目で、マキナが言った。

「みて、て」

——それはアイリーンと同じ、目を開いておけ、という意味だ。

力の抜《ぬ》けたエステラを置いて、マキナがまた前を向く。その目はルキアを見ていた。

「あれは、聖剣の乙女じゃ、ない」

——あれは、聖剣の乙女じゃない。

マキナの声は静かに、だが遠くまでよく響《ひび》いた。こちらから距離《きょり》を取っているエヴァレに聞こえるくらいにだ。

「聖剣の乙女やないて、馬鹿なこと言わんといてくれるか」

不愉快《ふゆかい》そうに眉《まゆ》をよせたエヴァレは、聖剣を持ったルキアの手を取って笑う。

「どう見たって聖剣やん？　正真正銘《しょうしんしょうめい》、本物の」

マキナは答えない。かわりに、アイリーンが応じる。

「いいえ、それは聖剣ではないわ。少なくとも本物ではない……いいえ、本物ではなくなったというほうが正しいわね」

「……でも、あれはグレイスの聖剣で……」

ルシェルまでそんなことを言い出すのだから困ったものだ。するりとアイリーンの腰《こし》に腕《うで》をからめたクロードが、ささやく。

「僕は、なんとなくわかるが」

「まあ、さすがわたくしのクロード様」

「何いちゃついてんねん。根拠《こんきょ》のない話で煙《けむ》にまこうってゆうならそうはいかんで」

「根拠がない？　本物の聖剣の攻撃を、神剣で消し飛ばせるわけがないでしょう」

アイリーンの返答に、エヴァレは一瞬《いっしゅん》だけ眉をひそめたが、それだけだった。

「あんたかて聖剣を使ってた。そういう意味で元聖剣の乙女と変わらん。聖剣と多少戦えるくらい、別におかしないわ。リリア・レインワーズかて倒《たお》してしもたみたいやし」

「リリア様なら元気よ。光線サーフィンするくらい」

「なんやそれ。……しかしまあ、倒してへんゆうなら、暗示がとけたっちゅうことやな。なんやかんや、姉さんには本気でやり直したいほどの後悔《こうかい》はなかったっちゅうわけや。暗示はそうしたかったという気持ちが強いほどかかりやすいから」

どうりで、リリアがらしくないことを口にしたわけだ。

だが本音でもあったのだろう。もし、自分が最初から聖剣の乙女らしくあったならば——それはここが自分の生きる世界だからこそ、思うこと。

（ということは、ルキアの中にいるグレイス様はきっと……）

あの強いグレイスが後悔していること。やり直したいと願うこと。

「それにまだ、ルキアは全力やないで」

笑《え》みを浮かべたまま、ルキアが聖剣を持ち上げる。身構えた全員を、舌なめずりするような目でエヴァレは見た。

「さて、誰《だれ》にしよか。そやな。まずは一番厄介《やっかい》な奴《やつ》や。——なんだかんだゆうて、聖剣で刺《さ》れても生きてるお前にしとこか、ルシェル！」

ルキアが聖剣を突き出す。神剣で応戦しようとかまえたアイリーンより先に、マキナが躍《おど》り出た。エヴァレが一瞬だけ眉をひそめたが、すぐに笑う。

「無駄《むだ》やでマキナ！　確かにお前は聖剣の乙女になるはずやった！　でもなれんかったのは、お前自身と俺がいっちばんよう知ってる！」

「マキナ、だめだ！　聖剣《せいけん》には勝てな——母上⁉」

マキナを助けようとしたシャルルをアイリーンは押し止《とど》める。エヴァレがもう一度笑った。

「なんや、助けへんのか。神剣やったら多少はもつやろに！」

「助ける必要がないから助けないのよ」

「はあ？」

「ア、アメリア……！　僕はいいから、グレイスを」

ルシェルを完全にかばう形になっているマキナの大鎌《おおがま》が溶け出した。あきらかに押し負けている。舌打ちして飛びこもうとしたシャルルを、今度はクロードがつかんで止めた。

「なんだよ、父上まで！　このままじゃマキナが……エステラが未来に帰れなくなる！」

一瞬だけはっとエステラがシャルルを見た。

だが一層激しさを増した聖剣の攻撃に、エヴァレの高笑いに、すぐ視線は引き戻《もど》される。

「やから、聖剣の乙女にかなうわけがないって！」

「わかりました、アメリア」

その名前に、誰もが息を呑《の》んだ。

溶けていく大鎌を持ったまま、眼前の攻撃に身じろぎもせず、マキナがまぶたをおろす。

「かわり、ます」

どうっと光の濁流《だくりゅう》がマキナの足元から噴《ふ》き上がった。大鎌がゆっくりと溶けて形を変えていく——光り輝《かがや》く、聖なる剣へと。

両目を見開いたエヴァレが叫ぶ。

「そんなアホな！」

柄《つか》を握《にぎ》ったマキナが、そのまま横に一閃《いっせん》した。ルキアの攻撃が上下に割れ、その間をマキナの攻撃《こうげき》が奔《はし》っていく。ほんの少し顔をしかめたルキアがそれを聖剣で受け止める。

周囲が白光に包まれた。

あちこちに四散した攻撃が、残っていた建物を貫《つらぬ》き、破壊《はかい》する。ぼろぼろと瓦礫《がれき》が落ちてくるのを、クロードの魔力《まりょく》がふせいでくれた。

土煙《つちけむり》があがる中で、マキナは目を伏《ふ》せたまま立っていた。

その右手に握っているのは、聖剣だ。

「……なん、で」

マキナのうしろで尻餅《しりもち》をついたルシェルが、信じられないという顔でマキナの背中を見ている。そのあとを引き受けたようにエヴァレが叫んだ。

「なんでや、なんで聖剣をマキナが持ってる！」

「――見つ、けた」

ぎこちない声がマキナの口から出た。

ゆっくりと伏せていたまぶたをあげて、マキナが妖艶《ようえん》に微笑《ほほえ》む。

「見つけた……やっと見つけた、私のお姉様。哀《あわ》れな魔剣の乙女。ふふ、それが聖剣？」

それはかつて世界を救った乙女の声。世界を導いた女王の宣言。

「――本物の聖剣の乙女は、私だ」

本物の聖剣の乙女が紫《むらさき》の両眼を見開き、にたりと笑った。

おそらく、咄嗟《とっさ》に撃《う》ったのだろう。エヴァレの攻撃を、マキナが一閃し、蒸発させた。それでも信じられないのか、エヴァレがあえぐように言う。

「な、ん……」

「見つけた――見つけた見つけたもう逃《に》がさない私のお姉様、今度こそ殺してやる！」

エヴァレを一瞥《いちべつ》もせず、叫《さけ》んだマキナが地面を蹴《け》った。ものすごい速度で襲《おそ》いかかってきた聖剣を、ルキアが打ち返す――が、その背後にマキナが回っていた。

「遅《おそ》い」

背中から打ち下ろされた攻撃にルキアが地面に落下する。ルシェルが叫んだ。

「ちょ、アメリア、手加減――」

しかしルキアは地面に激突《げきとつ》せず、そのまま着地した。それをマキナが追いかけて、ふたりで地面をえぐりながら剣を撃ち合って、壊《こわ》れた建物を突《つ》き破り、空を爆発《ばくはつ》させる。

すさまじい剣戟《けんげき》と勢いに取り残された地上の面々は、それを見あげるだけしかできない。

「……」

「………」

「……姉妹喧嘩《しまいげんか》のやり直しね！」

「それでいいの⁉　なんか僕が想像してたのと違《ちが》う！」

無理矢理明るくまとめたアイリーンに、ルシェルが情けない声をあげた。それで我に返ったのか、エヴァレも引きつった笑みを浮《う》かべる。

「そ、そうや——そう、マキナにはそもそも聖剣の乙女《おとめ》になる資質はあった。それが目覚めたからゆうて、同じ聖剣や。互角《ごかく》のはずが」

「その程度で聖剣の乙女を名乗ってんじゃねぇぞ！」

エヴァレの背後を横切って、ルキアが地面に激突した。空中で完全に悪役の顔をしたマキナが、高笑いをしながら聖剣を振《ふ》り上げる。

「さあ簡単に死ぬなよ、本物の聖剣の乙女ならなぁ！」

「とめ、止めようアイリーン⁉」

へっぴり腰《ごし》でルシェルが叫ぶ。アイリーンは真顔で首を横に振った。

「無理です。あれ全盛期のアメリア様でしょう、どう見ても。勝てる気がしません」

「そんな！」

ルシェルの叫びをかき消して、聖剣の攻撃が光の矢になって降り注ぐ。ものすごい爆発音と煙《けむり》が舞《ま》い上がった。

「それより、今のうちに空中宮殿《きゅうでん》を墜《お》としましょう、クロード様」

「そうだな、そうしよう。あっちに関《かか》わると確実に死ぬ」

「クロードまでほっとけって、そんな――⁉」

別方向から飛んできたエヴァレの攻撃を、振り向く前にバアルの結界が弾《はじ》き飛ばした。

「油断するではないわ、馬鹿《ばか》者どもが」

「――どういうことか、説明してもらおか」

ばりばりと魔力を奔らせた手のひらを、エヴァレがこちらに向けていた。

「マキナが聖剣を持つのは、ありえんことやない。でもなんで今なんや。――いやそれよりもなんで、ルキアの聖剣を押してる！　ルキアの聖剣は本物の聖剣やったはずや、本物の」

余裕《よゆう》がないのだろう。へらへらとした笑みは、完全にエヴァレから消えていた。

「お前何かしたんかルシェル！」

「ぼ、僕は別に何も……」

「ルシェル様を刺した時点でわかっていたことでしょう。あの聖剣は本物ではないのよ」

アイリーンの回答に、エヴァレが眉尻《まゆじり》を吊《つ》り上げる。

「なんや、それは」

「あなたが本物だと思ったのは、ルシェル様を愛しているグレイス様の魂《たましい》でできた聖剣でしょう。ルシェル様への愛の証《あかし》よ」

「はあ？　なんや、愛って……」

「聖剣は、発生条件と本物になる条件がある。グレイス様の聖剣を取りこむのがルキアにとって聖剣の発生条件なんでしょう。でも、愛がなければ、聖剣は決して本物にはならない」

だから誰も愛していないルキアの聖剣は、本物の効力を発揮しない。

「わけがわからん。じゃあ何か、マキナが愛なんちゅう感情を得てるっちゅうんか!?」

「マキナの感情はわからないわ。でも、マキナの発生条件もアメリア様の聖剣を取りこむことでしょう。なら、どこで発生条件を満たしたか——どこから聖剣を得たかはわかる。ルシェル様を刺《さ》したグレイス様の聖剣からよ」

エヴァレが笑い損《そこ》ねたような顔で、でも口を挟《はさ》めずにアイリーンの言葉を聞いている。

「グレイス様の魂は聖剣として、祭壇《さいだん》にあったアメリア様の体に封《ふう》じられていたわ。でも魂と体なんてそう簡単に切り離《はな》せるものじゃない。聖剣を通じてアメリア様の魂もグレイス様の魂に混じったんでしょう。ほんの少し、ほとんど消えかかった状態だったでしょうけど」

それはまるで、ありえない未練のように。

「さっきグレイス様の聖剣に刺されたルシェル様を、救済の聖女が回復している。そのときアメリア様の魂も力を取り戻したはずよ。だからルシェル様を通じて、マキナはアメリア様の魂に触《ふ》れることができた。それはアメリア様の聖剣を取りこんだのと同じことよ。だからルキアと同じように、聖剣を手に入れた」

ルシェルが自分の腹に手を当てる。

「じゃあ……あのとき僕を守ってくれたのは、グレイスの聖剣の中に残ってたアメリア……」

震《ふる》える声でエヴァレが問いかける。

「……ほんまに、マキナの中にアメリア・ダルクがいるゆうんか」

「そうよ。……完全に地獄《じごく》から這《は》い戻《もど》ってきた感があるけれど」

背後で爆音《ばくおん》と一緒《いっしょ》にあがっている哄笑《こうしょう》は、怨念《おんねん》にまみれている。振り向きたくない。

「でも、本物の、聖剣《せいけん》の乙女よ」

戻ってきたのは、おかしくなった姉を取り戻すためになんて理由じゃない。

自分こそ唯一《ゆいいつ》の聖剣の乙女だと証明するために戻ってきたというほうが、きっと彼女らしいだろう。

「……冗談《じょうだん》、やろ」

両目を見開いたまま、エヴァレが笑い出す。

「認めん……認められるわけがない！　なんや、愛の証て。そんなもん！」

両腕《りょううで》を開いたエヴァレの右手に、光る錐体《すいたい》の石が浮かび上がる。

「エルメイアが滅《ほろ》んでしまえば、そんなアホなこともゆうてられんやろ！」

クロードたちの顔色が変わると同時に、空中宮殿の砲撃《ほうげき》が火を噴《ふ》いた。

一直線にエルメイアに向かって攻撃が飛んでいく。反動で空中宮殿の地面がゆれる。

だが、アイリーンは振り向かなかった。

「無駄《むだ》よ」

「はあ!?　何ゆうてんや、エルメイアにはもう結界はない、これでおしまいや！」

エヴァレの笑い声と顔が途中《とちゅう》でゆがんだ。アイリーンは苦笑いを浮かべる。

「もうひとり、この世界には聖剣の乙女がいる。負けるはずがないのよ」

背後でものすごい爆音が響《ひび》き、砲撃がそのまま爆散した。

見て確認《かくにん》するまでもない。

（――だってあそこには、セドリック様がいるから）

リリアが神剣で砲撃を防いだのだ。

「そん、な……そないな、馬鹿な、話が」

かっと今度は頭上から光が降り注いだ。全員が弾かれたように上空を見あげる。

真っ青になって、ルシェルが叫んだ。

「アメリア……グレイス！」

「これで終わりだ、馬鹿なお姉様」

空中でルキアの頭をつかんだマキナが、その胸に手を突っこんだ。

ルキアの中から引きずり出される聖剣に、エヴァレがあえぐように口を動かす。

「……待て。待ってくれ。聖剣の乙女がのうなったら、俺は」

一瞬《いっしゅん》だけマキナがエヴァレを見た気がした。

だがすぐに視線を目の前のルキアに戻し――アメリアがグレイスに微笑む。

「同情なんて虫唾《むしず》が走る」

「……あ、め……」

グレイスが、名前を呼ぼうとしている。アメリアが顔を鼻先まで近づけた。

「もっと無神経でしょ。――私のお姉様と、お義兄《にい》様は」

ルキアから聖剣が引き抜《ぬ》かれた。瞬間、ルキアの目から光が消えて、その体が崩《くず》れ落ちる。

引き抜かれた聖剣も、マキナの手から離れて、形を変えた——グレイスの姿に。

「グレイス！」

叫んだルシェルがグレイスを受け止める。だがすぐに目を見開いたグレイスは、ルシェルを見ていなかった。

「アメリア」

妹の名前を呼ぶ。何かをさがすように空中で目を泳がせて——おりてきたマキナの頭上に、すがるように両手を伸《の》ばした。

「待て、逝《い》くな。わたしはまだ、お前に、何も……アメリア」

アイリーンには何も見えない。きらきらとした聖剣の名残《なごり》のような欠片《かけら》しか。

けれどそこに確かに誰《だれ》かがいるように、グレイスがすがりつく。

「待ってくれ。なんにも言わずに消えないでくれ。アメリア、わたしは……わたし、は」

言葉を詰《つ》まらせたグレイスが、ぐしゃりと顔をゆがめる。その透《す》けた魂だけの体を、ルシェルがゆっくりうしろから抱《だ》きしめた。そしてグレイスと同じものを見あげて、微笑む。

「ありがとう、アメリア。——だいじょうぶ。いつかちゃんと君に、お姉さんを還《かえ》すよ」

泣き出しそうな顔で言うルシェルに、グレイスが驚《おどろ》いた顔で振り返る。

「僕は今度こそ、君と、グレイスの願いを叶《かな》える。だから、待っていて」

最後にほんの少しだけ、誰かが笑った気がした。

あとはルキアの体を抱《だ》いたマキナが立っているだけだ。その手から、聖剣は消えている。

「……そん、な」

「あなたの負けよ、エヴァレ」

クロードの腕《うで》をすり抜けて、アイリーンは呆然《ぼうぜん》としているエヴァレに、神剣の切っ先を突《つ》きつける。エヴァレは首を横に振って、あとずさった。

「冗談やろ、こんな。……このままやと、そのままやんか」

「……エヴァレ、僕は」

シャルルが前に進み出ようとしたところで、エヴァレが叫《さけ》ぶ。

「お前が！　世界を腐《くさ》らせて！」

相変わらずの無表情に戻ったマキナが、悲痛な叫びにつられたようにこちらを向いた。

「何もかも腐って死んで、なんにものうなった世界でまた、何年も、俺だけが、しゃべることも笑うこともない、何にもない世界で、たったひとり——なんでや！　なんで、俺だけ！」

マキナの口が動いた気がして、アイリーンはふと視線をそらしてしまう。

その一瞬、エヴァレが動いた。引きつった、泣き笑いのような顔で、まだ笑う。

「そんなん、全部道連れにしたほうが、まだマシやろ……！」

エヴァレが右手を握《にぎ》り直す。がくんと空中宮殿《きゅうでん》が高度を落とすと同時に、また砲撃がエルメイアに飛んだ。

いくらなんでもそう何発もリリアがもつとは思えない。

舌打ちしたアイリーンはエヴァレの右手から装置を奪《うば》おうと動く。だがエヴァレは右手に持った砲撃の装置を、握り潰《つぶ》して、投げ捨てた。

（なっ……⁉）

アイリーンとすれ違《ちが》ったエヴァレが、シャルルの首をつかんで、ささやく。

「なあ、いっそ一緒に世界を滅ぼそうや、王子様」

シャルルの眼帯がはじけ飛ぶ。ものすごい瘴気が地面から噴《ふ》き上がった。

その中へ、クロードが飛びこんでいく。

「クロード様っ……シャルル！」

叫んだ瞬間に足下が崩れた。いや、腐った。

どろどろと腐臭《ふしゅう》を立てて、木が、石が、土が、地面が腐り落ちていく。沈《しず》んでいく汚泥《おでい》の中心に、黒い球体があった。

ははっと、空に浮《う》かび上がったエヴァレが笑う。

「息子《むすこ》の運命を一緒に引き受ける気かいな、魔王《まおう》！　でも、あんたの息子は腐竜《ふりゅう》になる。そんな結界で抑《おさ》えこんでも無駄や」

「エヴァレ！　あなた、何をしたの⁉」

「ちょっと時間を早送りしただけや」

黒い球体が浮いた。

内側で何かがうごめくたび、瘴気《しょうき》が漏《も》れ出る。その瘴気が、じわりと広がって、建物を溶《と》かし、周囲をものすごい勢いで腐らせていく。

真っ黒の球体は瘴気を外に出さないための結界だ。クロードが張ったものだろう。

だが長くはもたないと、見るだけでわかった。すでにどろりと、汚泥のようなものが球体から溢《あふ》れ出そうになっている。球体を内側から食い破ろうとしているのは、びっしり鱗《うろこ》に覆《おお》われた、腕だ。

背後では、壊《こわ》れた装置と連動するように、空中宮殿が砲撃を始めている。

「これが、俺がたった今負けた運命で、あんたらが勝ち取った運命や！」

運命に負けた敗残者の哄笑《こうしょう》が、腐り落ちる空中宮殿の上空に響く。アイリーンは神剣を握り直して、唇《くちびる》を噛《か》んだ。

✦第五幕✦　悪役令嬢ならラスボスを飼っておけ

「ちょっとアイリーン様、時間かかりすぎじゃない⁉」

三発目の砲撃《ほうげき》をふせいでリリアは叫ぶ。神剣《しんけん》を握る手が重い。

（せめて、避難《ひなん》が終わるまでもてばいいけど）

眠《ねむ》りから目覚めたばかりのエルメイアの皇都だが、とりあえず緊急《きんきゅう》事態だとわかったのか、眼下では慌《あわ》ただしく兵士やら何やらが走り回っている。空中宮殿が浮いていて、こちらを撃《う》ってきているのだ。ぼうっとしているような間抜《まぬ》けはいない。

（威力《いりょく》はなんだかんだまた落ちてきてるけど、連撃されるとさすがに……っ！）

そう思っている間にまたきた。歯を食いしばって、エルメイア皇城で一番高い時計台で砲撃を見据《みす》える。

縦にかまえた神剣から、半円の結界を描《えが》き出す。何もかも蒸発させる光線と、結界が正面からぶつかった。衝撃《しょうげき》がそのまま、正面からくる。

「……っ……！」

ずり、と靴《くつ》裏が削《けず》れてうしろにさがっていく。びしりと神剣にひびが入りはじめた。不敵に笑った顔に、冷や汗《あせ》が滑《すべ》り落ちる。

（もって、お願い）

神剣があるから、まだ聖剣に似た力を振《ふ》るえるのだ。そうでなければ――。

「リリアさん！　大丈夫《だいじょうぶ》……ってセレナさあぁん！」

妙《みょう》に間の抜けた声がしたと思ったら、時計塔《とう》の周りをばさりと翼《つばさ》の音が一周し、影《かげ》がひとつ飛び降りてきた。

「何やってんのよあんた、聖剣の乙女《おとめ》でしょ！　しっかりしなさいよ！」

「セレナ」

肩《かた》をつかまれびっくりしている間に、神剣がものすごい勢いで膨《ふく》れ上がった。同時に、正面からきていた砲撃を一掃《いっそう》し、ばんと破裂《はれつ》する。

「あ」

セレナの力で増幅《ぞうふく》したせいで、神剣が耐《た》えきれず塵《ちり》と化した。

何もなくなった両手を見ながら、リリアはつぶやく。

「……まさかの詰み……現実ってすごいわね!?」

「まさか血迷ってんの？　心配しなくても――」

「いや、いやあああ落とさないで、落とさないでくださいいぃぃマナさまあああぁぁ」

情けない声と一緒《いっしょ》に、また何か落ちてきた。いや、振り落とされたと言うべきか。

「う、うぅ……いくら嫌《きら》ってるからってひどい……」

時計台の中に放《ほう》りこまれたサーラが泣きべそをかきながら起き上がる。その腕には何本も神剣を抱《かか》えていた。セレナが呆《あき》れて起こすのを手伝う。

「あんたも何やってんのよ。ほらしっかりして」

「だって、ぶんぶん振り回されて……あ、リリアさん！　よかった無事だったぁ。あの、アシュメイルにあるだけ全部持ってきました、これ！」

「う、うん？　それ、まさか全部使うまで私に倒《たお》れるなっていう……」

「いくら壊れても私、頑張《がんば》って直しますからね！」

「リリア、様……サーラ様に、セレナ様！」

今度は下から声が聞こえた。階段を駆《か》け上がってきた2の悪役令嬢――レイチェルだ。

「何、あんた起きたの？」

「起きました、何が、なんだか、わかりませんけど！　リリア様が、何かしてるから、アイザックさんに、見てこいって、言われてっ……あとっ差し入れです！」

レイチェルが忙《せわ》しない呼吸を整えながら籠《かご》を差し出す。と思ったら、水の入った瓶《びん》を唐突《とうとつ》に口に突《つ》っこまれた。

「はい飲んでください、今、リリア様が要《かなめ》ですから！　きっとアイリーン様は空中宮殿のほうですよね！　そちらに集中していただくためにも、ここで力尽《ちからつ》きないでください！」

「へ、ほほひうへんはいはの？」

「まかせてください、全力でサポートします！　――セドリック様も動いておられますよ」

ちょっと目を開いたリリアに、レイチェルが笑った。

「クロード様もアイリーン様もいらっしゃらないので、セドリック様の名前で色々、動かしてくださってます。いざとなったら自分がクロード様に首を切られればいい責任は取るって、シリル宰相《さいしょう》に自ら進言されて。それで軍も動けてます。レヴィ大公への協力要請《ようせい》も」

「……そう」

水を飲み干して、瓶をレイチェルに押し返す。サーラの腕《うで》の中の神剣を取り、外を見た。

水竜がアシュメイルの方角へ戻《もど》っていく姿が見えた。魔王《まおう》様や聖王様の命令でもないだろうに、セレナとサーラを乗せてここまで飛んできてくれたのか。

(正妃《せいひ》の頼《たの》みだったとしても、サーラを乗せるなんてねぇ)

よく見れば、軍に指示を飛ばしているのはレスターとマークスではないのか。魔王の森のほうも何やら騒《さわ》がしい――きっとアイリーンの下僕たちが走り回っているのだろう。

もう一度空中宮殿《きゅうでん》の砲撃が向かってきた。照準がずれたのかどこか壊れたのか、一直線ではなく波状だ。その斜《なな》め下を飛びこんできて切り捨てたのは――半魔と、聖騎士《せいきし》。いやミルチェッタ公子と、次期聖騎士団長というべきか。

「ごめんエレファス、半分まかせた！　ゼームス助けて落ちる！」

「着地くらい自分でなんとかしろ、考えなしが……！」

ふたりが落ちていく先から、今度は別の声があがる。

「っていうかこれひどくないですアイザックさん!?」

「ひどくないひどくない、現状これが一番威力あるから。あ、方角こっちな、ドニ」

「目には目を、砲撃には砲撃をですよ！　頑張りましょうね！」

「滋養《じよう》のつくものはここにありますから頑張ってください」

「……気休めにこのハーブを嗅《か》げば、落ち着くかも……」

「エレファス！　頑張レダンス！」

何やら魔王の森のほうで魔物が一斉《いっせい》に踊《おど》り出している。励《はげ》ましているらしい。

「はいいくぞ、頑張れよーエレファス砲《ほう》、死ね新婚《しんこん》」

「クロード様から魔力を借りてるお前ならできる。……何もできなくてすまない……！」

「呼び出されてきたらいきなりくくりつけられて、動力になれとかあんまりだ！」

涙《なみだ》ながらの叫《さけ》びと一緒に、魔王の城から放たれた魔力の砲撃が空中宮殿の砲撃をなぎ払《はら》っていく。

「……相変わらず、アイリーン様の下僕はすごいわねぇ。セレナの旦那《だんな》も、どうやってここまできたのかしら」

「半魔に抱えられて、空飛んできたみたいよ」

リリアは笑おうとして、皇城の一画、宰相と話している人影《ひとかげ》を見つけてしまった。

向こうも気づいて、急いで窓をあけて身を乗り出す。奇跡《きせき》みたいに一瞬《いっしゅん》、視線が交差したそのひとは。

「リリア！　無事か!?」

無事だ、無事に決まってる。

答える前にまた空中宮殿の砲撃が火を噴《ふ》いた。ぎゃあとかまだエレファスが充塡《じゅうてん》できてないとか、色々聞こえる。けれど。

神剣を構え直した。セレナに肩をつかまれる。一歩踏《ふ》み出して、横に神剣をなぎ払った瞬間《しゅんかん》、砲撃が跡形《あとかた》もなく爆散した。

「私を誰《だれ》だと思ってるのかしら、セドリックったら」

きらきらと聖剣に似た輝《かがや》きが神剣からこぼれ落ちる——さすが、神の娘《むすめ》が修復した神剣は強い。

顎《あご》を引いて、空中宮殿を見据える。

何発でもこい。負けるわけがない。わざわざプレイヤーをやめてまで手に入れたヒロインの設定補正力をなめないでほしい。

——まあ、惜《お》しむらくは。

「聖剣持ってたら一撃《いちげき》であの空中宮殿を墜《お》とせたのになあ……」

「きゃーまたきたっ、またきますぅリリアさん！」

「セレナ様も早く、リリア様の横！　定位置について！」

「定位置って何!?　っていうかあんた応援するだけ!?」

苦笑いを浮《う》かべたリリアは、再度きた砲撃にもう一度神剣をかまえた。ものすごい圧力に押されるリリアの背中を、セレナが、サーラが、レイチェルまで支えてくれる。

真っ白な光の攻撃《こうげき》。歯を食いしばって耐えている間、その白を塗《ぬ》り潰《つぶ》すような影を最初に見つけたのはセレナだった。

「……ねえ、何よあれ」

空中宮殿から、瘴気《しょうき》を撒《ま》き散らしながら黒い球体が浮かび上がっていく。いかにもまがまがしいそれに、リリアは不敵に笑った。

（ああ、あれが今回のラスボスね）

さあ、頑張れ悪役令嬢《れいじょう》。ヒロインではラスボスを救えない。

セドリックだって、皇帝《こうてい》夫妻の絵の続きが描けない。

（いいのよね、セドリック。皇帝になったあなたと、皇后になった私の絵じゃなくて）

紫《むらさき》の瞳《ひとみ》を見開いて、目の前の砲撃《ほうげき》を弾《はじ》き飛ばす。反動で、リリアたちも弾き返された。神剣《しんけん》が粉々に砕《くだ》けて、破片《はへん》が頬《ほお》をかすめていく。でも膝《ひざ》をついたりしない。

きっとリリアが膝をつかない限り、アイリーンも膝をつかないだろうから。


エヴァレが6のヒーローだとしたら、エヴァレが斃《たお》そうとする腐竜《ふりゅう》はラスボスだ。そして、エヴァレが求めた聖剣の乙女がヒロインなのだろう。

（マキナとルキアのどちらかが6のヒロイン——聖剣の乙女か、悪役令嬢ってところね）

だがマキナは変わらずの無表情に戻ってしまった。グレイスという魂《たましい》を抜《ぬ》き取られたルキアは、ぐたりと人形のように崩《くず》れて動かない。

やけを起こしたヒーローは、世界を救う聖剣という手段がないまま、シャルルを腐竜にしてしまった。聖剣の乙女がいないまま、ラスボスが現れてしまった状態だ。

いや、とアイリーンは視線だけを横に流して、グレイスを見る。同じものにエヴァレも気づいている。

「そうや、まだ手段はあるで。まだ聖剣はある。それで、腐竜を討てばええ」

――聖剣になったグレイスをアイリーンの体に取りこんで、聖剣を使うのだ。

だが、その聖剣はきっと腐竜になったシャルルを殺すだろう。

「……その子はアイリーンの息子《むすこ》、わたしにとっては孫みたいなものだ。なのに、わたしとアイリーンにその子を討てと？」

「でないと世界が腐《くさ》り落ちてしまうで」

ごぽっと音を立てて、空に浮かび上がった球体から黒い汚泥《おでい》が漏《も》れ落ちた。地面に落ちたそれはじゅうじゅうと音を立てて、土を腐らせていく。

厳しい顔でグレイスは立ち上がった。それを見てエヴァレが笑う。

「そうやな、そうするしかないやんなあ。世界を救うには、それしかない！」

「まっ……待って、待ってください！　シャルル様は、何も」

「まあ、そう苦悩《くのう》せんでええ。討ってくれ、それがこの王子様の望みなんやから」

ひとり、反対しようとしていたエステラが両目を見開いた。獲物《えもの》を見つけたような目で、エヴァレが教える。

「そうすれば、皆《みな》が助かるからて。ご立派な、エルメイアの皇太子らしい判断やんか。そうは思わへんか？　婚約者として誇《ほこ》らしいやろ」

「そ、それは……」

「そうしたら、聖王になるゆうあんたの夢も潰さんですむからて」

　エステラが、放心した。

「あんた、聖王になるはずやったのに、この王子様が皇帝になれるよう、婚約させられたんやろ？　ずいぶん気に病《や》んでたで。自分のせいやって。好きな子のお荷物になってしもたて」

　浅く呼吸を繰《く》り返し胸をつかんだエステラを、慌《あわ》てたようにバアルが支える。

　おかしいのか悔《くや》しいのか、エヴァレは空を仰《あお》ぎながら叫ぶ。

「やから、迷わんでええ。これはご本人が望んだ展開や。家族を守って！　好きな子の夢を守って！　そのために死ぬて！　ああ、父親は巻き添《ぞ》えかもしれんけど、それくらいはご愛敬《あいきょう》やろ。ご立派やんか、さすがエルメイアの皇太子――」

　地面を蹴《け》った。

　黒い球体に神剣を振《ふ》りかぶる。だが、電撃《でんげき》のように奔《はし》った魔力に、アイリーンは弾き返されてしまった。だが空中で一回転して、地面をヒールでえぐって止まる。

「な……なんや」

　一瞬哄笑《いっしゅんこうしょう》をやめたエヴァレが、また取り繕《つくろ》うように笑おうとする。

「聖剣やないと討てへんで。旦那《だんな》さんも、息子も」

「わたくしはクロード様の妻よ。どうして夫を討たねばならないの」

平然と言い返したアイリーンは、姿勢を整えて立ち上がる。

「クロード様が苦しんでるんでしょう。シャルルを助けようと、あがいているんでしょう。いいえ、たとえご自分が全部引き受けて、皇帝らしく責務を果たそうとしていたとしてもよ。わたくしが助けなくて誰が助けるの！」

「……なんや、それ。世界がどうなってもかまわんて言うんか」

「わたくしが聖剣を手に入れたのは、クロード様を守るためよ！」

それ以外に、理由なんてない。

唇《くちびる》の端《はし》を持ち上げて、アイリーンは球体を見あげる。

「世界を救うなんて、そのついでだわ」

神剣を握《にぎ》り直す。神剣が輝くのがわかった。エヴァレが両眼を開く。

思い切り地面を踏みつけて、再度飛び上がる。黒い球体を下に見て、思い切り剣を振り下ろした。

瘴気を振り払い、球体に剣先をぶつける。ものすごい爆風《ばくふう》が正面からやってきた。

「おい待て、それを壊《こわ》したら、ほんまに腐竜が復活して——」

ぴしり、とひびが入った。神剣に。黒い球体に。

それは世界を滅《ほろ》ぼす音だとひとは言うだろう。けれど、迷わずに飛びこむのはアイリーンだけではないから、自然と口元がゆるむ。

神剣も聖剣もなくても、両手を広げて、ラスボスを救うために。

「シャルル様！」

――さあ、愛《いと》しい魔王が待っている。

世界を壊す音など恐《おそ》れるな。そんなものは、愛しいひとを救う始まりの音だ。

いつも真面目《まじめ》な女の子だった。強気というには、実は父親っ子だ。誇り高いというには、世間知らずでたまに抜けている。そんな女の子だった。聖王になるのだと、いつも背筋を伸《の》ばして気を張り詰《つ》めていた。

王女のお手本のようなアシュメイルの第一王女エステラ・シャー・アシュメイル。砂漠《さばく》に一輪咲《さ》く花のように凛《りん》と、星のように燦然《さんぜん》と輝く聖なる王女。

両親に交流があったために幼い頃《ころ》から知っていたが、末っ子で気楽な第二皇子だったシャルルには、どうにもそりが合わない相手だった。笑えば多少は可愛《かわい》いだろうに、いつもだらしないシャルルをにらむ。お前はなんなのだと問うようなその目が苦手だった。お前が苦手なんて珍《めずら》しいと、双子《ふたご》の兄が指摘《してき》したのはいつだったか。

――なんだってお前は相手にせず、流してしまうのにな。笑ってもらえたらいいなあ。

無神経な物言いでいつも周囲を混乱させる兄は、実はとても鋭《するど》い。

エステラは優秀《ゆうしゅう》であろうと、シャルルとは真反対の生き方をしていた。兄姉《けいし》の中で唯一《ゆいいつ》、魔《ま》力《りょく》と聖なる力を持って生まれたシャルルは、優秀でいてはならない。兄も姉も少々不安なところはあるが、立派な皇帝になれる器《うつわ》の持ち主だ。人間にも魔物にも好かれているのだから、問題ない。いざというときだけ、自分がなんとかしてやればいい。二代続けて魔王が皇帝になるのは危険だ。自分は手を抜いて侮《あなど》られていれば、余計な争いの種を生まない。

でも、父はそれを許さなかった。姉や兄をなんとかできるお前が臣下でいてはならないと、誰《だれ》もが兄を次期皇帝にと期待する中で、問答無用で自分を皇太子に任じた。エステラと婚約《こんやく》という爆弾《ばくだん》付きで。

きっとエステラは断るだろうと高をくっていた。そうすればエステラを溺愛《できあい》している聖王がうまく反故《ほご》にしてくれる。でも、ばっさり髪《かみ》を切った彼女はエルメイアにやってきて、了《りょう》承《しょう》を返した。信じられなかった。同時にほんの少し、嬉《うれ》しくなってしまって、そして、顔をあげた彼女の目が諦《あきら》めていることに気づいて、たまらなくなった。

聖王になる彼女の夢を潰《つぶ》したのは自分だ。

彼女のまっすぐな努力を台無しにしたのは自分の存在だ。

黒髪に、赤と紫の瞳。既《すで》に魔王が皇帝になっている時代に今更《いまさら》と言おうが、また魔王となるべき人物が皇帝になることに難色を示す周囲は多い。でも父には聖剣を持った母がいた。それはものすごい活躍《かつやく》で周囲を黙《だま》らせていったらしい。だから、自分にもそれだけの人物が必要だと思われたのだろう。

　聖王の愛娘《まなむすめ》。女王になるとも言われた聖なる力の持ち主。神聖ハウゼル女王国が瓦解《がかい》して二十年近く、聖なる乙女《おとめ》と言われたら彼女以外にふさわしい人物はいない。姉も従姉妹《いとこ》も有名だが、聖なる乙女かと言われたらたぶんちょっと違《ちが》う。

　でも彼女は、自分のせいで今まで積み上げたものを崩されたのだ。

情けなくて、悔しくて、古城に籠城《ろうじょう》した。合わせる顔なんてなかった。何か父を出し抜《ぬ》く策をうたないといけない。その頃だった。

体に変化が起きた。肌《はだ》が黒く変色し、鱗《うろこ》に生え変わる。そこに触《ふ》れたものは、なんだろうと腐り落ちる。

　天罰《てんばつ》みたいだった。

　竜《りゅう》になる症状《しょうじょう》なら覚えがあると父が聖王に相談し、聖なる力を織り込んだ手袋《てぶくろ》と眼帯を用意してくれた。エステラも同じものが作れると言われた。冗談《じょうだん》じゃないと思った。これ以上、彼女のお荷物になんてなりたくない。

エヴァレがやってきた。未来からきたと、本当はシャルルはこの時代に生まれるべきではなかったと言う。そんな荒唐無《こうとうむ》稽《けい》な話を信じたのは、何か償《つぐな》いたかったからかもしれない。

　自分は竜になって、世界を腐らせる。ならその前に聖剣《せいけん》の乙女に討たれねばならない。だから、聖剣の乙女をさがすエヴァレに協力した。そもそも自分が産まれないよう過去へ干渉《かんしょう》することも考えたが、姉と、特に双子で産まれた兄のことを考えるとそれはできなかった。

家族には相談しなかった。うまく説明できる自信がなかったから。

でも、婚約破棄《こんやくはき》の書類は用意した。一度だって笑顔《えがお》を見られなかった。でも、それでよかったのだろうと、そう思いながら。

（……笑顔を見たら、僕は、あがいたかもしれないから）

——正気に戻《もど》ったのは、胸に走る激痛のせいだった。

「気がついたか」

「……ち、ちうえ……？」

まばたいてから、はっとした。胸から、黒い瘴気《しょうき》が血のように溢《あふ》れ出ている。それを結界が受け止めていた。丸い、卵のような形の結界だ。瘴気が沈殿《ちんでん》して、どぷどぷと汚泥《おでい》のような黒い水が、足下にたまっていく。

そして——自分を横抱《よこだ》きにしている父親の片腕《かたうで》が、肩《かた》から異形のものに変わっている。自分の腐竜化に巻きこまれているのだ。おそらく黒い水に浸《ひた》っている部分も。

「なんっ——」

「じっとしていろ。お前のほうが体が小さい分、進行が早い。僕がなるべく引き受けて分散させているが」

「なんでここにいるんだよ！　これっ……この中にいたらまずいってわかるだろ！」

つるりと丸い結界は、父親が張ったものだ。おそらく卵のような役割をすることで、進行を遅《おく》らせようとしているのだろう。そして自分もその中に入ることで、シャルルの腐竜化を引き受けている。

「早く僕を置いて、外に出ろ！」

「出たらお前だけが腐竜になってしまうじゃないか」

「それはしょうがないだろ！　こうなるのは僕の運命だって説明したじゃないか！」

「お前は元気だな。あちこち体が軋《きし》むし、父上はちょっと、消耗《しょうもう》しているんだが」

いや、自分だって痛い。びしびしと鱗に変わっていく背中は引きつるし、全身が引きちぎれるように細胞分裂《さいぼうぶんれつ》を繰《く》り返しているのがわかる。違う生き物に生まれ変わる痛みだ。

でもこれは、自分だけが引き受けるべき痛みだ。父親に呪《のろ》いをわけたのは、ただの時間稼《かせ》ぎにすぎないから。

「まだ、聖剣は――そうだ、お祖母《ばあ》様のがある。だからいい、早く」

「強い子だ」

置いていけと再度叫《さけ》ぼうとしたシャルルは、微笑《ほほえ》まれて、固まった。

「正直、あまり息子《むすこ》だという自覚がないので言ってしまうが……僕は、子どもなんてまともに育てられるのだろうかと、思っていたんだ」

なんの話をし出すのだ、こんなときに。

でも、一緒《いっしょ》に巻きこまれている父親の赤い目が優《やさ》しくて、聞き入ってしまう。

「だが安心した。立派な息子だ。少々反抗《はんこう》期のようだが、それもちゃんと育っているということだろう。――僕は、家族を持てたんだな」

「な、ん……」

「だからか、まあ放《ほう》っておけずに飛びこんでしまったわけだが。お前は、少しくらい頼《たよ》ってもいいと思う――いや、無理か。無理だな。僕もお前の年の頃、自分を助けられる人間などいないとそう思っていたから。でも」

がん、と突然衝撃《とつぜんしょうげき》がきた。外からだ。

ああ、と鱗になりはじめた目元を緩《ゆる》めて、父親が笑う。

「きたな。……大丈夫《だいじょうぶ》だ、きっとお前にもくる。ただの勘《かん》だが」

「くるって、何が」

「決まってるじゃないか。聖剣の……いや、魔剣《まけん》の乙女か。魔王の妻だ」

今度は頭上から衝撃がきた。何かが、結界を破ろうとしている。

でも、この結界が――卵が孵《かえ》るとき、自分は。

びしり、と上から割れ目が入った。破られる。世界が壊《こわ》れる音がした。

「クロード様！」

ああ、母親の声だ。父親を迎《むか》えにきたのだろう。それでいい。

光が差しこんだ。父親を救い上げるように、母親がその手をつかむ。よかった。ほっとして力を抜く。ずいぶん上空にいるらしい。背中から落ちていくのがわかった。

心配したエヴァレの暴走も、母と父がいたら止められる。マキナが無事なら、エステラも元の時代に戻れるだろう。

（あとは、もう——）

自分が討《う》たれれば、それで終わり。エヴァレの願いだって叶《かな》えられる。

「シャルル様！」

もう人間のものかどうかわからない両眼を見開く。——エステラだった。

「な、ん……っ！」

空から落ちていくだけの体に、必死に両腕《りょううで》を伸《の》ばされる。

信じられない光景にシャルルは叫んだ。

「何やってんだ馬鹿《ばか》、逃《に》げろ！」

「わたくしを好きだというのは本当ですか！」

「はぁ⁉」

こんなときだというのに、全身の血液が逆流しそうになった。声も出せなくなるシャルルを睨《ね》めつけて、エステラが怒鳴《どな》る。

「いいえ、それはあとでいいです！　あとで聞きます、手を、シャルル様」

「な、ん、そ、……僕は」

頰《ほお》にかすめたエステラの指先が、じゅっと灼《や》けるような音を立てた。青ざめて叫ぼうとすると、背中が引き攣《つ》れた。背中から生える翼《つばさ》に歯を食いしばって激痛をこらえる。

翼が生えたせいだろう、落下速度が落ちた。追いついたエステラの両手が頰に回る。同時に彼女を中心にして聖なる力が全身を巡《めぐ》った。腐竜化を抑《おさ》えようとしているのだ。

だが、止められるわけがない。

「僕から、は、なれ……っ」

振《ふ》り払《はら》おうとしたシャルルは、間近に見た紫《むらさき》の瞳《ひとみ》に浮《う》かぶものに、息を止めた。

(どうして、泣いて)

綺麗《きれい》な紫の瞳の中に自分が映っている。ただれたような皮膚《ひふ》と、不気味な色違《いろちが》いの瞳。聖にも魔《ま》にも、どちらにもなれない、中途半端《ちゅうとはんぱ》な姿。

でも彼女はためらわずに、シャルルの首に両腕を回す。

「わたくしはあなたを連れ戻しにきたんです」

微笑まれた。笑顔、だった。一度でいいから見たかった、笑顔だった。

心臓が、止まるかと思った。

全身をばらばらにするような激痛が襲《おそ》いかかる。それを押しとどめようとするエステラの力と反発して、爆風《ばくふう》と稲妻《いなずま》に似た音と光が奔《はし》った。自分に触れるエステラの頬がじゅうっと音を立てるのを見て、シャルルは喉《のど》を上下させる。

(だめだ、だめだ、だめだ。このままじゃエステラを巻きこむ)

わかっているのに、両腕はエステラの体を抱《だ》きしめていた。

それ以外にすがる先がなかった。みっともなくあがいているのかもしれなかった。

(かみさま。かみさま、僕は助からなくていいから、だから)

好きな子を救わせてくれ。——祈《いの》るように見あげた先に、マキナの姿があった。その手に持っているのは聖剣《せいけん》。自分を討てる唯一《ゆいいつ》の武器。

なぜ、とかそんなことはもうどうでもよかった。

「僕を殺せ、早く！」

「そんなことはさせません！」

エステラが離《はな》すものかとばかりにシャルルを抱《だ》きこむ。エステラごと討つつもりなのか、マキナが聖剣を振りあげる。

「やめろ、マキナ！　僕だけで——エステラは巻きこむな！」

叫んだシャルルの前で、マキナがエステラの胸に聖剣を突《つ》き刺《さ》した。

蝶《ちょう》が羽化《うか》するようなその光景を、なんだか懐《なつ》かしい気持ちでアイリーンは見ていた。

「知っているか、アイリーン」

アイリーンに肩を借りているクロードが、同じ光景を見あげながら言う。

「あれを目の前で見るのは、なかなか心臓に悪い。生きた心地《ここち》がしないぞ」

「あら、そうなんですの」

「それしかないだろうとはいえ、あれを目にするシャルルが可哀想《かわいそう》だ」

「何が可哀想だ！」

ほとんど涙目《なみだめ》でバアルが叫ぶ。

「余のほうがよっぽど可哀想だ！　行くなと言ったのに、手を振り払われて。まだ生まれてもいないのに嫁《よめ》に出した気分だ……っお前でもなんとかなったのではないのか、アイリーン！」

「なりませんわよ。グレイス様に体を貸すにせよ、マキナの聖剣を使うにせよ、シャルルを斃《たお》すことならできたでしょうが、人間に戻《もど》すことはできません。わたくしは母親ですから──」

恋《こい》とも呼ばれる唯一の愛を、捧《ささ》げることはできない。

その言葉は、エステラの中に埋《う》まった聖剣が内側から輝《かがや》く光に、呑《の》みこまれた。

腐竜《ふりゅう》の鱗《うろこ》が生え替《か》わるように落ちた。それを信じられない想《おも》いで、エヴァレは見あげる。

(なんや。何が起こってる。なんで)

アイリーンが黒い球体を打ち破り、魔王《まおう》を引き上げた。それでも堕《お》ちていくシャルルを見て勝ったと思った。少なくとも、もう自分はひとりではないと。

でもシャルルをあの聖王の娘《むすめ》が追いかけて、さらにマキナまでそのあとを追いかけた。

聖剣を持たず魂《たましい》が抜《ぬ》けた肉の器《うつわ》でも、斃すべき腐竜には反応するのかと、生笑いで見あげた先でマキナが聖剣を出現させた。驚《おどろ》いたが、視界の端《はし》で確認《かくにん》したグレイスは拳《こぶし》を握《にぎ》ってマキナたちを見ていた。失敗したら自分が飛び出さねばならないと覚悟《かくご》している顔だった。

だからてっきりマキナの持っている聖剣はアメリアが残した欠片《かけら》のようなもので──いやシャルルが斃されても斃されなくても自分の勝ちだ。そう笑おうとしたのに。

マキナはシャルルを討とうとしなかった。

聖剣が、エステラの体に呑みこまれていく。その現象を、エヴァレは知っていた。

（魔剣の乙女《おとめ》）

柄《つか》まで呑みこんだエステラの体が内側から光った。

今までの反発し合うだけの光ではない。すべてを洗い流すような優《やさ》しい光。それが黒い瘴気《しょうき》を撒《ま》き散らすシャルルの体を包む。

黒い鱗を、醜《みにく》く変わった形を、花びらのような光に変えて散らしていく。

腐竜を、ただの少年に戻していく。

「そん、な。そないなこと……本物の、聖剣にしか」

――聖剣は愛の証《あかし》。

光の花びらが舞《ま》い散る中で、驚いたような顔をしたあとで少年と少女が抱き合った。その涙さえ光の粒子《りゅうし》に変わって、ほどけていく。

（あかん。あかん、このままやったら）

真っ白な世界。吐《は》き気がこみ上げる。真っ白な灰に埋もれた、何もない世界。

――目覚めたときは、少年の姿だった。空中宮殿《きゅうでん》には飢《う》えをしのげるものがあるだけで、誰《だれ》もいなかった。何年か、誰かを待った。でも待ち疲《つか》れて、外へ出た。地図はあったけれど、行き先も後戻《あともど》りする道も、もうなかった。だから、本来自分が邪神《じゃしん》として目覚めるはずだった国へと向かってみた。

砂漠《さばく》の国は、灰燼《かいじん》の国になっていた。

辿《たど》り着いた先にも何もなかった。からっぽの石碑《せきひ》の中。運命に負けた母の遺言《ゆいごん》。崩《くず》れ落ちそうな遺跡《いせき》の中にいたのはたったひとり、しゃべることも笑うこともしない少女。

最初は嬉《うれ》しかった。自分以外に誰かがいてくれるだけでよかった。でも、彼女は何も話さない。笑わない。食べもしない。ただついてくるだけ。次第《しだい》に、ひとりだったときよりももっと孤独《こどく》を感じるようになった。

だって、彼女は生きていない。動いているだけだ。

生きているのは、自分ひとり。それを思い知らされる気分だった。

誰も生きていない。何も救えない。救われない。

そんな世界にたったひとり、何年も。

恐怖《きょうふ》に似た怒《いか》りがこみ上げて、突きかけていた膝《ひざ》で全身を支えた。愛なんて認めるわけにはいかなかった。

――だってたったひとりの世界で、愛なんて生まれようもない。

「このままめでたしめでたしなんて、認めるわけないやろ！」

激情のまま、無防備に落ちてくるふたりを狙《ねら》う。腐竜を浄化《じょうか》している最中だ、反撃《はんげき》はできない。シャルルにも力は残っていない。八つ当たりだ。わかっていた。

でも、どうしていつも、自分だけ聖剣も未来も愛もないのか。

（どうせなら、いっそ生まれんかったらよかった）

エヴァレの殺意に気づいたシャルルがエステラを抱きこむ。かばう気なのだ。なんて美しい光景だろう。あまりの美しさに唇《くちびる》がいびつにゆがむ。

自分にはこれまでもこれから先も、縁《えん》がない美しさだ。

たったひとりで生きているだけの、自分には――。

壊《こわ》れてしまえ。ああ、自分の中で目覚めるはずだった邪神はこんな気持ちなのだろう。それとも自分は最初から邪神でしかなかったのか。わからない。ただ、殺意と破《は》壊《かい》衝動《しょうどう》だけをこめて、全力で魔力《まりょく》をぶつける。

遅《おく》れて気づいた魔王たちがこちらを向くが、もう間に合わない。

「死ねよ！　死んでまえ、なんもかんも、全部――ッ！」

悪意と羨望《せんぼう》の塊《かたまり》だった魔力が、目の前で霧《む》散《さん》した。

一閃《いっせん》で切り捨てた輝きに、エヴァレは呆然《ぼうぜん》と目を見開く。

（――聖、剣）

あれほど焦《こ》がれたものが自分の攻撃《こうげき》を一閃し、向かってくる。

持っているのはマキナだ。

どうして、とあえぐようなつぶやきは、声になったのかどうか、わからなかった。

でも、もうこの世界で生きていてはいけないのは、自分だけだとわかった。だからマキナは聖剣を自分の首に振《ふ》り下ろすだろうと思って、目を閉じる。

（ああ、結局、自分も運命に勝てんかったなぁ）

これで楽になれると思った。

きっと負けた母親もこんな気分だったのだろう。

――なのに、目をさますような音を立てて、頬《ほお》が鳴った。

マキナがエヴァレの頬を張る音はとてもよく響《ひび》いた。まるで目覚ましのようだった。数分とたたない間に起きた、めまぐるしい出来事が夢のようだ。目をさましたばかりのときのように、アイリーンはまばたく。

けれど、夢ではない。

聖剣で浄化されたのか芝生《しばふ》に生え替わった場所で、エステラがシャルルにしがみついて、多分、泣いている。その背中に遠慮《えんりょ》がちに回っているシャルルの腕《うで》は、少し色白の肌色《はだいろ》だ。背中に生えた翼《つばさ》もなくなっている。それをバアルが両腕を組んで、苦々しく眺《なが》めていた。

そっと触《ふ》れた夫の胸にも、もう硬《かた》い感触《かんしょく》はない。右上半身の服は裂《さ》けてしまっているが、腕にも肩《かた》にも鱗はない。きちんと人間に戻ったクロードだ。

ルキアの体を抱《かか》えたルシェルの横で、グレイスは大きく息を吐き出している。先ほどまでの険しい顔はない。

終わったのだ――と、思うのだが。

「えっや、なんやねんちょっと！　なんでそんなばしばし、痛い、痛いて！」

マキナが聖剣《せいけん》でばしばしエヴァレを殴《なぐ》っている。無言かつ無表情だが、その殴りっぷりにアイリーンは遠い目になった。

「……ごく最近、似た光景を見たことありますわ、わたくし……」

「ああ、僕もだ」

「僕も……いや見たっていうか、やられたっていうか……」

「どこでだ？」

目をそらすルシェルの横で、張本人のグレイスだけが首をかしげている。

その間にも容赦《ようしゃ》なく聖剣でばんばん殴られたエヴァレはついに蹴《け》っ飛ばされた。防ぐ魔力はないのか、ごろごろ鞠《まり》のように転がっていく様も同じだ。

（……邪神って、お義父《とう》様の同僚《どうりょう》みたいなものよね、きっと）

だったらこの展開はお約束なのかもしれない。

「なんやねん、何⁉　殺すならともかく殴る蹴るて、どういうことや、わけわからへん！」

「……怒《おこ》ってるんじゃないのかしら、マキナは」

「はあ⁉」

アイリーンの助言にこちらを向いたエヴァレが、またマキナに平手で頭をはたかれた。

「やから痛いて！　なんや、言いたいことがあるなら言え！」

「……か、え」

無表情で、聖剣を持ったまま、ぎこちなくマキナは言葉を紡《つむ》ぐ。

「かえ、ろう」

その言葉に、エヴァレが固まった。両目がこぼれんばかりに見開かれている。

それから、また笑おうとして。

「……帰るって」

作り損《そこ》ねて痛いだけの笑顔《えがお》の前に、マキナが聖剣を手のひらにのせて、差し出した。

エヴァレが欲しがったものだ。なのにエヴァレは脅《おび》えるように首を横に振って、あとずさってしまう。

「……それは……違《ちが》う、んやろ。本物や、ない……」

『ちょっといいか、君』

ふわっと地上におりたグレイスが、マキナの頰をそっと両手で包んだ。

『……ああ、うん。やっぱりアメリアはもう、いないんだな。──アメリアは、君に何か言ったか？』

「……し、あ、わせ」

マキナは無表情で、口を動かす。

「しあわせに、なりな、さい」

エヴァレが視線を落としたまま拳《こぶし》を握《にぎ》る。グレイスは泣き出しそうな顔で笑った。

『そうか。じゃあそれはもう、君の聖剣だ。アメリアがつなげた、次の聖剣だ』

「そんなん、今更《いまさら》言われたって……！」

「だいじょ、ぶ。かえ」

うまく舌が動かないのか、つっかえてから、マキナがもう一度言う。

「——帰ろう、エヴァレ」

「そんなゆうても！　お前かて見たやろ、あの王子様はもう腐竜《ふりゅう》にならん。そのまま救われてしもた。……うっすら気づいてた。未来には斃《たお》すべき腐竜もおらんかった。なんもない、変えられるもんが何も」

「ある」

「何が！」

「きっと、ルキアが、目覚めるよ。アメリアの、お願いだから」

たどたどしく、ひとことひとことマキナは答える。ルキアの体を抱《だ》いたルシェルが目を向けられて、ふと笑った。

「そうだね。……僕とグレイスで、今度こそ叶《かな》えないと」

「ルシェル……」

心配そうに見つめるグレイスの眼差《まなざ》しを振り切って、ルシェルが顔をあげた。

「——心配するなエヴァレ。僕がいずれ、腐竜になる」

「は？」

「僕は多少、世界の仕組みを理解しているつもりだ。シャルルだってこの先、絶対に腐竜にならないとは限らない。しのいだとしてその先にも、必ず何かが起きるだろう。だから、どうしようもなくなったら、そのときは僕が引き受ける。世界をできるだけ壊さずにすむように、白い灰で覆《おお》って、聖剣の乙女《おとめ》が現れるまで、滅《ほろ》びの運命から隠《かく》すよ」

エヴァレが驚《おどろ》いた顔で、震《ふる》えた声でつぶやく。

「……白い、灰の、世界……」

「——あなたが生まれた千年先がどんな未来かわたくしには想像もできないけれど……でも、聖剣は手に入ったんでしょう」

エヴァレがもう一度、マキナの持つ聖剣を見た。

たぶん、エヴァレはそれが彼の聖剣なのだとまだ気づいていないかもしれない。でもきっと、あの聖剣は本物になる。

「あとはわたくしたち、過去の人間を信じてみたらどう？」

「かえ、ろう。わたし、たち、の世界」

マキナが繰《く》り返した。泣き出しそうな顔で、エヴァレがうなだれる。

でもすぐ顔をあげて、調子よく笑った。

「——そやな、負けてしもたんやし！　殺される前に……ああ、ほんまは殺されたほうが楽かもしれんけど……」

マキナが聖剣を抱え、片手を差し出す。エヴァレはその手を、少しだけ惜《お》しむように見て、でも拒《こば》まなかった。

その瞬間《しゅんかん》に、手をつないだふたりを中心に光の円陣《えんじん》ができる。

ぎょっとしたアイリーンがあとずさると、してやったりと言わんばかりにエヴァレが皮肉っぽい笑みを浮《う》かべる。

「ほな、さいなら」

「い、今すぐ⁉ もう少し、余韻《よいん》とか！」

「いらんいらん、そんなん。殺される前にさっさと消えとかな」

「ちょっ待てよエヴァレ！」

遠くから叫《さけ》んだのは、まだエステラを抱いているシャルルだ。

「マキナがいなくなったら、僕とエステラはどうするんだよ⁉」

「知ったことかいな。愛の力でなんとかせえや」

「あ、愛⁉ あいって、そんなんできるか！」

「空中宮殿《きゅうでん》でも動かし。なんとかなるて」

そんな雑な。と思っている間に、エヴァレはにっと笑って片手を振《ふ》る。マキナと手をつないだままで。

「期待せんで待ってるわ。——千年先で」

地面から空まで光柱が立ちのぼった。エヴァレとマキナの姿が光の粒子《りゅうし》にとけていく。

ふと、マキナが振り返った。

ありがとう。

声は届かないけれど、そうつむいだ彼女は、最後にアメリアに似た眼差しで、でもアメリアに似ていない顔で、笑った。

光の柱がゆっくり渦《うず》をまき、最後はほどけて消える。光の粒子が舞《ま》うだけのそこには、もう誰《だれ》も残っていなかった。

そっとクロードがアイリーンの肩を抱《だ》き寄せる。

「……終わったな」

「――いいえ、これからでしてよ。未来を救わないと」

目を丸くしたあとで、クロードが苦笑いを浮かべる。

「相変わらず君は勇ましい。だが、そうか。そうだな、これからだな」

「そうだ、まだ終わってなどおらんぞ！」

ずっと黙《だま》っていたバアルが、ついに我慢《がまん》ならないという顔で怒鳴《どな》り始めた。

「お前、いつまでエステラを抱いてる！」

「ち、ちが……これは、抱いてるんじゃなくて！」

「どう見ても抱きしめとるだろうが、お前ふざけるな！　人の、まだ生まれてもいない娘《むすめ》を」

「気絶してるんだよ！」

叫んだシャルルに、周囲が呆《ほう》けた。一気に注目されたシャルルが少年らしく頬《ほお》を赤らめて、ぼそぼそと続ける。

「……その……僕の格好に気づいて……」

しん、と沈黙《ちんもく》が落ちる。

ああと納得《なっとく》したアイリーンの横で、嘆息《たんそく》したクロードがぼろぼろのマントを脱《ぬ》いでシャルルに持っていく。遅《おく》れて、ぶちんとバアルの血管が切れる音がした。

「父親が父親なら息子《むすこ》も息子か――――!!」

息子たちの周辺は相変わらずにぎやかだ。微笑《ほほえ》ましく眺《なが》めていると、グレイスが珍《めずら》しく胸にもたれかかってきた。

「アイリーンに相談する前に解決してしまったな。――ありがとう、ルシェル」

この声を、姿を、いつか失う日は怖《こわ》い。世界を呪《のろ》うほどに、恐《おそ》ろしかった。

実際、一度、すべてを呪ってルシェルはアメリアの聖剣《せいけん》に斃《たお》された。

「うん、まかせて。大丈夫《だいじょうぶ》だよ」

でも今はそう、信じられる。

「本当に？　生まれ変わったわたしは、お前を思い出さないかもしれないぞ」

「それでも負けない。だって僕、君を愛しているし、アメリアだって大好きだから」

きっと千年先の、未来でも。

✦終幕✦ 乙女ゲームの攻略フラグ

シャルルとエステラの見送りは、少人数で、翌日になった。

エルメイア皇国にはアシュメイル滞在《たいざい》を知らせただけだ。突然《とつぜん》の戦争状態に混乱しているだろうが、頼《たの》もしい仲間たちがなんとかしてくれるだろう。ただ、兄の「どんな説明をするか楽しみにしているよ」という返事だけが怖い。

だが、シャルルやエステラが色んな人間と顔を合わせるのはまずい。何より半壊《はんかい》状態で浮いているだけの空中宮殿が、いつ動かなくなるかわからない。急ぎアイリーンとクロード、バアルだけで見送ることになった。

「ほんとに帰れるんだろうな」

空中宮殿の半壊した王座、その地下に入りこんでもシャルルは半信半疑だ。

「大丈夫ではないでしょうか。今思うと、わたくしをここの時代に送ったのは空中宮殿だったと思います」

「いや、それでも根拠《こんきょ》ないだろ……大体、魔界《まかい》に空中宮殿を保管してたなんて話、僕も聞いたことないし……」

「今この瞬間も空中宮殿は自己修復しているんだろう。だから人間では関与《かんよ》できない魔界に保管したのではないか？　実際、僕も今からそうしようと思っている。ルキアの体も父上にまかせることにしたし、そのほうが都合がいいんだが――お前はどうだ、バアル」

　空中宮殿は一応、アシュメイルとエルメイアの共同管理ということになっている。エステラの横を歩くバアルがクロードの問いにつまらなそうに答えた。

「この空中宮殿は今の技術で手に負える代物《しろもの》ではないからな。最終的にはそうするしかあるまいと、余も思っている。あのエヴァレという男も、今この瞬間この宮殿内のどこかで眠《ねむ》っているのかもしれないが、見つけられていない。ほとんど調査は終わったはずなのだが」

「いくらさがしても見つからずに終わるんだろうな」

　クロードの結論にバアルは肩《かた》をすくめて同意を示す。

「地下遺跡《いせき》もダミーを作ったほうがよいかもしれぬ。実際、神の娘の遺体はないわけだし」

「聖竜妃《せいりゅうひ》に頼めばどうだ。あの子ならうまく水で隠《かく》してくれるぞ」

「そうするか……」

　先頭に立って歩いていたアイリーンは、暗闇《くらやみ》の中で見えない壁《かべ》を感じて立ち止まった。

（この先は本来、祭壇《さいだん》のはずだけれど……）

　少し考えて、振り向いた。

「エステラ、お願い」

「え？　わたくしですか」

「あなたのほうが、あるべき場所にきちんと辿《たど》り着くと思うの」

エステラは、戸惑《とまど》った顔をしながらも頷《うなず》いた。

「わかりました。では、わたくしが」

前に進み出たエステラが、そっと見えない壁に——けれど彼女には見えているのだろう扉《とびら》に手をそえて、つぶやく。

「聞け過去よ、開け未来よ、我は聖と魔《ま》のレガリアを継《つ》ぐ乙女《おとめ》なり」

光の直線が走り、闇《やみ》を切り取るようにして前方が開けていく。

そして開いた先は、祭壇ではなかった。

「ここです。わたくしが、過去へ飛ばされるときに一瞬《いっしゅん》見えた場所……」

それは白に染められた空間だった。真っ白な石が隙間《すきま》も継ぎ目もなく囲う、不思議な空間。

地下遺跡と真逆の色合いと風景だ。

たったひとつ、広い部屋の真ん中に、天井《てんじょう》から床《ゆか》まで伸《の》びる青い光の柱がある。その中では、菱形《ひしがた》の石がゆっくり回転していた。神石だろう。ずいぶん大きい。アイリーンの身長と同じくらいの高さはある。

だが、それだけだ。他《ほか》には何もない。

「——で？　どうするのだ」

バアルの質問にクロードが首をかしげる。

「さあ？」

「だから言ったんだよ、エヴァレを戻《もど》しちゃだめだったんだって。マキナがいないと」

「シャルル様はマキナ様をずいぶん頼《たよ》りになさっていたのですね」

文句を言おうとしていたシャルルが、冷たいエステラの眼差《まなざ》しに固まった。視線を泳がせて、なぜかアイリーンのかたわらに逃《に》げるように身を潜《ひそ》める。

「……まあ、もう帰ったんだし、いない人間を頼ってもしかたないけど……」

「シャルル……もうちょっとしっかりなさいな」

「本当に。なぜそうも弱く育ってしまったんだ」

「育てたのはあんただよ、父上！」

『呼んだか？』

突然部屋に響《ひび》いた声に、全員がぎょっと身構えた。

『僕の教育方針に、何か問題があっただろうか』

反響《はんきょう》しがちの、でもよく通る低い声。少しだけ雑音まじりだが、聞き間違《まちが》えたりしない。

「クロード様？」

『ああ、僕の可愛《かわい》いアイリーン。そこにもいるのかと思うと、なんだか楽しいな』

「も……」

繰《く》り返したクロードがアイリーンを抱《だ》き寄せて、真ん中の光柱をにらむ。うっすら映る人影《ひとかげ》は、長い足を組んで椅子《いす》に腰《こし》かけた大人の男性の姿だ。

少し顎《あご》を引いたシャルルが、父上とつぶやく。ここにいるクロードではない、本当の父親に向けてのものだと声色《こわいろ》でわかった。

『さてシャルル』

呼びかけられて、シャルルが身構えた。

こちらのクロードにはどこか気安い態度があったが、全身全霊《ぜんれい》で警戒《けいかい》している。

『お前は、今、どこで、何をしている？』

「……別に、父上には関係」

『僕や母上がどんなに心配しているのかわからないのか』

シャルルが口をつぐむ。さすが、叱《しか》り慣れているなどとアイリーンは感心してしまった。

『お前のせいでここ一週間、寝《ね》ても覚《さ》めても母上はお前のことばかりだ』

「いやそっちだろ！　父上はそっちで怒《おこ》ってるだけだろ！」

『何を言う。僕は心配したから腹を立てているんだ。お前の師匠《ししょう》をセンターに立たせて、十数年ぶりの魔王《まおう》様スキスキダンス大舞《だいぶ》踏《とう》会の開催《かいさい》を決めるくらいには』

ぶっとクロードが口元を覆《おお》って噴《ふ》き出した。アイリーンは呆《あき》れてしまう。

『悪いと思わないのか。お前をかばって、もう四十になるというのに、子どもと妻の前で踊《おど》り狂《くる》うんだぞ。とても楽しみだ。早く開催したい』

「楽しんでんじゃん！　さっきからなんなんだよ、わけわかんな――」

『だからお前も早く帰ってくるといい』

そう言われて、シャルルは拍子抜《ひょうしぬ》けしたようだった。

黙《だま》ってしまったシャルルをちらと見て、エステラが今度は声をあげる。

「皇帝《こうてい》陛下、エステラです。ご迷惑《めいわく》をおかけしました」

『無事で何よりだ、エステラ王女。僕の息子《むすこ》が迷惑をかけた』

「いえ。わたくしが勝手にシャルル様を追いかけたのです。……ですが、その。どうやってそちらに戻ればいいのかわからず」

『大丈夫だ、僕が……僕らが、道を開く。君の聖剣が指針になる』

「……すべて、ご存じなのですね」

『詳細《しょうさい》を思い出したのは、君たちが消えて少ししてからだがな』

　シャルルが子どもっぽく唇《くちびる》をとがらせた。

「わかってるなら何してるとかいちいち聞かなくても」

『十年以上前の話など、そう細かく覚えていない。……まあ、バアルは別のようだが。とても心配している』

「お父様……」

『バアルが待っているぞ。シャルル、お前を』

　一拍《いっぱく》間があいた。エステラがまばたき、シャルルが怪訝《けげん》な顔をする。

「なんで僕？」

『むしろ今、まさに、僕の背後で待っている。怖《こわ》い』

「は？」

『気のせいかもしれないが、腕《うで》が八本くらいにふえて、角が生えている気がする。正直、人間の顔だと思えない。あれだ、阿修羅《あしゅら》像とかいうのか？　そんな感じだ。神剣《しんけん》を持ってお前がいつ帰ってくるかと待ち構えている。ここ数日、口を開けば殺す殺す殺す殺すとずっと呪文《じゅもん》のように繰り返すんだ。あれだ、十六年越《ご》しの恨《うら》みだなこれは』

　ざっと青ざめたシャルルとは対照的に、エステラは呆れたようだった。

「そちらにおられるのですか、お父様は。お母様がよく許しましたね」

『仕事にならないから引き取ってくれと言われたんだが、正直早くお持ち帰りしてほしい。息子の命はやるから』

「ちょっ、なんでそんなことになるんだよ！」

「わからんのか」

　唐突《とうとつ》にこちらのバアルにぎろりとにらまれたシャルルが、その形相にあとずさる。

「本当にわからんのか、お前」

「え、や、あの……」

「未来の余にかわって説明してやろうか。お前は余の娘《むすめ》に婚約破棄《こんやくはき》を一方的に突《つ》きつけて、過去に連れ去ったあげく、おそろしく危険なことに巻きこんだのだぞ！　許されると思うか⁉」

『まあ、そういうことだな。こちらのバアルが無言で素振《すぶ》りを始めている。怖い』

「まっ魔王が怖いって言うなよ、余計怖くなるだろ！」

『魔王でも怖いものは怖い。ああそうだ、バアルが怖いのでお前とエステラ王女の婚約は破棄しておいた』

「はあ⁉」

今度こそ目を剝《む》いてシャルルが焦《あせ》りだした。

「なんっなんでだよ⁉　だっ、だって、エステラは破棄しないって」

『破棄すると言ったのはお前だな。さすが僕の息子、聖王のサインさえあれば成立する完璧《かんぺき》な書面だった。しかも周囲の根回しまで終わっている優秀《ゆうしゅう》さ。僕は感動した』

「……そういえば、わたくしの部屋に置きっぱなしでしたね」

エステラがつぶやく。ふらっとシャルルがよろめいた。機嫌《きげん》をよくしたのはバアルだ。

「はーっはっは、そうかそうか！　ならよい、今のこの恨みは十六年後にまとめてぶつけることにしよう……！」

「……まあ、自《じ》業《ごう》自《じ》得《とく》か」

「ですわねえ……」

アイリーンも頰《ほお》に手をあてて同意するしかない。

真っ白い壁《かべ》に両手を当てて絶望しているシャルルに、エステラが近づいた。

「どうなさいますか、シャルル様」

「……どう……どうって……どう……」

「なんなら、お父様はわたくしがお相手しますが。聖剣も手に入りましたし」

ばっとシャルルが顔をあげた。じっと見つめるエステラに真っ赤になって、でも目をそらして——きっと息子の心中は、何やら大変なことになっているのだろう。

　でも最後は意を決したように好きな女の子の目を見て、答える。

「──別に、聖王くらい僕がなんとかする」

　その回答に、エステラが花のように唇をほころばせて微笑《ほほえ》む。

「そうですか」

「くらいってなんだその言い方は、お前のそういうところが今から余は気に入らん！　生まれる前から気に入らん！」

『話がついたならもういいか。こっちのバアルも口から火を噴きそうなんだ』

「どちらのお父様も静かにしてください。あの、具体的にどうしたらよいのでしょう？」

　エステラに注意されたバアルが、それだけで消沈《しょうちん》する。娘を持つ前から大変だ。

『聖剣を出すだけでいい。大丈夫《だいじょうぶ》、こちらにいる元聖剣の乙女《おとめ》が君を戻してくれるそうだ。虎《こ》視《し》眈々《たんたん》と準備していたらしい、色々』

　リリアは相変わらずらしい。

『色々、迷惑をかけた。特に、僕の愛《いと》しい妻』

　甘さを含《ふく》んだ声に、クロードが目を険しくする。アイリーンは笑ってしまった。

「いえ。魔王の妻として当然のことをしたまでですわ、クロード様」

「そうだ、お前には関係ない」

『お前は僕だが？』

「それでもだ。不用意に過去に干渉《かんしょう》すべきではない。そちらにはそちらのアイリーンが──」

『あなた。過去のご自分で遊ぶなんて、大人げないことはおやめになって』

不意にわりこんだ涼《すず》やかな声に、クロードが固まった。夫をたしなめる落ち着いた声に、あちらのクロードが苦笑《くしょう》する気配が伝わる。

アイリーンもうかがうように、未来にいる人影を見あげた。はっきりと見えるのはクロードの影《かげ》だけだ。けれど、その肩《かた》にそっと添《そ》えられている女性の手は、きっと。

『そうだな。若い僕に君をとられてはたまらない。おとなしく息子の帰還《きかん》を待つとしよう』

お別れの時間だ。それを察して、アイリーンはその場から離《はな》れた。

クロードに肩を叩《たた》かれたバアルも、名残惜《なごりお》しそうにエステラから離れる。

青い光柱の前にシャルルとエステラが並んで立った。まずエステラが頭をさげる。

「お世話になりました。お母様にもよろしくお伝えください」

「……あんまり未来の余を悲しませるような真似《まね》はやめてくれると、助かる」

バアルの愚痴《ぐち》にも似た見送りの言葉に、エステラはくすりと笑う。

「心配なさらないでください。……わたくし、父親っ子ですから」

バアルがぱちぱちまばたいたあと、気まずそうに咳払《せきばら》いをして頷《うなず》く。

「そ、そうか。……なら、いいが」

「では、シャルル様。よろしいでしょうか」

シャルルが一度だけ、こちらを見た。でも何も言わずに、背を向ける。

「いいよ、戻《もど》ろう。どうせ、すぐにくる未来だ」

ちょっとエステラは迷ったようだが、アイリーンが笑顔《えがお》で頷くと、頷き返してくれた。その手のひらに聖剣が浮《う》かぶ。

きっとその力は、これからも息子を助けてくれるだろう。

聖剣に共鳴して、神石が回り出した。青い光柱が混ぜ合わせられたように渦《うず》を巻き、白く輝《かがや》いていく。真っ白な未来を示すように。

「――あのさ！」

逆光でその姿が影に変わっていく中で、シャルルの声が突然《とつぜん》、聞こえた。

「ちゃんと、僕も生んでよ。生まれて不幸だなんて思ったことだけは、一度もないから」

思わず足を踏《ふ》み出そうとしてしまったアイリーンを、クロードが抱《だ》き寄せる。

「待っているといい」

そうだ、焦らなくても、きっとくる未来だ。

シャルルが笑った気がした。エステラの影と手をつないで紡《つむ》がれた、もう耳に届かない言葉は、きっとさよならじゃない。

目をあけていられないほど、光が増す。濁流《だくりゅう》のように押し寄せる閃光《せんこう》が、アイリーンたちをあるべき場所へと戻す。

――ゆっくり目を開くと、そこは国境だった。砂《さ》漠《ばく》と緑が入り交じる、運河の近く。

目の前で役目を終えたように、静かに空中宮殿《きゅうでん》が砂に埋《う》もれていく。

（またね）

見あげた真っ青な空に、一本だけ雲が走っていた。未来を指し示す道のように。


「戻ってきたら世界が救われてるとか、そんな都合のええことあるわけないやんな」

白い灰にまみれた世界を見渡《みわた》して、エヴァレは嘆息《たんそく》した。空も地面も、真っ白だ。

悲しいほどに見慣れてしまった、ただ白い海原《うなばら》のような光景。何もない。希望も未来も救いも灰に埋もれてしまった、自分の未来。

だが、確かにある手のぬくもりを握《にぎ》り返して、つぶやいた。

「自分たちの、か」

マキナは無言だが、こくりと頷き返してくれた。物足りない反応だが、いっそ清々《すがすが》しい。

「しっかしなあ。ほんま、やることないもんなあここ。ああ、そうでもないか。まず寝《ね》るところさがさなあかんか……生きるってそういうことなんかもしれんし……なあ、マキナ」

マキナはじっと自分を見つめている。だから、何度も問いかけて答えの返ってこなかった問いを、もう一度、勇気を出して口にした。

「なんかしたいこと、あるか？」

マキナは答えなかった。ただまっすぐに、腕《うで》を伸《の》ばして指をさした。その方向に振《ふ》り返ったエヴァレは目を見開く。

——人影《ひとかげ》だ。両手を振っている。

「あーいたいた、マキナだな⁉　で、エヴァレだ！　うん、なんとなく覚えているぞ！」

「は……え、なん、え……ルキア⁉」

それはついさっき、過去で見た少女だった。でも先ほどとはまったく違《ちが》う生きた笑顔で、ざくざく音を立ててこちらに歩いてくる。真っ白い世界を、踏みつけて。

「やっと見つけた。ルシェルの奴《やつ》にものすごく厳重に体を封印《ふういん》されてて」

「い……今まで、どこに」

「さあ？　まあ遅《おく》れた原因は寝坊《ねぼう》だ！　すまない！」

簡潔すぎる答えに、顎《あご》がはずれそうになる。

「でも目をさましたぞ。約束どおり。アメリア——いや、マキナ、と言うべきだな。私もグレイスの魂《たましい》と記憶《きおく》を持っているだけで、ルキアだ。ということで、さあ行こう！」

「い、い、行くって何。どこへや」

あまりの展開の早さについていけないエヴァレに、ルキアが笑う。

「決まってる、魔界《まかい》だ！」

「魔界ぃ⁉」

「だって魔王のいるところと言えばそこだろう！」

行くぞーとかけ声と一緒《いっしょ》に、ルキアが聖剣《せいけん》を振り上げる。それはきっと、魔王を救う聖剣。

先に進むルキアについていけず戸惑《とまど》っていると、マキナがそっと袖口《そでぐち》を引いた。その手に持っているのはきっと、自分を救う聖剣。

「……なんや、馬鹿《ばか》らし」

笑って、片手で顔を覆《おお》う。こぼれた涙《なみだ》を見られないように。

ルキアが振り返って、ぶんぶんと聖剣を横に振った。

「おい、何をしてるんだ、早くこい！　やることは山ほどあるんだからな⁉　ルシェルの馬鹿の目をさまさせて、世界から灰を消して。いやその前に食料か？　家もいるな」

家を建てるなら風呂《ふろ》もほしい、魔物も起こしたい、指折りルキアが未来を数えるのに夢中になっている。せかすように、マキナがエヴァレの手を引いた。

「……世界を救うのはついで、か」

つぶやいて、エヴァレは前に足を踏み出す。白い灰を踏みつけて、歩き出した。

「それで？　今回の話っておしまいなの？」

「おしまいじゃないわよ」

昼下がり、なんとかまともな礼儀《れいぎ》作法を叩きこもうと続けているお茶会で、大体の説明を受けたリリアが首をかしげる。

「ちゃんと未来につなげないとね」

「でも、今回の件って少しずつ忘れていくんでしょう？　4のヒーロー兼《けん》ラスボス……ルシェル様の魔法《まほう》で」

言い直した点は評価してもいい。優雅《ゆうが》にアイリーンは紅茶を飲み干してみせる。手本を見せるように。

「覚えていることで未来に影響《えいきょう》がないように、でしょう。仕方ないわ」

いきなり忘れると支障が出るので、一昨日《おととい》の夕食を忘れるように、ゆっくりと日常にとかしていく。そのルシェルの案に、全員が同意した。

「えーでもつまんないなあ。私、根性《こんじょう》で覚えてたーい。で、次世代に意味深なことだけ教えるの。扉《とびら》を開く呪文《じゅもん》とかーあと私にはひとこと挨拶《あいさつ》くらいしておけとか？」

「やめて。あなた本気で覚えてそうだし本当に意味深なことだけ言ってそうだから」

「でもアイリーン様、さみしくない？　すっごい美形な息子《むすこ》が生まれるのを忘れるって」

リリアの指摘《してき》に、アイリーンは少し伏《ふ》し目がちになる。

さみしくない、と言えば嘘《うそ》だ。既《すで》に上手にシャルルの顔を思い出せないことに、なんだか胸がふさぐ思いもある。そのうち名前でさえ忘れてしまうのだろう。

けれど。

「いいのよ、きっとすぐにくる未来――」

バターの匂《にお》いのするクッキーを口にしようとして、口元を押さえた。唐突《とうとつ》な吐《は》き気に、取り繕《つくろ》う暇《ひま》もなく嘔吐《えず》く。

給仕《きゅうじ》しているレイチェルが急いでやってきて、水を差し出してくれた。リリアもさすがに驚《おどろ》いたのか、席を立って背中をさすってくれる。

「ちょっと、大丈夫《だいじょうぶ》アイリーン様？　働きすぎじゃ――」

不意にリリアがまばたいた。不自然な台詞《せりふ》の途切《とぎ》れ方だ。

口元にレイチェルがわたしてくれたナプキンを当てながら、アイリーンは尋《たず》ねる。

「何？」

「……アイリーン様。言うの忘れてたけど、私、ついに全年齢《ねんれい》の壁《かべ》を突破《とっぱ》したのよね」

突然何を言い出すのだ。気分が悪いこんなときに、義弟夫婦《おとうとふうふ》の閨《ねや》事情など聞きたいものではない――と思ったが、思いのほかリリアは真面目《まじめ》な顔をしていた。

「カンなんだけど、女の子だと思うわ」

ぱちりとまばたく。レイチェルと顔を見合わせた。

アイリーン皇后陛下、ご懐妊《かいにん》。

エルメイア皇国中にその知らせが流れたのは、豊穣《ほうじょう》の季節のことだったと、歴史書には記されている。

✦アンコール✦ラスボス、父になる

妻の妊娠《にんしん》を告げられる夫の反応は、楽しみにしてもいいものだと思う。

はっきりするまでと箝口令《かんこうれい》をしっかりしき、間違《まちが》いないと医師の太鼓判《たいこばん》をもらい、周囲に根回しをして、ふたりでゆっくり話せる時間を確保すれば準備完了《かんりょう》。お楽しみの時間だ。

空中宮殿の襲撃《しゅうげき》による事後処理の激務がようやく一段落して、休憩《きゅうけい》も取れるようになった昼下がり。約束のお茶の時間に現れた夫に、アイリーンは簡潔に告げた。

「子どもができました」

「誰《だれ》に？」

簡潔すぎて察することができなかったらしい。アイリーンはあくまですまして続ける。

「クロード様とわたくしの子どもが、わたくしのおなかに」

斜《なな》め向かいにある一人がけのソファに腰《こし》をおろそうとする中途半端《ちゅうとはんぱ》な姿勢のまま、クロードが固まった。

しばらくそのまま身動きも音もない時間が続く。珍《めずら》しく天候もゆるがない。

レイチェルも固唾《かたず》を呑《の》んで見守る中、キースが自然な動作で横からお茶を出した。

「おめでとうございます、アイリーン様」

「……キース様は驚かないのね？」

「最近の周囲のご様子を見ていてうすうす。はい、我が主《あるじ》、固まってないで座りましょう」

従者に両肩《りょうかた》を押さえこまれて、固まっていたクロードがぼすんとソファに落ちた。そんなクロードを見るのは初めてだ。驚きはするだろうが、すぐに大喜びして普段《ふだん》の十倍増しの睦言《むつごと》を浴びせられ、滅多《めった》にない笑顔《えがお》が見られるかと思っていた。

それが、雷《かみなり》も落ちなければ花が咲《さ》き乱れて空に虹《にじ》がかかったりもしない。

「あ、アイリーン様。変に誤解しないでくださいね。処理落ちしてるだけなので」

まさかと不安になる前に、キースに釘《くぎ》を刺《さ》されてしまった。

「主。我が主ー生きてますかー？　呼吸しましょう、まばたきもしましょうね。はい、何を言われたか覚えてますか？」

「……子ども、が……でき、たと。アイリーンと、僕の」

「はい正解です、おめでとうございます」

クロードを起動させたキースは、笑顔でそう言って身を引く。そうすると、クロードがこちらをぼっと見た。

驚くアイリーンの顔を見て、何やら下——多分おなかだろう——を見て、それからまたアイリーンの顔を見て、唐突に叫《さけ》ぶ。

「おきっ……起きていていいのか!?」

「はい？」

「座っているのも危険なのでは⁉　全体的に柔《やわ》らかいものでくるんだほうがいいのでは」

くるんでどうするのだ。と思ったが、何やらクロードはかつてないほど必死だ。

「僕の子どもだぞ。盛大に祝い、お迎《むか》えする気持ちを今から表明しておかねば、生まれてこないのでは……⁉」

妙《みょう》に説得力がある。アイリーンが返答に窮《きゅう》していると、ひとり冷静なキースが答えた。

「アイリーン様の子どもですから大丈夫です」

「そ、そう……そうか……いやだが、僕の子なのでは」

「でもアイリーン様の子どもなので大丈夫です」

二重に繰《く》り返されて、クロードはようやく黙《だま》った。と思ったら、唐突に立ち上がる。

「ク、クロード様？」

「話を聞いてくる」

それだけ言って、ふっと消えてしまった。アイリーンが止める間もない。

どの想像ともまったく違《ちが》う展開にただまばたいていると、キースが振《ふ》り向いた。

「どうかお気を悪くなさらず。驚きすぎて頭が真っ白になったパターンですので」

「え、ええ……あんなに動揺《どうよう》しているクロード様は初めてで、わたくしもびっくり……」

「お母上のことがよぎったんでしょう。お産が直接の原因ではないそうですが、産後の肥立ちが悪かったうえ、クロード様が魔王《まおう》ではないかという心労がたたってお亡《な》くなりになったと聞いています。頭ではわかっていても、いざとなると不安が勝ったのかと」

ああ、とアイリーンはようやく力を抜《ぬ》いて長く息を吐き出す。

「……まだまだ困ったところがおありなのね、クロード様ったら」

「そう言っていただけると、私めも安心してあとをお任せできます。少し待てば、気まずそうにして戻《もど》ってきますよ。そうでなくとも――」

「アイリーン！　王子ができるのか⁉　王女でもいいぞ！」

「アイリーン！　子ドモ見セロ！　俺様、子守《こも》リ、スル！」

開けっぱなしにしていたテラスからベルゼビュートとアーモンドが乗りこんできた。

クロードが喜んでいなければ、魔物たちがこんなに目を輝《かがや》かせたりしない。

苦笑いを浮《う》かべたアイリーンは、はしゃぎ回る魔物たちに静かにしろと言いつけて、まだ目立たない下腹をゆっくりとなでた。

子どもができたと告げると、古城で妻とお茶を楽しんでいたルシェルは目を輝かせた。

「おめでとう、孫だよグレイス！」

「わたしがおめでとうじゃないだろう、ルシェル。まずクロードとアイリーンだ」

「どっちもだよ、そっかあ孫か……！　楽しみだなあ、いつ頃《ごろ》生まれるの？」

尋ね返されて、クロードは固まった。

「き、聞いて……いない……」

「……。大丈夫、クロード？」

「……」

沈黙《ちんもく》したクロードに、ルシェルとグレイスが顔を見合わせる。それで初めて気づいた。なぜここに自分はきたのだろう。それすらよくわからない。

駄目《だめ》だ、混乱している。

「クロード、ここに座りなさい」

いつもより真面目な口調のルシェルに、椅子《いす》を示された。刃向《はむ》かう気にはならなくて、クロードは言われるがままに椅子に腰かける。

そうするとルシェルに頭をなでられた。

「大丈夫だよ。ちゃんと産まれる。僕は神なんだか魔王なんだかよくわからなかったけど、グレイスが産んでくれた。まして君は完全な人間だ。変な心配はしなくていい」

「……」

「僕の子どもが無事生まれて育ったから、子孫の君たちがいるんじゃないか。しっかり。アイリーンのほうが大変なのに、君がそんな情けない顔してちゃだめだ」

「ルシェル……お前、わたしの妊娠がわかったときは今のクロード以上に混乱して、心配と不安で泣きわめいて、最終的に蹴《け》っ飛ばした記憶《きおく》があるんだが」

グレイスの説明に呆《あき》れて、少し力が抜けた。ルシェルは気まずそうに唇《くちびる》をとがらせる。

「そのあとは頑張《がんば》ったよ……猪肉《いのししにく》しか食べない君のために、毎日猪ばっかり狩《か》って！」

「そうだな、よく肉をとってきてくれた。皇帝《こうてい》だったのにな」

くすくす笑うグレイスとすねているルシェルの間には、クロードとアイリーンの間にはまだない夫婦《ふうふ》の絆《きずな》めいたものを感じる。妙に恨《うら》めしい気持ちのまま、クロードは吐《は》き出した。

「そうは言っても、ふたりとも小さい子どもを遺《のこ》して死んだじゃないか。母上はしかたないとしても、父上に至っては暴走して世界を滅《ほろ》ぼしかけて育児放棄《ほうき》……」

固まったルシェルに、グレイスが嘆息《たんそく》している。クロードは肩《かた》を落としたまま続けた。

「前例がこんな状態では、僕が不安になるのは当然では」

「反論できないけどやめて!? 上の子は四歳くらいまで育てたから……！」

「まあ、クロードの言うことには一理ある。だが正直、わたしが育てるよりもアメリアが育てるほうが立派な皇子皇女になっただろうから、結果オーライだ！」

「グレイス……！」

「というわけであまり心配するな！」

実際エルメイア皇国は立派にクロードの代まで続いたので、実証されている。顔を両手で覆《おお》って嘆《なげ》くルシェルを放《ほう》って、勇ましくグレイスがまとめてしまった。

まったく実のない議論だ。だが、肩の重さが少し軽くなった気がする。お暇《いとま》しようと立ち上がりかけた、そのときだった。

「クロード！　貴様、子どもができたというのはまことか！　まさかあの――なんだ、もう名前を忘れてきているがクソ生意気なガキじゃあるまいな!?」

突如《とつじょ》現れたバアルに胸倉《むなぐら》をつかまれてがくがくゆさぶられる。

「どうなんだクロード、答えろ！」

「せ、性別が、今から、わかるわけがな……お、お前のところだって、まだ、産まれて、ないだろう」

がくがくゆさぶられるままに答えると、バアルがむっとした顔で止まる。

「まあ、そう言われればそうだな。……しかたないか、今から心配しても。まずきちんと産まれてもらわねば、殺すこともできん」

「産まれる前から殺そうとするな、僕の息子《むすこ》を」

言ってから少し、自分で驚《おどろ》いた。わずか数日顔を合わせただけのあの——もう顔もおぼろげになったきた少年を、自分はことのほか可愛《かわい》がっていたようだ。

「お前だって娘《むすめ》ができればわかる。余はもう今から楽しみで楽しみで、そして心配だ！」

産まれる前から親馬《おやば》鹿《か》ぶりを発揮するバアルに、クロードは呆れる。

「楽しみにしすぎでは？　娘ではなく、息子だったらどうするんだ」

「息子ならロクサネに内緒《ないしょ》で悪い遊びを教えるに決まっている。お前だってそうだろう」

問われて、まばたいた。初めて考えた。娘なら、息子なら。

「そ……そう、だな。だが、さっき知ったばかりでまだ、実感がなくて」

「ああ……確かに余も浮かれはしたが、実感と言われると難しいな」

「そうなのか？」

問い返すと、バアルにまばたきを返された。

「そうだろう。腹がふくらむわけでもあるまいし、すべて想像するしかない。女は違うのだろうが……余はロクサネが体調を崩《くず》すと、その報告を聞いただけで血の気が引く……」

そうはいっても、バアルのところには神の娘がいる。それを少し、羨《うらや》ましいなと思った。貸してくれないだろうか。いやでも、リュックやクォーツあたりが熱心にアイリーンを看《み》てくれる気がする。

（魔力《まりょく》的な問題があれば、エレファスが看てくれるだろうし……環境《かんきょう》は悪くない、のか？）

ちらとバアルを見あげた。一応、クロードよりは先輩《せんぱい》の父親のはずだ。もうそろそろ産まれてもおかしくない時期だと聞いている。

「……お前は、何か心がけていることとか、あるのか？」

「そうだな。せめて妻に余計な心配をかけないことを心がけて……この間の空中宮殿《きゅうでん》からの襲《しゅう》撃《げき》とかは、ともかくとしてだ」

こほんと咳払《せきばら》いをしたあと、バアルはそうだと手を打った。

「あとは、名前を考えた。あれはなかなかよいぞ、楽しい。ロクサネと一緒《いっしょ》に色々候補をあげてな。やっと候補が絞《しぼ》れたところだ」

「名前……名前か。そうだな、必要だな」

「あ、僕も考えたよ。グレイスのつける名前、ひどくて……ぃたっ」

テーブルの下で小突《こづ》かれたらしく、ルシェルがむくれている。

（そうか、性別、名前……どういうものに、しようか。あとは、何が必要だろう）

真っ白になって何も働かなかった頭がようやく動き始めた気がする。

「おい、逃《に》げた魔王様ってまさかここにいる？」

今度は扉《とびら》があいた。それからここがどこかに、やっと気づく。オベロン商会が魔物支部と称《しょう》して陣取《じんど》っている古城の会議室だったのだ。

入ってきたアイザックが、中を見るなり顔をしかめる。

「なんで聖王様までいるんだよ……この会議室、うちが借りてんだけど。なんか人間じゃないほうもいるし」

「僕とグレイスはこの間、アーモンドからオベロン商会魔物支部の名誉《めいよ》会長に任命されたよ」

「承認《しょうにん》してねーよ。とにかく今から会議するから、あけて。あと聖王様。さっき聖石から連絡《れんらく》がきて、奥さん破水したって」

「はっ……!?」

顔色を変えたバアルに、アイザックのうしろから顔を出したリュックが意味深に笑う。

「初産《ういざん》ですから、大変でしょう。早くお戻《もど》りになったほうがよいかと――おや」

挨拶《あいさつ》もせず、バアルが一目散に姿を消した。クォーツが嘆息する。

「……脅《おど》すんじゃない。実際……大変、だろうが」

「ですよ。なので、逃げてないでしっかりしてくださいね、魔王様」

破水という単語に思わず固まってしまったクロードは、リュックの視線におそるおそる顔をあげる。ドニが走り寄ってきて笑った。

「さっき聞きました、おめでとうございます。僕、魔物たちと一緒にゆりかご作りますよ！」

「おめでとさん。まあびびるよな。わかるわ」

「へえ。俺を動力にして武器にしたアイザックさんにも怖《こわ》いものがあるんですか」

いい笑顔《えがお》で会議室に入ってきたエレファスは、先日あった戦いについて会議に呼ばれたのだろう。続いて部屋に入ってきたオーギュストとゼームスも同じくだ。

「えーなんで？　可愛いじゃん、子ども。あー俺も早く子どもほしい。でも別居だしセレナも仕事だしなあ。あと三年は無理かな……」

「それでいいだろう。お前が子どもを作るなんてぞっとする。育てられるのか」

「え、俺、子どもと遊ぶの得意だけど」

「遊ぶのと育てるのは違《ちが》う」

「じゃあゼームス手伝ってくれよ。俺もセレナも仕事するから」

「なぜだ！　私だって公子だぞ!?」

怒《おこ》っているが、ゼームスは育てるのが確かに得意そうだ。顔をしかめたアイザックが振《ふ》り返って答える。

「できるのも育てるのもいいんだよ。でも、俺似だったらどうするんだよ……」

「アイザック」

クロードはその両肩《りょうかた》をつかんで、不審《ふしん》げなアイザックとしっかり目を合わせた。

「わかる。今、初めて君を生かしておいてよかったと思った」

「俺をまず生かすか殺すかで判別するのはやめないんだな、わかった」

「そうか、僕は不安だったんだな。アイリーンの体が大丈夫なのか、子どもが無事生まれてくるか、きちんと育てられるか」

それはクロードひとりで責任を取れることでも、どうこうできることでもない。

全員が何やら目配せし合う中で、エレファスが声をあげた。

「ひとりで抱《かか》えなくてもいいんじゃないですか。俺だったら多分、奥さんに言われるがままですよ。しっかりしてるんで。むしろそれ以外したら怒られそうなんですが……」

「アイリーンだってしっかりしている」

「ならそんなところ張り合ってねーで、さっさと戻れば？」

妻の片腕《かたうで》はいつだって的確で、正しい。急いでクロードは姿を消した。


クロードへの知らせと同時に箝口令《かんこうれい》をといたので、瞬《また》く間にアイリーンの懐妊《かいにん》は皇城中に広まってしまった。明日には正式に国民に告知される。数日はこの騒《さわ》ぎだろうなと、少々ぐったりしたアイリーンは、長椅子《ながいす》に横になっていた。床《ゆか》は既《すで》に贈《おく》り物に埋《う》もれている。

兄のシリルはこれも皇后の仕事と言っていたので、くじけてはいられない。大変なのはこれからだ。産んで、育てて――でも、ふっと翳《かげ》る気持ちもあって。

「アイリーン」

でも、夫は妻の不安を決して見逃《みのが》さない。手練手管、というやつらしい。

アイリーンは苦笑《くしょう》して、ソファから身を起こした。

「もう大丈夫《だいじょうぶ》ですの？」

「ああ。――その、さっきは取り乱した。すまない」

気まずそうにクロードが目を泳がせている。頬《ほお》は少し赤い。その愛らしさに、戻ってきたら浴びせてやろうと思っていた文句や皮肉が消えてしまった。

そもそも、これから子どもを産んで育てるという偉業《いぎょう》にふたりで立ち向かうのに、皮肉なんて言っている場合ではないのだ。

「名前を、考えなくては。子どもはずっと先のことだと思って考えていなかったから」

「あら、そうなんですの？　でも男の子か女の子かは生まれてみないとわかりませんわよ。あの子は末っ子とか言ってませんでしたっけ」

「そうだな。さっきから、男の子か女の子か気になって、そわそわしてしまう」

「まあ、バアル様を笑えませんわね。――実感がわいてきました？」

こくり、と頷《うなず》くだけの仕草がとても愛《いと》おしかった。

「こんなに――嬉《うれ》しいとは思わなかった。しあわせだ」

はにかむように告げられた言葉だけで、賛辞は十分。

「どんな子だろうか。何を好きになるだろう。読んでやりたい本がたくさんある」

「わたくしは剣術《けんじゅつ》を教えたいですわ。男でも女でも、たくましく生きられるように」

「君らしい。魔物とは仲良くできるだろうか。ちょっと不安だ」

「むしろ魔物たちが振り回される元気な子に育てましょう。大変ですわよ、クロード様」

「そうだな。――僕を、父上と呼んでくれるだろうか」

「自信をお持ちになって。きっと世界一素敵《すてき》な父親になれます。わたくしも頑張《がんば》らないと」

「大丈夫だ。君だって世界一素敵な母親になれる」

互《たが》いの額を合わせて、微笑《ほほえ》み合う。

こうして積み重ねていく今の先に、しあわせな未来が宿るのだ。

あとがき

こんにちは、永瀬《ながせ》さらさと申します。

この度《たび》は『悪役令嬢なのでラスボスを飼ってみました』最終巻を手に取って頂《いただ》き、有り難《がと》うございます。アイリーンと魔王《まおう》様と愉快《ゆかい》な仲間達のお話も、ついに完結です。ただ本編完結というよりは、本編が完結したあとの劇場版のつもりで全編、書き下ろしました。

今までの物語の総括《そうかつ》、今までがあったからこその物語です。読み終わったあとに、このシリーズを読んでいてよかったと思って頂ける物語を目指しました。

ここまで支えてくださった皆様《みなさま》に、最後まで楽しんで頂ければ幸いです。

今回も紫真依《むらさきまい》先生に美麗《びれい》なイラストを描《か》いて頂きました。有り難うございます。特にシャルルがとても可愛《かわい》くて、これきりで終わるのはもったいないと思ってしまいました。

他《ほか》にも素敵《すてき》なコミカライズを描いてくださった柚《ゆず》アンコ先生、ご指導くださった歴代担当編集様、デザイナー様、校正様、たくさんの方々にお世話になりました。ＷＥＢ連載《れんさい》から応援《おうえん》してくださった読者の皆様を含《ふく》め、周囲の方々に恵《めぐ》まれた本当に幸運な作品でした。この場を借りて、この作品に携《たずさ》わってくださった皆様に改めて心より御《お》礼《れい》申し上げます。有り難うございました。

何より、この本を手に取ってくださった皆様。皆様のおかげでここまで辿《たど》り着くことができました。本当に有り難うございます。とはいえ、ＷＥＢには番外編がありますし、機会があればまたの気持ちをこめて、引き続きアイリーン達を応援して頂けたら嬉《うれ》しいです。

最後にお知らせを。角川ビーンズ文庫様より『やり直し令嬢は竜帝陛下を攻略中』というタイトルの作品を現在刊行中です。十歳に逆行した軍人幼女が将来闇《やみ》落ち予定の皇帝を大体物理で更生《こうせい》すべく奮闘《ふんとう》するお話です。ＷＥＢで連載《れんさい》中、コミカライズも決まっておりますので、こちらも楽しんで頂ければ嬉しいです。

それではまたどこかで、アイリーン達と一緒《いっしょ》にお会いできますように。

永瀬さらさ